Von der gleichen Autorin erschienen außerdem
als Heyne-Taschenbücher

JOY PACKER

DER
DUNKLE VORHANG

Roman

WILHELM HEYNE VERLAG

MÜNCHEN

HEYNE-BUCH Nr. 5895
im Wilhelm Heyne Verlag, München

Titel der englischen Originalausgabe
THE DARK CURTAIN
Deutsche Übersetzung von Elisabeth Epple
und Katharina Berg

Genehmigte, ungekürzte Taschenbuchausgabe
Copyright © 1977 by Joy Packer
Copyright © der deutschen Übersetzung 1979
by Franz Schneekluth Verlag, München
Lizenzausgabe mit Genehmigung des Schneekluth Verlages
Printed in Germany 1981
Umschlagfoto: Keystone, Hamburg
Umschlaggestaltung: Atelier Heinrichs & Schütz, München
Gesamtherstellung: Ebner Ulm

ISBN 3-453-01393-X

I

»Sprecht von ihr nicht in der Vergangenheit!«

Von den fünf Menschen, die in dieser Sommernacht auf der Terrasse der britischen Botschaft in Kapstadt saßen, war Kim Farrar der einzige, der imstande war, das Problem objektiv zu sehen. Die vier anderen hatten viel zuwenig Abstand dazu. Aber er war ein Fremder: der Kriegsberichterstatter, der aus den zerstrittenen afrikanischen Ländern jenseits der Grenzen Südafrikas kam. Seine Artikel erschienen in vielen Sprachen, und sein Gesicht kannte man aus dem Fernsehen.

Desmond Yates, der Zweite Sekretär der Botschaft, hatte ihn vor ein paar Stunden am Flughafen abgeholt, von der Maschine Johannesburg–Kapstadt.

»Kim Farrar?«

Yates hatte ohne Mühe die große, schlaksige Gestalt in Buschjacke und Shorts in der Schar der Sommerurlauber entdeckt.

»Ich habe Sie so oft auf dem Fernsehschirm gesehen, daß ich Sie gleich erkannt habe. Ich bin Desmond Yates, der Zweite Sekretär. Der Botschafter hätte gern, daß Sie die nächsten Tage in der Botschaft verbringen.«

»Ausgezeichnet! Da wartet wohl eine ofenfrische Story auf mich.«

»Leider eine Story ohne Schluß. Die Schwiegermutter des Botschafters, die temperamentvolle Heldin der Geschichte, ist noch immer verschwunden. Geben Sie mir Ihr Handgepäck, und greifen Sie sich das übrige Zeugs vom Förderband. Da kommt es gerade herauf.«

»Schon da – es ist nur die Leinentasche. Ich reise mit leichtem Gepäck.«

Farrar folgte Yates zu seinem Mercedes-Kabrio mit dem CD-Schild. Die Sonne schien warm, aber ein heftiger Südost fuhr ihm in die dichte dunkle Mähne, so daß sie wild um den Kopf stand, und zerzauste das blonde kurzgeschnittene Kraushaar seines Begleiters. Yates ging mit schnellen, federnden Schritten. Farrar fand, daß der Zweite Sekretär nicht ganz in das übliche Schema des kultivierten Diplomaten paßte, dessen größtes Vergnügen Intrigen sind und dem man beigebracht hatte, die Feder sei mächtiger als das Schwert. Kultur mochte der junge Yates ja haben und eine Spürnase für Intrigen aller Art, aber er war sichtlich vor allem ein Mann der Tat – das Richtige in einer Zeit, in der besonders Diplomaten Zielscheiben für Terroristen abgaben. Diplomat zu sein war heute ein zweifelhaftes Privileg.

Als sie den Flughafen hinter sich gelassen hatten, kümmerte sich Yates um keine Geschwindigkeitsbeschränkung mehr. Tafelberg und Devil's Peak rasten auf sie zu.

»Sie haben jetzt ein paar Stunden Zeit, sich ein bißchen frisch zu machen«, sagte er. »In der Botschaft warten Nachrichten auf Sie. In Ihrem Zimmer gibt's einen direkten Telefonanschluß. Der Botschafter hat bis neunzehn Uhr dreißig zu tun, dann treffen wir uns zu einem zwanglosen Dinner im Familienkreis mit anschließender Diskussion.«

»Im Familienkreis?«

»Der Botschafter und Lady Etheridge und Jane Etheridge. Jane ist Sir Hughs Tochter. Ihre Mutter starb, als sie noch ein kleines Kind war. Mabel, die gegenwärtige Lady Etheridge, ist also ihre Stiefmutter.«

»Unsere berühmte Gefangene Maud Carpenter – Königin der Romanschreiber und Autorin von Mordgeschichten im gemütlichen Heim – ist also Großmutter von Jane Etheridge?«

»Richtig. Und sie sind sich in vieler Weise ähnlich: starrköpfig, impulsiv und ungeduldig.«

»Was zieht man denn da an? Ich habe nur das Nötigste mitgenommen.«

Yates' Lachen wirkte ansteckend. »Keine Sorge! Ich kann Ihnen alles leihen, was Sie brauchen. Wir haben ja ungefähr die gleiche Größe. Und in dem Augenblick, in dem Sie die Halle der Botschaft betreten, wird sich der Butler Elias Ihrer Habseligkeiten bemächtigen, auspakken und dafür sorgen, daß allem, was gewaschen und gebügelt werden kann, sofort die entsprechende Behandlung zuteil wird. Außerdem: Wenn H. E. ›zwanglos‹ sagt, dann meint er das auch. Einen Mittelweg gibt's bei ihm nicht. Entweder vollständig zwanglos oder strengstes Zeremoniell. Übrigens, wenn er Sie anstarrt, als ob er Sie hypnotisieren wolle, und kein Wort redet, verlieren Sie bloß nicht die Nerven und fangen Sie zu quatschen an. Einfach warten. Die meisten Leute werden dabei fürchterlich nervös. Ich nehme aber an, daß Sie nichts so leicht umwirft.«

»Da liegen Sie richtig. Aber es ist ganz gut, daß Sie mich gewarnt haben. H. E. ist pressefreundlich?«

»Er kann's mit allen Medien, erwartet aber Gegenleistungen. Wahrscheinlich versucht er, Sie anzuzapfen und Sie dazu zu bringen, daß Sie Ihre Verbindungen spielen lassen, um ihm bei der Suche nach seiner Schwiegermutter Maud Carpenter zu helfen.«

»Ist doch ein schöner Auftrag. Viel besser als die meisten, die ich in letzter Zeit hatte.«

»So, da wären wir auf Snob's Hill. Ein reizender Aufenthaltsort – und dazu ein Swimming-pool im Garten, der ziemlich geschützt vor dem Südostwind ist. Heute nachmittag haben Sie ihn für sich allein. Jane und Lady

Etheridge sind bei einer Hochzeit, und ich muß H. E. bis zum Dinner zur Verfügung stehen. Meinen Sie, daß Sie noch irgend etwas brauchen . . .?«

»Nein, danke. Mit Hilfe von Elias wird es mir schon gelingen, mich zwanglos-vornehm in Schale zu werfen.«

Yates nickte und streifte den Besucher mit einem flüchtigen Blick. Vermutlich war Kim Farrar überreif für ein wenig Zivilisationslack. Schließlich hatte er monatelang nichts anderes gesehen als Guerillakrieg, Greuel und überfüllte Flüchtlingslager mit Menschen, die krank und verzweifelt dahinvegetierten. Kein Wunder, daß der Bursche so mager war wie ein streunender Kater, der nur Eidechsen frißt.

Kim hatte Krabbencocktail gegessen, zarte Tournedos, Rumsoufflé, Käse und Obst sowie den Sherry und die berühmten Kapweine genossen. Nun saß er entspannt auf der Terrasse, ein Glas Brandy neben sich, und rauchte eine Havanna seines Gastgebers.

Elias nahm das Tablett mit den Mokkatassen weg und brachte es mit Drinks und Gläsern zurück. Dann verbeugte er sich höflich und wünschte gute Nacht. Nun waren die beiden jungen Männer und die Familie endlich allein.

Der Botschafter, Sir Hugh Etheridge, grauhaarig und grauäugig, mit vornehmen Gesichtszügen, hatte ebensoviel Rasse wie seine Rennpferde, die für ihn in England, Irland und Südafrika an den Start gingen. Seine Frau war liebenswürdig und elegant. Farrar stellte fest, daß ihre Hände groß und kräftig waren. Das Mädchen Jane war schlank, geschmeidig und anmutig. Ihr schulterlanges Haar war ebenso schwarz wie seines, ihre Augen wirkten im Dämmerlicht auf der Terrasse nachtschwarz unter den dichten Wimpern. Ihre Haut war gleichmäßig von der Sonne gebräunt.

Da sitzen wir fünf hier, dachte Farrar, sauber gewaschen und behaglich, aber unsere Gedanken beherrscht die abwesende sechste Person: Maud Carpenter, die vielleicht irgendwo eingesperrt war. Ihr Name war nicht einmal während des Dinners erwähnt worden.

»Man muß vorsichtig sein in Gegenwart des Personals«, erklärte Lady Etheridge. »Jedes Wort erzeugt ein neues Gerücht. Sie können sich gar nicht vorstellen, was die Leute alles vermuten: Terroristen, wilde Tiere und noch viel scheußlichere Dinge . . .« Sie schauderte. »Sie wissen natürlich, was geschehen ist, Mr. Farrar?«

»Kim, bitte.« Er schenkte ihr sein reizendes Lächeln und beantwortete ihre Frage, so gut er konnte. »In großen Zügen, ja. Ich weiß, daß Mrs. Carpenter vor etwa drei Wochen in einem Wildreservat entführt wurde. Was danach alles passiert ist, weiß ich nicht, und ebensowenig kenne ich Einzelheiten.«

Sir Hugh mischte sich ein. »Das werde ich sofort nachholen. Aber sagen Sie mir zuerst, ob Sie meine Schwiegermutter jemals kennengelernt haben. Eine sehr bemerkenswerte Persönlichkeit, und auf ihre Weise recht anziehend.«

Der Südost hatte sich gelegt. Eine leichte Brise brachte Düfte und Laute des Sommers aus dem nur von den Sternen erhellten Garten zur Terrasse herauf: Ginster, Jasmin, Tabakblüten, das Rascheln der Eichen- und Magnolienblätter, das Quaken und Platschen im Seerosenteich, den verlorenen Schrei eines Nachtvogels. Hoch oben auf der Devil's Peak zerfranste die dicke weiße Windwolke, löste sich auf und gab allmählich die Granitwände und die bewaldeten Schluchten der Südseite des Tafelberges frei. Zu seinen Füßen dehnten die Lichter der Stadt und der Bucht ihr schimmerndes Netz nordwärts bis zu den Hügelketten, die das Hinterland schützten.

»Ich kenne sie«, sagte Kim. »Mrs. Carpenter und ich flogen vor ein paar Monaten zufällig zusammen von Heathrow nach Johannesburg. Sie hatte eine Unmenge Handgepäck: Kamera, Reiseschreibmaschine, Tonbandgerät und so weiter. Ich half ihr tragen. Zu meinem Erstaunen sprach sie mit den Zollbeamten Afrikaans. Danach hatten wir überhaupt keine Schwierigkeiten mehr!«

»Sie ist in Südafrika geboren und aufgewachsen«, bemerkte Sir Hugh. »Aber wie Sie vielleicht wissen, hat sie sich London und dem Landleben verschrieben. Ihr Mann war ein englischer Grundbesitzer. Deshalb spielen ihre Romane ja auch meist in englischen Dörfern.«

»Bei ihr waren selbst Verbrechen anheimelnd«, sagte Lady Etheridge seufzend.

»Das war natürlich das Geheimnis ihres Erfolges. ›Gift im Pfarrhaus‹ . . . einfach hinreißend!«

»Sprich nicht in der Vergangenheit von ihr!« fuhr Jane sie an. »Ich ertrage das nicht.«

Sir Hugh ignorierte den Ausbruch seiner Tochter und wandte sich an Kim. »Was wollten Sie sagen?«

»Mrs. Carpenter und ich, wir mußten beide auf eine Flugverbindung auf dem Jan-Smuts-Flughafen warten. Also tranken wir zusammen Kaffee. Wir führten ein recht ungewöhnliches Gespräch – schließlich waren wir einander ja fremd.«

Mabel Etheridge zog fragend die Augenbrauen hoch. »Fremd doch wohl kaum. Eine berühmte Autorin und ein bekannter Fernsehreporter. Ich kann mir übrigens gut vorstellen, wer den Hauptteil der Unterhaltung bestritt.«

Mit einem liebenswürdigen Grinsen sagte Farrar: »Mrs. Carpenter ist eine sehr resolute Persönlichkeit mit ausgeprägten Ansichten.«

»Und dieses ungewöhnliche Gespräch«, drängte Sir

Hugh, »könnte es irgendeine Beziehung zu der gegenwärtigen Situation haben?«

»Was die gegenwärtige Situation anbelangt, so bin ich noch nicht ganz im Bilde, Sir. Aber Mrs. Carpenter erzählte mir, daß sie nach dem Tod ihres Mannes den Wunsch nach einem Ortswechsel und nach Einsamkeit gehabt hatte, nach einer Safari beispielsweise und – wie sie es nannte – der ›Unschuld der wilden Tiere‹. Sie schien die fixe Idee zu haben, daß sich Menschen, die auf zu engem Raum zusammen leben müssen, auf die fürchterlichste Weise in reißende Bestien verwandeln.«

»Menschen sind im Grunde Bestien, jawohl!« warf Jane ein. »Weil sie die Fähigkeit zu denken haben, manipulieren sie den Instinkt und verderben ihn. Wirklich tierisches Verhalten ist berechenbar, es steht im Einklang mit den Gesetzen der Natur.«

Sir Hugh machte seiner Tochter ein Zeichen, und sie wandte sich mit einem verlegenen Achselzucken an Farrar. »Entschuldigung, Kim. Fahren Sie fort.«

»Genau das war es, was Ihre Großmutter auch meinte, Jane. Sie hatte eine Menge über Wissenschaftler vorzubringen, Gutes und Schlechtes, aber ihr Zorn galt vor allem den politischen Mördern, die in Rudeln auftreten wie verwilderte Hunde.«

»Hat sie etwa gezielte Vorschläge gemacht, was bei Geiselnahme, Kidnapping und Bombenattentaten geschehen soll?« fragte der Botschafter. Seine Schwiegermutter hatte ihn gelegentlich durch ihre Behauptung irritiert, sie wisse auf alles eine Antwort.

Janes Augen ruhten auf Farrar. In der Pause, die auf die Worte des Botschafters folgte, war sein Gesicht härter geworden, und er wirkte älter, als sie zuerst gedacht hatte. Dreißig? Fünfunddreißig?

»Mrs. Carpenter steht auf demselben Standpunkt wie Israel, was Geiselnahme betrifft: Gewalt gegen Gewalt.

Und Verschlagenheit begegnet man mit List und Schneid, wenn's irgend möglich ist. Geiselnehmer gehören ohne Gnade erschossen.«

»Auch wenn die Geiseln dabei selbst ums Leben kommen?« fragte Yates.

»Mrs. Carpenter gab zu, daß das für die Opfer schlimm sei. Wenn man aber auf die Forderungen der Geiselnehmer eingehen würde, so ergäbe das nur eine Eskalation der Gewalt.«

Mabel Etheridge sagte ruhig: »Natürlich hat sie recht. Heutzutage sind Terroristen Fanatiker, die sich als potentielle Märtyrer betrachten – genauso wie ihre Opfer. Wir leben in einer Welt von Gangstern. Und zwar Gangstern aller Art.«

»Und was meinte sie zu Entführungen?« fragte Yates.

»Das Opfer sollte sich nach Möglichkeit weigern, von Erpressern als Köder benutzt zu werden.«

Der Wind hatte sich vollständig gelegt. So empfand man die Stille, die Farrars Worten folgte, noch stärker. Der Botschafter sah den Journalisten lange an. Als er sprach, geschah es mit der Bedächtigkeit, die Jane so gut kannte.

»Nun, Sie sehen wohl selbst, daß Ihre zufällige Bekanntschaft geradezu schicksalhaft war. Und deshalb können Sie auch beurteilen, in welcher prekären Lage wir uns befinden. Sie haben selbst gesehen und gehört, wie starrköpfig Mrs. Carpenter ist – eine Individualistin, die keinem Rat und keinem Einwand zugänglich ist, wenn sie sich ihre Meinung einmal gebildet hat.«

Farrar drückte seine Zigarre sorgfältig aus. Er war sich bewußt, daß Jane ihn aufmerksam beobachtete und auf seine Antwort wartete.

»Wenn Sie gestatten, Sir – diesen Eindruck hatte ich eigentlich nicht.«

»Ihre Meinung überrascht mich.«

»Ich glaube eher, daß Mrs. Carpenter uns alle miteinander überraschen könnte. Wie Sie sagten: Sie hat ausgeprägte Ansichten und Prinzipien, ist aber Anregungen gegenüber durchaus aufgeschlossen. Sie kann zuhören. Wenn man mit ihr spricht, denkt sie nicht nur an ihre Antwort darauf, sie paßt wirklich auf auf das, was man sagt. Und dann macht sie einen entweder fertig – oder sie ändert ihre Meinung!«

Jane sprang auf. »Natürlich! Granny denkt logisch und ist anpassungsfähig. Aber wie können wir sagen, welche Einstellung sie in ihrem eigenen Fall vertritt, wenn wir noch kein einziges Wort von den Entführern gehört haben! Das ist es, was einen verrückt macht – dieses entsetzliche Schweigen! Nicht zu wissen, wo sie ist oder wer sie gekidnappt hat.«

Kim wandte sich an den Botschafter. »Könnten Sie mich über die Ereignisse in vollem Umfang und in chronologischer Reihenfolge unterrichten?«

»Selbstverständlich. Die vermutliche Entführung – möglicherweise auch ein Unfall oder sogar Mord – erregte zuerst in der Öffentlichkeit große Aufmerksamkeit. Wie das aber zu sein pflegt: Wenn ein Fall nicht aufgeklärt wird, kümmern sich die Medien nicht mehr darum. Daher haben Sie so gut wie nichts von den Ereignissen erfahren.«

Sir Hugh lehnte sich zurück. Er wandte sich nun ausschließlich an Farrar.

»Vor einem Monat beschloß Mrs. Carpenter, sich einer Safari anzuschließen. Sie wurde von einer Privatgesellschaft organisiert, die unweit der Grenze zu Mocambique ein Wildreservat einrichtet. Ich wies darauf hin, daß dieses Gebiet noch nicht von den südafrikanischen Touristikunternehmen betreut würde und daß die Grenzgebiete in Afrika heutzutage recht unsicher seien. Wenn sie also an dieser Safari teilnehmen wolle, solle sie doch eine Erklärung unterschreiben, daß sie diese Reise auf eigenes Risiko unternehme.« Er machte eine Pause und drehte sich zu seiner Frau um. »Du hast die Antwort gehört, Mabel.«

Lady Etheridge bejahte temperamentvoll: »Sie war einfach unmöglich! Sie sagte: ›Ich bin zwar dein Gast und deine Schwiegermutter, Hugh, aber ich bin über sechzig und noch nicht verkalkt. Wenn ich das übliche Risiko als Touristin eingehen will, dann tu ich das, mit oder ohne deine Erlaubnis.‹«

Desmond Yates, der ebenfalls Zeuge dieses kleinen Aufstandes gegen die Autorität des Botschafters gewesen war, bemerkte, gegen ein Lachen ankämpfend: »Mrs. Carpenter sagte das jedoch sehr liebenswürdig.«

Mabel Etheridge warf ihm einen vorwurfsvollen Blick zu.

»Liebenswürdig, aber mit Nachdruck. Und sie wußte sehr gut, daß das Risiko, entführt zu werden, für sie viel größer war als für andere Touristen. Eine Thriller-Autorin, deren Bücher verfilmt und dramatisiert wurden und ein Vermögen einbringen! Sie suchte die Gefahr ja geradezu.«

»Und ist ihr leider nicht entgangen.« Sir Hugh machte seiner Tochter ein Zeichen. »Wenn du schon nicht richtig sitzen kannst, Jane, bring mir doch bitte Whisky und Wasser. Desmond, würden Sie meine Frau und Kim und sich selbst bedienen? Elias hat sicherlich alles auf dem Servierwagen bereitgestellt.«

Nachdem sie es sich alle wieder gemütlich gemacht hatten, fuhr der Botschafter in seinem Bericht fort:

»Wie Sie vielleicht wissen, Kim, traf die Safari-Gesellschaft – etwa ein Dutzend britische und amerikanische Touristen – eine Woche nach der Abreise aus Kapstadt in Marula Grove ein. Das Reservat liegt ein paar Kilometer vor der nordöstlichen Grenze der Republik in einer wunderschönen und romantischen Gegend. Aber die Niederlassung selbst ist äußerst primitiv. Ein paar gedeckte Rundhütten im Halbkreis um eine Feldküche und einen offenen Grill. Nur Öllampen und Fackeln. Die sanitären Anlagen bestehen aus ein paar Erdhütten, die wie Schilderhäuschen aussehen. Sie befinden sich in einiger Entfernung vom Wohnbereich, direkt an der Dornenhecke, die das Camp umschließt. Und dort war es, wo Mrs. Carpenter in der Nacht nach ihrer Ankunft verschwand.«

»Schade, daß keine Schildwachen da waren«, murmelte Mabel Etheridge. Ihr Mann wischte ihre Worte mit einer Handbewegung weg.

»Vom Einbruch der Dunkelheit bis zur Morgendämmerung sind die Eingangstore verschlossen, und kein Besucher betritt oder verläßt den umfriedeten Bereich. Mrs. Carpenter wurde selbstverständlich als V. I. P. behandelt. Zum Beispiel hatte sie eine Hütte für sich allein. Sie kennen vermutlich die Gegend, Kim. Hohes, dichtes Gras, hier und da dichtes Gebüsch, ein Fluß mit Krokodilen, Nashörner, Wild in Hülle und Fülle, Raubtiere, die es jagen, und Geier, die sich um die Reste raufen, Schwärme herrlicher Vögel, ein paar Rhinozerosse, Giraffen- und Elefantenherden.«

»Ich war dort, Sir. Ein Paradies für Wild – und für Wilderer.«

»Oder für andere Lumpen! Nun, die Gesellschaft machte am ersten Tag das übliche: In der Morgendämmerung hinaus mit einem Wildhüter, Rast während der Mittagshitze, wenn auch das Wild ruht, und gegen Abend wieder hinaus, wenn sich die Tiere an den Wasserlöchern versammeln. Abends das unvermeidliche Lagerfeuer, Barbecue, Liedersingen und so weiter und dann ins Bett. In aller Frühe stand Mrs. Carpenter auf, zog eine Khakihose an und Wanderschuhe, so was Ähnliches wie Mokassins. Sie wurde von einem amerikanischen Touristen beobachtet, als sie auf dem Pfad von ihrer Hütte zu den Sanitäranlagen ging. Das Licht einer Fackel hüpfte vor ihr her. Der Amerikaner dachte sich nichts dabei und ging in seine Hütte. Das ist unseres Wissens das letztemal, daß jemand sie gesehen hat. Mit Sicherheit wissen wir nur, daß der Zaun genau dort eine Lücke hat und daß Mrs. Carpenters Fackel auf dem zertrampelten Boden innerhalb der Umzäunung gefunden wurde, außerdem einer ihrer Mokassins und Stücke von blutigem Khakistoff. In dem Dornenzaun wurden graublonde Haarsträhnen entdeckt, ganz offensichtlich ihre, aber außerhalb der Umzäunung ist das Gras hoch und dicht, und dahinter erstreckt sich der Busch. Man sah wohl, daß jemand durch den Zaun geschleift worden war, aber weitere Spuren fanden sich nicht. Ein schwerer Regenguß, der ungefähr um vier Uhr nachmittags niederging, tat das übrige.

Man vermißte sie, als man ihr den Morgentee bringen wollte. Die Nachtwachen wurden verhört. Sie waren verstört und so schweigsam, wie es nur ein Afrikaner sein kann, der um nichts in der Welt sagen will, was er weiß. Sie waren jedoch mit Travers, dem für das Camp verantwortlichen Wildhüter, der Meinung, daß ein großes Tier sich durch den Zaun ›geprankt‹ habe. Travers, ein zuverlässiger Bursche, schwört, daß er das Gehege jeden Abend kontrolliert, so daß man annehmen muß, daß es nach Einbruch der Dunkelheit absichtlich zerstört wurde. Es war eine mondlose Nacht, und die Vorbereitungen konnten während der Singerei getroffen worden sein.«

Farrar sagte: »Zweifellos mit stillschweigender Duldung eines Lagerwächters. Was ist mit den südafrikanischen Anti-Terror-Patrouillen zwischen Marula und dem Flußufer?«

»Sie sind unentwegt auf der Suche nach Beweismaterial. Aber das Ufer ist sehr lang, und seit Mauds Verschwinden ist ein Monat vergangen. Deshalb fürchte ich, daß wir keine brauchbaren Informationen bekommen.«

»Das stimmt nicht ganz, Daddy. Es gibt da Gerüchte. Aber du willst ja nichts davon hören.«

Jane sah ihren Vater mit verkniffenem Gesichtsausdruck an. Farrars Blick wanderte fragend zwischen dem Botschafter und seiner Tochter hin und her. Jane drehte sich zu Farrar um und begegnete seinem Blick herausfordernd.

»Vor drei Tagen wurde unsere Hündin Kirsty läufig, und ich brachte sie in den Zwinger. Als ich hierher zurückkam, traf ich Elias, und er sagte: ›Jetzt haben wir keinen Wachhund, Miß Jane.‹ Er sah bestürzt aus. Ich sagte: ›In drei Wochen ist sie ja wieder zurück. Warum machen Sie sich Sorgen?‹«

Sie schwieg einen Augenblick. An ihrem langen, schlanken Hals zuckten die Muskeln.

»Bitte, sprechen Sie weiter«, bat Farrar. »Alles kann wichtig sein, jede Bemerkung, auch wenn sie noch so unbedeutend klingt.«

»Elias sagte mir, es gehe das Gerücht um, Leoparden-Männer seien in der Nähe der Stelle gesehen worden, ›wo die alte Madame verschwand‹. Er fürchtete sich. Als ich versuchte, ihn auszuhorchen, schwieg er. Ihm schien bewußt geworden zu sein, daß er bereits zuviel gesagt hatte.«

Farrar nickte. »Wenn er an das Gerücht glaubt, hatte er Grund, sich zu fürchten. Die Leoparden-Männer gehören einer Kultgemeinschaft an, die Schrecken verbreiten will. Es sind menschliche Bestien mit fürchterlichen Masken und Stahlklauen. Ihre Riten sind seltsam, und sie verfügen über ungewöhnliche Kräfte. Zwei Dinge geben mir zu denken: Wenn Mrs. Carpenter von einem wilden Tier geraubt worden wäre, hätte man sie sicherlich schreien hören. Die Nacht im Busch ist sehr still, sie hat nur ihre eigenen Geräusche. Und dann: Hätte ein Raubtier sie angefallen, wäre irgend etwas gefunden worden . . .«

Jane sah ihn voll an. »Natürlich. Knochen, menschliche Knochen! Trotz der Geier und der Ameisen. Irgend etwas wäre bestimmt übriggeblieben.«

Sie war so erregt, daß er sich gedrängt fühlte weiterzusprechen: »Jane, begreifen Sie nicht, daß gerade die Tatsache, daß nichts dergleichen gefunden wurde, Grund zur Hoffnung gibt?«

»Wenn sie entführt worden ist, bekommen wir sie zurück«, fiel Yates ein. »Und Kim hat recht, Jane. Alles deutet auf eine Entführung hin.«

»Aber die Leoparden-Männer, Desmond?«

»Diese Geschichte ist verbreitet worden, um die Schwarzen einzuschüchtern. Jeder, der irgendwelche Informationen oder eine Theorie hat, wird sie für sich behalten, weil er Angst hat, ein Leoparden-Mann könnte ihn beim Genick packen.«

Lady Etheridge bedeckte die Augen mit den Händen, und der Botschafter zündete sich seine halbgerauchte Zigarre umständlich wieder an. Yates benützte die Gelegenheit, einen Arm um Janes Schultern zu legen. Ihr schien die beruhigende Geste zu gefallen.

Sogar der Garten der Botschaft schien jetzt unheilverkündend. Die Devil's Peak, völlig wolkenlos nun, ragte mächtig und dunkel gegen den Sternenhimmel empor. Aus ihren bewaldeten Hängen und kahlen Schluchten schien eine wortlose, drohende Warnung zu steigen.

»Wenn Mrs. Carpenter noch am Leben ist«, sagte Sir Hugh, »wird man sich wegen einer Lösegeldforderung an mich wenden. Und zwar bald.«

Jane stand nervös auf.

»Alles wäre besser als diese Ungewißheit ...« Mit einem unterdrückten Schrei brach sie ab und wich zurück, die Hände vor den Mund gepreßt.

Desmond stürzte vor, um den Mann aufzufangen, der keuchend und stammelnd die Treppe zur Terrasse heraufgetaumelt kam.

2
»Ganz besondere Handschuhe!«

Den Botschafter verließ augenblicklich seine gewohnte Gelassenheit, als er den verletzten Mann erkannte.

Elias war aschfahl, die Augen traten ihm aus dem Kopf, Hemd und Hose waren blutdurchtränkt und zerrissen und ließen die langen, tiefen, dreifach klaffenden Wunden an seinem linken Arm und an seiner Hüfte sehen. Ohne Desmonds Hilfe wäre der Mann zusammengebrochen.

»Elias, was zum Teufel ist passiert? Wo ist Sam? Wir halten einen Nachtwächter doch nicht nur zur Verzierung!«

Elias, unter schwerem Schock, murmelte Unverständliches. Yates half ihm auf eine Liege; Farrar ging zum Barwagen, goß ein Glas Brandy ein und hielt es an die Lippen des fast Bewußtlosen.

»Mabel«, sagte Sir Hugh. »Bring mir den Erste-Hilfe-Kasten und eine Schüssel mit heißem Wasser.« Er wandte sich an seine Tochter. »Ruf Doktor Gobbelaar an, Jane, und bitte ihn, sofort zu kommen. Wenn du ihn zu Hause nicht erreichst, sieh zu, daß du unter der Notrufnummer irgend jemanden erwischt, der gerade Dienst hat. Wir dürfen keine Zeit verlieren.«

Der Butler schien sich zu erholen. Der Botschafter sah die liegende Gestalt lange nachdenklich an. Dann wandte er sich an Yates und bedachte auch Farrar mit einem fragenden Blick.

»Die Polizei?«

»Noch nicht, Sir«, antwortete Yates entschlossen. Aber das Wort ›Polizei‹ in Verbindung mit dem Brandy bewirkte eine eigenartige Reaktion des verletzten Butlers.

»Keine Polizei, Exzellenz! Er bringt mich um, wenn ihn die Polizei jagt.«

»Wer wird dich umbringen?«

Elias schlotterte vor Angst. »Der Leopard, Exzellenz . . . der Leoparden-Mann.«

Farrar kniete neben Elias nieder und riß den bereits aufgeschlitzten Stoff von dem blutigen Arm, um die klaffenden Wunden freizulegen, die von der Schulter bis zum Ellbogen gingen. Die Haut des Mannes fühlte sich kalt und feucht an, der Puls war kaum zu spüren.

»Das ist das Werk eines Leoparden-Mannes, stimmt«, sagte Farrar. »Die Wunden von der Hüfte bis zum Knie ebenfalls. Sie müssen genäht werden. Aber Yates hat recht. Die Polizei einzuschalten, bevor wir die ganze Geschichte kennen – oder so viel uns Elias zu erzählen wagt –, könnte seinen Tod zur Folge haben.«

Lady Etheridge kam mit einem Erste-Hilfe-Kasten auf die Terrasse. Sie stellte ihn auf einen niederen Tisch neben der Couch. Mit zusammengepreßten Lippen machte sie sich daran, die Wunden zu versorgen.

»Jane, willst du mir nicht helfen?«

Sie schnitt den ganzen Ärmel und das Hosenbein ab und bedeutete Jane, beides beiseite zu legen. »Man braucht sie vielleicht als Beweismaterial.« Zu Elias gewandt, fügte sie hinzu: »Ich werde dir nicht weh tun. Der Arzt Seiner Exzellenz wird dich wieder gesund machen. Die Dinge, die ich hier habe, sind nur für den Fall, daß er sie braucht. Kannst du uns genau sagen, was geschehen ist? Wo ist Sam?«

Jane, die eine aufsteigende Übelkeit unterdrücken mußte, half ihrer Stiefmutter, saubere Handtücher unter die verletzten Glieder zu schieben. Wie rot und roh die tiefen Wunden unter der schwarzen Haut aussahen! Wenn man nur tief genug schnitt, dachte sie, gab es zwischen Schwarzen und Weißen bloß noch einen hauchdünnen Unterschied. Oder war es doch eine ganze Welt, die sie trennte. Eine Welt voll atavistischen Aberglaubens an Leoparden-Männer und mit Riten, die sich Weiße überhaupt nicht vorstellen konnten? Wenn irgendein Dschungelwesen, ob Mensch oder Tier, Elias dies antun konnte – was war dann mit ihrer Großmutter? Im Innern des Hauses schlug eine Uhr Mitternacht. Lady Etheridge, die sanft die Wunden reinigte, entdeckte dabei das Papier in der Brusttasche von Elias' Hemd. Sie zog es heraus und reichte es schweigend ihrem Mann. Der schlug es ungelesen in sein sauberes weißes Taschentuch und steckte es angewidert in die Tasche. Dann beugte er sich über den Butler und sagte mit gewohnter Bedachtsamkeit: »Nun erzähl mir einmal so genau wie möglich, was geschehen ist.« Er mußte das Ohr nahe an die Lippen des Mannes halten, um das Gestammel zu verstehen.

»Ich schlafe, Exzellenz. Da großes Klopfen an meiner Tür und Sam schreit: ›Komm raus!‹ Ich höre die Angst in ihm, daher rufe ich: ›Warum? Was ist nicht in Ordnung?‹ Er ruft: ›Da ist wildes Tier!‹ Ich zieh Kleider an und mache Tür auf, aber Sam rennt weg, hat Angst. Ich nehme großen Stock und Fackel, höre Grunzen nahe bei der Hecke, sehe Leopard.« Elias schauderte. »Er steht auf zwei Beinen und springt mich an. Stößt Stock weg, ich spüre Krallen. Er knurrt. Ich weiß, jetzt muß ich sterben.«

»Was hat dich gerettet?« fragte Farrar knapp.

Der Butler verdrehte die Augen in dem aschgrauen Gesicht. »Leoparden-Mann wollte Nachricht schicken. Mein Arm, mein Bein hat gebrannt wie Feuer, ich riech mein eigenes Blut. Er steckt was in meine Hemdentasche, er sagt: ›Gib deinem Herrn das Schreiben, oder ich komme wieder und mach dich fertig.‹« Elias machte den Versuch, nach dem Papier zu tasten.

»Schon gut«, sagte Farrar. »Dein Herr hat den Brief. Du wirst nicht sterben. Hier bist du in Sicherheit. Welche Sprache hat dieser Leoparden-Mann gesprochen? Xhosa?«

»Er spricht Fanagalo.«

Farrar wandte sich an Sir Hugh. »Das ist keine wirkliche Sprache, nur ein Verständigungsmittel, ein Mischmasch, der in den Minen vom Kap bis zum Äquator gesprochen wird. Das hilft uns nicht weiter.«

Von der Zufahrt kam das Motorengeräusch eines Autos.

»Dr. Gobbelaar, Gott sei Dank!« Lady Etheridge eilte zu der schweren Eingangstür.

Plötzlich befand sich Jane allein mit ihrem Vater und Elias auf der Terrasse. Elias war wieder in halbe Bewußtlosigkeit gesunken. Jane strich sich das Haar aus der Stirn und zog ärgerlich die Brauen hoch.

»Ich begreife nicht, weshalb du Colonel Storr nicht anrufst? Er ist schließlich unser Verbindungsmann hier, der Leiter der Peninsula-Abteilung für Raub und Mord. Es ist sicherlich unsere Pflicht, ihn zu verständigen. Selbst wenn das nichts mit Grannys Entführung zu tun hätte – aber es hat gewiß damit zu tun –, so ist es doch eine schreckliche Sache.«

Er strich seiner Tochter über das weich niederfließende Haar mit einer bei ihm seltenen Geste der Zuneigung.

»Ich möchte, daß vorher noch zwei Dinge erledigt werden. Dr. Gobbelaar muß seinen Bericht schreiben, und ich will diese Lösegeldforderung untersuchen und analysieren.« Dabei deutete er auf seine Jackentasche.

»Dann müßten wir wissen, was los ist.«

»Müßten – aber werden wir es auch? Weiß man das jemals bei Geiselnahme? Das ist wie Erpressung, es geht immer weiter. Wie bei dieser armen Archäologin in der Sahara. Das Lösegeld war bezahlt, aber es dauerte drei Jahre, bis sie freikam.«

Innerhalb der nächsten Stunde wurde Colonel Storr eingeschaltet. Er nahm von allen Beteiligten Aussagen auf; auch Sam, der Nachtwächter, wurde befragt, aber er blieb stumm. Selbst Elias, dessen Wunden gesäubert und genäht worden waren, schien unter völligem Gedächtnisschwund zu leiden. »Ich kann mich nicht erinnern.« Mehr war aus ihm nicht herauszubekommen.
Ein stämmiger Polizist mit einem Polizeihund bezog außerhalb der Dienstbotenunterkünfte Posten.
»Die Polizei ist hier zu deinem Schutz«, erklärte Yates Elias. »Du hast die Nachricht abgeliefert. Also hast du nichts mehr zu fürchten.«
Elias verdrehte entsetzt die Augen, als der Konstabler ihm den Schäferhund zeigte. »Sieh dir diesen Hund an, Mann! Greif heißt er, und ein Greifer ist er auch. Wenn dein verdammter Leoparden-Mann wiederkommt, wird Greif ihn stellen. Er wird ihn packen und auffressen von den Wimpern bis zu den Zehennägeln.«
»Welcher Leopard?« fragte Elias leise und drehte das Gesicht zur Wand.
Im Wohnzimmer verabschiedete sich Dr. Gobbelaar. Er konnte den Botschafter und seine Familie beruhigen.
»Der Mann wird wieder in Ordnung kommen. Die Wunden sind vermutlich durch Stahlkrallen verursacht worden. Eine ganz besondere Art von Handschuhen! Ich habe ihm für alle Fälle eine Tetanusspritze gegeben. Morgen schaue ich wieder vorbei. Wenn es Anzeichen für eine Infektion gibt, muß er ins Krankenhaus. Und inzwischen verschreibe ich Lady Etheridge Bettruhe und ein Beruhigungsmittel. Sofort zu nehmen!« Er

wandte sich an Colonel Storr. »Hoffe, Sie erwischen Ihren Mann . . . oder sollte ich sagen: Ihren Leoparden?«

»Wird geschehen«, knurrte der bullige Polizeichef.

»Mann oder Tier – oder beides. Aber ich muß mich jetzt ebenfalls verabschieden.«

Während Yates den Arzt und den Colonel zu ihren Autos begleitete, nahm Jane den Arm ihrer Stiefmutter. »Komm, Mabel. Du bist ja ganz erledigt.« Als sie das Zimmer verließen, sagte sie über die Schulter: »Ich gehe mit Mabel hinauf, Daddy, und bring sie zu Bett. Dann komme ich zurück.«

Der Botschafter blieb mit Farrar allein im Wohnzimmer. In seiner üblichen Haltung, die Hände auf dem Rücken verschränkt, stand er vor dem Kamin.

»Sie möchten wissen, ob sich die Nachricht und die Einzelheiten der Lösegeldforderung auf die Freilassung beziehen«, sagte er. »Meine Antwort lautet: Im Augenblick noch nicht. Die Forderung ist ungeheuerlich. Man wird sich auf hoher politischer, diplomatischer und persönlicher Ebene damit zu beschäftigen haben. Sie können inzwischen eine Fotokopie des Briefes haben, müssen mir jedoch zusichern, daß Sie die Sache als höchst geheim behandeln, bis ich Ihnen grünes Licht gebe. Sie können mit Desmond Yates darüber sprechen, wenn Sie wollen. Sonst mit niemandem.«

Sir Hugh hatte seinen Einfluß aufgeboten, um Farrar als Verbindungsmann zu den Medien zu gewinnen. Wenige Fernsehreporter kannten Afrika so gut wie Farrar, und noch weniger hatten nicht nur Erfahrung auf diplomatischem Parkett, sondern genossen überdies den Ruf, verschwiegen und persönlich integer zu sein. Natürlich steckte im Carpenter-Fall eine erstklassige Sensationsmeldung, möglicherweise sogar der Stoff für ein Buch. Also war es nur zu Farrars Vorteil, wenn er vertrauliche Mitteilungen für sich behielt, bis die Story reif für die

Öffentlichkeit war. Der Botschafter hatte vom ersten Augenblick an einen guten Eindruck von Farrar gehabt. Er betrachtete den Journalisten bereits als Verbündeten.

Später, als Kim und Yates gegangen waren, kehrte Sir Hugh auf die Terrasse zurück, Sam hatte sie bereits gereinigt und nahm nun zögernd seine Arbeit wieder auf. Widerstrebend machte er seine Runden, einen Schlagstock in der Hand. Die Gegenwart des Polizisten mit seinem Hund beruhigte ihn nicht im geringsten. Wie sollte er wissen, ob der Schäferhund ihn nicht verwechselte: ihn, Sam, mit dem Leoparden-Mann?

Der Botschafter stand da und starrte in den Garten. Innerlich verfluchte er seine Schwiegermutter, der Schwierigkeiten wegen, in die sie sich selbst und ihre Familie gebracht hatte. Weshalb mußte Maud immer ihren Willen durchsetzen, ohne Rücksicht auf die Ratschläge anderer?

Er drehte sich um, als er leichte Schritte im Wohnzimmer hörte. Jane trat durch die französischen Fenstertüren und hakte sich bei ihm ein. Die vertrauensvolle Geste erwärmte sein Herz. Einen Augenblick schien es ihm, als sei die Kluft, die sich in der letzten Zeit zwischen ihnen aufgetan hatte, schmäler geworden. Sie ergriff immer die Partei ihrer Großmutter gegen ihn, und das nahm er ihr übel, so wie sie ihm vermutlich die Stiefmutter übelnahm.

»Mabel ist im Bett und schon ganz schläfrig«, sagte sie. »Ich weiß, Daddy, es ist jetzt ein bißchen sehr viel für dich, aber ich muß die Lösegeldforderung unbedingt selbst sehen.«

»Natürlich, Janie. Colonel Storr hat das Original mitgenommen, aber ich habe einige Fotokopien. Gehen wir hinein. Es ist kalt geworden . . . vielleicht kommt's uns aber auch nur so vor, weil wir müde sind.«

Während ihr Vater die französischen Fenstertüren verschloß und die Jalousien herunterließ, kuschelte sie sich auf der Couch unter der Leselampe zusammen, um die Fotokopie zu studieren, die er ihr gegeben hatte.

Zu ihrer Überraschung sah sie, daß der Brief in der unverwechselbaren Krakelschrift ihrer Großmutter geschrieben war. Man hatte ihn ihr wohl diktiert.

»Schicke Yates *allein*, früher Passagierflug nach Jo'burg nächsten Montag. Dann Hubschrauber bis zu einem kleinen Landeplatz zehn Kilometer nördlich von Marula Grove. *Wenn ein Polizist oder ein Offizier Yates begleitet, wird die Geisel sofort getötet.* Der Pilot muß beim Hubschrauber bleiben. Um Mitternacht muß Yates *allein* fünf Kilometer nordöstlich vom Landeplatz auf den Fluß zugehen, wo er einen einzelnen hohlen Baobab-Baum sehen wird. In dieses Loch muß er eine (1) Million gebrauchte Rand in großen Scheinen legen. Wenn die südafrikanische oder die britische Regierung die Bezahlung verweigert, muß die Familie der Geisel das Geld auftreiben. Verhandlungen werden abgelehnt. Sobald das Lösegeld gezahlt ist, wird Yates genaue Informationen über die Freilassung der Geisel bekommen. Wenn diese Anweisungen nicht genauestens befolgt werden, wird die Geisel getötet. Gezeichnet: Maud Carpenter.«

Ihr Vater stieß einen tiefen Seufzer aus. »Lies weiter, Jane. Da ist noch ein Postskriptum. Ich halte es für sehr wichtig. Lies laut.«

»Es scheint an dich persönlich gerichtet zu sein, Daddy. Granny schreibt: ›Ich bin bis jetzt unverletzt. Ich rechne damit, Hugh Etheridge, daß Du meine Anweisungen getreulich befolgst, was immer es mich oder die Meinen kosten mag. Maud.‹«

»Nun?« Er beobachtete seine Tochter scharf.

Sie runzelte die Stirn und las den Brief und das Postskriptum noch einmal.

»Ich verstehe den Sinn nicht. Es ist nur eine Wiederholung der Lösegeldforderung und der Anweisungen . . . Ah, Anweisungen! Natürlich ist das eine persönliche Nachricht an dich, Daddy . . . irgend etwas, von dem sie nicht will, daß es die Kidnapper merken.«

»Wie kommst du darauf?«

»Warum sollte sie schreiben: ›Befolge *meine* Anweisungen getreulich‹, statt einfach: ›Befolge die Anweisungen‹?«

»Wir werden über diesen Punkt später nachdenken. Du bist ein gescheites Mädchen, weil du das gemerkt hast. Ist dir noch etwas anderes aufgefallen?«

»Die Kidnapper geben sich nicht zu erkennen. Ich dachte, gerade das gehörte heutzutage zum Entführungsritual. Zuerst wird ums Geld gefeilscht, und dann wird das Verbrechen politisch gerechtfertigt.«

»Das ist mir auch aufgefallen. Dies scheint kein Verbrechen einer politischen Gruppe oder einer Befreiungsbewegung zu sein. Sie verlangen keine Waffen und keinen Gefangenenaustausch.«

»Mhm . . . und weshalb haben die Kidnapper Yates namentlich als Überbringer genannt? Natürlich wissen sie genau, wer zum Haushalt der Botschaft gehört und in welchem Verwandtschaftsverhältnis Granny zu allen steht – aber warum ausgerechnet Desmond?«

»Vielleicht war es ihr persönlicher Wunsch . . . und sie wollte uns auf diese Art mitteilen, daß sie bei ihren Entführern in gewissem Ansehen steht oder vielleicht sogar Einfluß ausübt. Sie hat sie davon überzeugt, daß Yates ein vertrauenerweckender junger Mann ist, der beste, den man für eine wichtige, vertrauliche und möglicherweise gefährliche Aufgabe gewinnen konnte. Eine Million Rand mit sich herumzutragen, bedeutet auf jeden Fall ein Spiel mit dem Leben.«

»Das klingt vernünftig«, gab Jane zu. Ihr Blick und der Ausdruck ihrer Lippen wurden sanfter. Sie spürte, daß ihre Großmutter in Wirklichkeit sagen wollte: »Laß deinen jungen Mann nur diese schwierige Angelegenheit in die Hand nehmen. Ich habe Vertrauen zu ihm.« Sie war stolz, hatte aber Angst um Desmond. Sie hob den Kopf und sah ihren Vater an.

»Dieses Postskriptum an dich, Daddy . . . Mir scheint, daß Granny dich bittet, die Familie davon zu überzeugen, daß wir uns alle gemeinsam überlegen sollen, wie wir das Lösegeld auftreiben können . . . Obwohl sie wissen muß, daß dies nicht auf einen Schlag geschehen kann. Ihre persönlichen Anweisungen lauten dahingehend, daß wir uns, wenn nötig, finanziell ruinieren müssen. Ihre Worte sind: ›. . .was immer es mich oder die Meinen kosten mag.‹«

»Das ist also deine Auslegung?«

»Es gibt keine andere.« Sie zögerte und sah zu ihm auf. »Oder doch?«

Er zog seine Tochter hoch und nahm ihr das Schreiben weg. Sie schauderte unter der Berührung seiner kalten Hände. Sein feingeschnittenes Gesicht war grau und verschlossen.

»Sie vertraut dir, Daddy. Sie hat dir die ganze Verantwortung aufgeladen. Du mußt tun, um was sie dich bittet – um jeden Preis.«

»Jane«, sagte er, »du weißt nicht, um was du mich da vielleicht bittest. Denke genau über die Unterhaltung nach, die sie mit Kim Farrar auf dem Flughafen von Johannesburg geführt hat, und dann lies dieses Postskriptum noch einmal, Wort für Wort. Wir werden am Morgen ausführlich darüber sprechen. Kim und Desmond haben je eine Fotokopie. Geh jetzt zu Bett. Wir müssen diese Geschichte erst einmal überschlafen, dann können wir klarer urteilen.«

Jane, die im allgemeinen um halb acht Uhr aufwachte, wenn ihr das afrikanische Mädchen Salima den Morgentee brachte, war bereits hellwach und lauschte dem Chor der Vögel in den Bäumen und Sträuchern, als die aufgehende Sonne das Kap und die letzten Wolken am klaren blauen Himmel vergoldete.

Ihre Fenster waren weit geöffnet, die Vorhänge zurückgezogen. Der Swimming-pool lockte. Es war schon jemand dort unten. Sie erkannte Kim und dachte: Der Glückliche, er schwimmt nackt. Daddy würde mir das nie erlauben wegen des Gärtners und Elias.

Armer Elias! Plötzlich drangen ihr die Ereignisse des vergangenen Abends und des letzten Monats mit voller Wucht ins Bewußtsein. Sie mußte hinuntergehen und mit Kim sprechen. Denn bald würde auch Desmond dasein. Seine winzige Wohnung lag in der Nähe der Botschaft, und er hatte es sich zur Gewohnheit gemacht, ein Morgenbad im Pool zu nehmen, ehe er ins Büro nach Kapstadt fuhr.

Sie steckte die Kopie der Lösegeldforderung in die Tasche ihres geblümten Bademantels, dann lief sie die Treppe hinunter und quer über den Rasen.

Kim saß am Rande des Beckens, ein Handtuch um die Hüfte geschlungen, und er blickte ihr entgegen. Graziös wie ein junges Tier, dachte er. Ihre Wangen hatten Farbe, und ihre Augen glänzten, als sie ihn begrüßte, ihren Mantel abwarf und ins Wasser sprang, wo sie ein halbes dutzendmal mit kräftigen, raschen Zügen hin und her schwamm. Als sie herauskletterte, klebte ihre dunkle Mähne an Gesicht und Schultern. Sie schüttelte sich, daß die nassen Strähnen aus dem Gesicht flogen, und fuhr sich mit den Fingern durchs Haar.

»Sie haben phantastisch ausgesehen, wie Sie da über den Rasen gelaufen sind«, sagte er. »Aber außerdem schwimmen Sie auch noch großartig.«

Jane lachte. »Ich würde allerdings lieber im Meer schwimmen als im Süßwasser. Sie nicht auch?«

»Das Meerwasser am Äquator ist nicht erfrischend. Ich würde gern die Brandung am Kap ausprobieren.«

Sie sah plötzlich zum Haus hinüber.

»Hier kommen Daddy und Des.«

Farrar erhob sich. Wie mager er war, wie katzenhaft in seinen Bewegungen, geschmeidig und wachsam. Hatte er irgendwo ein Zuhause? Er sah nicht wie ein Ehemann aus, aber was besagte das schon?

Nach dem Schwimmen saßen sie alle vier am Beckenrand.

»Nun«, sagte Sir Hugh. »Wir hatten alle Gelegenheit, über die Lösegeldforderung nachzudenken. Kim, ich möchte Ihren Standpunkt zuerst hören. Sie, als nicht direkt Betroffener, sehen das Problem vielleicht objektiver als wir. Die Nachschrift ist natürlich äußerst wichtig.«

Yates beobachtete gespannt Farrars Gesicht. Er sah, wie sich die dunklen Brauen zusammenzogen.

»Sie kann auf zweierlei Weise ausgelegt werden«, sagte Farrar schließlich. »Als Befehl, alles in Ihrer Macht Stehende zu tun, um das Lösegeld zu bezahlen, selbst wenn das bedeuten würde, Mrs. Carpenter und ihre Erben finanziell völlig zu ruinieren.« Er zögerte. »Sie kann aber auch das genaue Gegenteil bedeuten.«

»Und wie interpretieren Sie dieses Postskriptum?«

»Nach der ungewöhnlichen Unterhaltung mit Mrs. Carpenter am Johannesburger Flughafen und nach der Art, wie sie ihre Theorien verkündete, neige ich zu der Annahme, sie will Ihnen, Sir, mitteilen, daß sie bereit ist, ihr Leben zu wagen, um ihren Standpunkt zu vertreten.

Die Lösegeldforderung soll also zurückgewiesen werden.«

»Das geht zu weit!« rief Desmond aus. »Kein Mensch würde sich doch so ohne weiteres umbringen lassen, am allerwenigsten Mrs. Carpenter. Dazu liebt sie das Leben viel zu sehr.«

Sir Hugh blickte seine Tochter lange an. »Was meinst du, Janie?«

»Ich glaube, daß Kim recht hat«, sagte sie langsam. »Aber ich brauche einen wirklichen Beweis dafür, daß Granny dir irgendwie ein Versprechen abgenommen hat, Daddy. Es genügt nicht, daß wir alle ihre Ansichten kennen. Sie sagt manchmal das Gegenteil von dem, was sie meint, nur damit die Diskussion in Schwung kommt. Aber diese Absichten in die Praxis umzusetzen ist etwas ganz anderes.«

»Die eigene Theorie bis zur Selbstzerstörung erproben?« Er runzelte die Stirn. »Das ist genau das, was sie schriftlich niedergelegt hat und woran ich mich zu halten habe. Das Dokument liegt in meinem Safe. Ich zeige es dir später. Ich bin fest davon überzeugt, daß sie in dem Postskriptum der Lösegeldforderung darauf anspielt und von mir verlangt, daß ich ihr sogenanntes ›Glaubensbekenntnis‹ respektiere, also *ihren* Instruktionen gehorche.«

Jane fiel ihm ins Wort. »Wenn das stimmt, Daddy, so ist es deine Pflicht, dich nicht um dieses Glaubensbekenntnis zu kümmern. Du darfst dich einfach nicht daran gebunden fühlen! Die Menschen glauben, sie seien imstande, ihren Prinzipien treu zu bleiben, aber wenn sie in Not sind, dann ändern sie ihre Meinung. Wir müssen alles tun, um das Geld aufzutreiben. Granny ist doch kein Versuchskaninchen! Wenn's nicht anders geht, müssen wir eben Zeit schinden.«

»Ich telefoniere heute morgen mit London. Da werde

ich unsere Regierung bearbeiten, wenn nötig, den Premierminister persönlich. Wenn sie uns im Stich lassen, müssen wir das Familienvermögen flüssig machen. Das wird nicht leicht sein. Es kann Wochen dauern.«

Jane schlüpfte in ihren Bademantel.

»Das Glaubensbekenntnis, Daddy. Ich möchte es jetzt gern sehen.«

»Gut«, sagte er. »Es wird dir nicht gefallen. Aber du hast ein Recht darauf, es zu sehen. Deine Großmutter wollte, daß es in vollem Wortlaut veröffentlicht wird, wenn . . . wenn ihr irgend etwas zustößt.«

3

»Das Carpenter-Glaubensbekenntnis . . .
ich kann es auswendig!«

Lady Etheridge hatte eine Verabredung zum Lunch. So war Jane allein in Sir Hughs Arbeitszimmer, als das Telefon kurz nach zwölf Uhr klingelte. Sie liebte den hellen kleinen Raum, in dem es nach Leder, Möbelpolitur und Büchern roch. Wenn ihr Vater im Büro in Kapstadt war, erledigte sie ihre Korrespondenz oft an seinem großen Mahagonischreibtisch. Sie nahm den Hörer ab und vernahm Farrars tiefe Stimme. Eine gute Mikrophonstimme, ging es ihr durch den Kopf.

»Jane? Hören Sie, hier ist es scheußlich stickig. Wenn ich zur Botschaft komme – hätten Sie eine Stunde oder so für mich Zeit . . .?«

»Natürlich. Und außerdem einen Bissen zu essen: kaltes Fleisch, Salat, Käse.«

»Ausgezeichnet.«

Bereits nach zwanzig Minuten hörte sie, daß er seinen Mietwagen in der Einfahrt parkte. Sie lief hinaus, um ihn zu begrüßen.

»Ich bin so froh, daß Sie gekommen sind! Wenn man sich unentwegt den Kopf zermartert über das, was geschehen ist, wird man ja verrückt.«

»Mir geht's genauso. Wo können wir ungestört sprechen?«

»In Daddys Arbeitszimmer. Wollen Sie etwas trinken?«

»Nein, danke.« In den Augenwinkeln erschienen ein paar Krähenfüße. »Nicht jetzt.«

34

Es war kühl im Arbeitszimmer. Durch das offene Fenster wehte Ginsterduft. Man hörte die schrillen Stimmen von zwei winzigen, wie Edelsteine leuchtenden Honigsaugern, die um die Schlingpflanzen herumflatterten.

»Welche Neuigkeiten können Sie mir mitteilen?« fragte Jane.

»Seine Exzellenz verbrachte heute morgen eine Stunde damit, mit London zu telefonieren. Fehlanzeige. Die Regierung Ihrer Majestät sieht in dem Verschwinden von Mrs. Carpenter eine negative Auswirkung auf Südafrikas Tourismus. Daher sei es Sache der Republik, die volle Verantwortung zu übernehmen und sowohl das Lösegeld als auch Ihre Großmutter herbeizuschaffen. Ihr Vater trifft sich deshalb heute nachmittag mit verschiedenen Ministern, möglicherweise sogar mit dem Premier. Dann wird er dem Außenministerium wieder berichten. Danach gibt er ein paar Informationen zur Veröffentlichung frei. Ich muß ab drei Uhr im Büro sein.«

Jane, die auf dem Drehstuhl am Schreibtisch des Botschafters saß, wirbelte herum und sprang auf.

»Also wird der Schwarze Peter von einem zum andern gereicht! Und wir wissen nicht einmal, wo Granny ist oder wer sie gefangen hat, und der südafrikanischen Polizei und den Grenzpatrouillen sind die Hände durch die Drohung in dem Erpresserbrief gebunden. Wenn wir, die Familie, die ganze Million Rand allein aufbringen müssen, braucht das Zeit. Was also sollen wir tun?«

»Darüber möchte ich mit Ihnen sprechen. Was wir tun sollen? Handeln! Zunächst einmal: Wie ist das mit dem Glaubensbekenntnis von Mrs. Carpenter? Ich möchte die Ansichten des Opfers schwarz auf weiß sehen, damit ich einen Vergleich habe zu dem Zufallsgespräch zwischen Fremden. Ihr Vater hat mich bisher über dieses

Bekenntnis noch nicht ins Vertrauen gezogen – es war ja auch keine Zeit dazu –, aber er erwähnte, daß Sie eine Fotokopie davon besitzen.«

»Stimmt. Und Sie müssen sie sehen. Wir brauchen jetzt jeden, der Verstand hat und uns helfen kann, um diese Botschaft zu enträtseln.«

Sie drehte sich wieder zum Schreibtisch und reichte ihm die bereitliegende Kopie. »Sehen Sie sich das genau an, Kim. Manches davon läßt sich nicht auf die gegenwärtige Situation anwenden, aber alles ist sehr charakteristisch für meine Großmutter, wie Mabel sich ausdrückt.«

»Es ist sehr wichtig, Mrs. Carpenters Gedankengänge zu kennen. Nur so können wir beurteilen, wie ernst ihre Beschlüsse zu nehmen sind und ob sie sie allenfalls in die Tat umsetzt.«

»Ich lasse Sie jetzt allein, weil ich mit Salima wegen des Lunchs reden muß. Der arme Elias ist für einige Tage außer Gefecht. Es geht ihm körperlich ganz gut, sagt Dr. Gobbelaar, aber sein Kopf ist noch etwas durcheinander. Da scheint ein schwarzer Hase im vollen Scheinwerferlicht von einem Leoparden und einem Schäferhund verfolgt zu werden. Wir essen hier nun im Arbeitszimmer. Ich sorge dafür, daß wir nicht gestört werden. Weiß Daddy, wo er Sie finden kann?«

»Ja. Es war ja sein Vorschlag, daß ich hierher komme und die Dinge mit Ihnen bespreche.«

Als sie wieder zurückkehrte, sagte er: »Ich würde das gerne mitnehmen und Desmond bitten, es für mich zu kopieren.«

»Sie brauchen Daddys Erlaubnis dazu. Es ist sein Besitz . . . im Augenblick.«

Er bestand nicht weiter darauf. Aber er wollte unbedingt wissen, welche Bedeutung Mrs. Carpenters Enkelin jedem Satz gab, genauer gesagt, wo für sie der Akzent lag. Wie Desmond ihm gesagt hatte, waren die beiden sehr eng miteinander verbunden und einander äußerst ähnlich.

»Wollen Sie es nicht laut vorlesen?«

Sie zögerte, als sie die Blätter von ihm entgegennahm. Er bat: »Bitte, Jane. Es ist wichtig, daß wir das gemeinsam studieren.«

Farrar machte es sich in dem Ledersessel ihres Vaters bequem; Jane, neben ihm an den Schreibtisch gelehnt, las langsam und sorgfältig vor. Wenn sie sich des eindringlichen Blicks seiner dunklen Augen bewußt war, so gab sie das nicht zu erkennen.

»›An meinen Schwiegersohn Sir Hugh Etheridge, britischer Botschafter der Republik Südafrika.

In den zweiundsechzig Jahren seit meiner Geburt hat sich die Welt unglaublich verändert. Der Wissenschaftler – gottähnlich oder teuflisch – beherrscht nunmehr das Universum. Seine Entdeckungen haben dazu geführt, daß uns nur noch wenig aus der Ruhe bringt. Unsere Gefühle sind weitgehend abgestumpft – aber nicht ganz. Wir empfinden Entsetzen über Grausamkeiten, die den Unschuldigen zugefügt werden – Kindern, Tieren – und den vollkommen Hilflosen. Trotzdem brauchen in den meisten zivilisierten Ländern selbst jene kein Todesurteil mehr zu fürchten, die verführen, morden und foltern. Statt dessen werden sie verhätschelt, bewacht und gefüttert auf Kosten verarmter und übervölkerter Staaten, genau wie die lebendig Toten (die entweder durch Unfall oder Altersschwäche ihrer geistigen und körperlichen Fähigkeiten beraubt sind), die gefährlichen Geisteskranken und die von Geburt an Behinderten, für die es keine Hoffnung auf menschenwürdige Existenz gibt.

Die Zeit für eine Bestandsaufnahme ist gekommen. Und dies will ich versuchen: die Vielzahl allgemeingehaltener

Prinzipien zu reduzieren auf ein paar einfache Wegweiser an der Straße, die zu vernünftiger Bevölkerungskontrolle und strenger Ahndung von Gewalt führen. Gut möglich, daß irgendwo entlang dieser Straße ein ausdrücklich für mich bestimmtes Zeichen steht! Ich hoffe, daß ich genug Verstand besitze, um es zu erkennen, und den Willen und den Mut, es zu beachten.‹«

Jane holte tief Luft. »Der Brief ist von meiner Großmutter unterzeichnet.«
Es war leise an die Tür geklopft worden. Sie drehte sich um und rief: »Herein!« Die dicke, kuhäugige Salima rollte den Servierwagen mit dem Lunch herein. Sie lächelte zögernd.
»Ist es so recht, Miß Jane?«
»Sehr schön! Laß nur alles stehen. Ich läute, wenn wir Kaffee wünschen und du abräumen kannst.«
Farrar füllte zwei Gläser aus einer Karaffe mit eisgekühltem Weißwein. Er bot Jane eines davon an.
»Essen wir später«, sagte er. »Dieser Wein hat ein köstliches Bouquet, Muskatellertrauben aus den sonnigen Weingärten von Paarl.«
Sie nickte, stellte das Glas aber unberührt auf den Schreibtisch und reichte ihm das Dokument.
»Das Carpenter-Bekenntnis«, sagte sie fast tonlos. »Bitte, lesen Sie es selbst, Kim. Ich kenne es auswendig.«
Er nahm es entgegen. Sie beobachtete ihn, wie er am offenen Fenster stand. Das Licht fiel auf die Blätter in seiner Hand und auf das Glas mit blaßgoldenem Wein, das er auf das Fensterbrett gestellt hatte.

»Das Glaubensbekenntnis der Maud Carpenter:
Ich glaube, wenn die menschliche Rasse überleben will, muß dem Problem der Übervölkerung mit seiner un-

vermeidlichen Schändung unseres Planeten, wo immer möglich, rücksichtslos zu Leibe gegangen werden. Gegenwärtig wird das Problem beinahe ausschließlich an seinem Ursprung (Geburtenkontrolle) in Angriff genommen, und auch da unzureichend, da einer unfruchtbaren Frau das ›Recht auf Mutterschaft‹ eingeräumt wird mit Hilfe von Medikamenten, der Chirurgie und der künstlichen Befruchtung. Vom Augenblick der Geburt an unterstützt und verlängert die Wissenschaft das Leben, oftmals entgegen aller Vernunft, bis ein riesiger Pilzhut aus hilflosen Abhängigen und alten Verwandten unzumutbar schwer auf dem jungen, vitalen Stiel – der gesunden Gesellschaft – lastet und den Nährboden für Groll und Unzufriedenheit bildet, die sich in zunehmendem Maße in Aggressionen entladen. Gewalt liegt in der Luft, die wir atmen. Mißhandlungen von Ehefrauen und Kindern sind Delikte, deren Zahl ständig steigt. Deshalb sollten grundsätzliche Entscheidungen getroffen und auch unerschrocken durchgeführt werden.

1. Wenn bekannt ist, daß es in einer Familie schwere erbliche Belastungen gibt, sollte die Fortpflanzung unmöglich gemacht werden (durch empfängnisverhütende Mittel, Abtreibung oder Sterilisation).

2. Wenn ein Kind mit so schweren Mißbildungen zur Welt kommt, daß keinerlei Hoffnung auf eine normale Existenz besteht, sollte es nicht am Leben erhalten werden (die Anwendung passiver, oder, wenn nötig, aktiver Euthanasie im Interesse von Barmherzigkeit und Menschlichkeit).

3. ›Lebende Leichname‹, die künstlich am Leben gehalten werden, sollten in Frieden sterben dürfen. Schwerste, unheilbare Leiden dürfen unter keinen Umständen durch die Medizin verlängert werden (passive oder aktive Euthanasie).

4. Politische Verbrechen, wie Geiselnahme, Mord oder Entführung vollkommen Unbeteiligter, sollten von keiner Regierung der Welt hingenommen werden. Wenn diese Verbrechen weitergehen, wird das Ende eine Schreckensherrschaft sein (Israel hat ein tapferes Vorbild gegeben, wie zu verfahren ist).

5. Entführung zum Zweck der Gelderpressung kann nur dadurch unterbunden werden, daß sich die Erpreßten weigern, Lösegeld an die Erpresser zu zahlen. In gewissen Fällen, wenn die Geisel sich für ersetzbar hält, sollte sie das Recht für sich in Anspruch nehmen, sich nicht als Mittel für eine Erpressung benutzen zu lassen.

(gezeichnet) Maud Carpenter.«

Farrar faltete die Blätter zusammen und gab sie Jane zurück. Sein Gesicht war sehr ernst.

Mrs. Carpenter lag ausgestreckt auf einer Decke aus Kuhhaut in der sonnigen Bergluft vor der U-förmigen Tür ihrer strohgedeckten Hütte. In etwa einer Stunde dürfte es eiskalt sein. Dann würde sie sich in ihre warme Wolldecke wickeln, die mit Jet-Flugzeugen gemustert war: eine sehr gute Decke, warm und leicht, in irgendeiner Fabrik der englischen Midlands hergestellt. Ein passendes Geschenk eines sehr modernen Königs für einen hochgeehrten Gast.

In dem weiten Halbkreis, den runde, strohgedeckte Hütten bildeten, kratzten und pickten Hühner um eine angepflockte Ziege herum. Ihre goldenen Augen schienen spöttisch sagen zu wollen: ›Ich bin auch eine Gefangene.‹ Eine Katze mit den Ohren eines Luchses strich schnurrend an Mrs. Carpenters nackten Beinen entlang und leckte sie gelegentlich mit ihrer Zunge, rauh wie Sandpapier; ein Hund von undefinierbarer Rasse schob seinen Kopf unter ihre Hand und forderte sie auf, die Zecken um seine Augen zu entfernen. In der Nähe säugte sein Weibchen ihre Jungen mit der gleichen Unbekümmertheit wie die Frau, die gelegentlich vor einer nahe gelegenen Hütte einem Dreikäsehoch die Brust bot. Ohne die Erlaubnis ihres abwesenden Ehemannes durfte sie es nur wagen, ihr Kind zu entwöhnen, wenn sie keine Milch mehr hatte. Auf diese Weise versicherte er sich ihrer Treue. Daß auch er treu war, erwartete die Frau nicht. Eine Frau kostete es weniger Mühe, treu zu sein, als ihren Mann – sie war es unter Umständen monatelang –, wohingegen feststand, daß ein gesunder Mann nicht weniger als eine Woche enthaltsam leben konnte. Trotzdem mußten die Frauen grausame Ausbrüche von Eifersucht erdulden, und es geschah nicht selten, daß solche Szenen mit einem Verbrechen endeten.

Zu dieser Jahreszeit lebten in dem kleinen Kral im Hochland nur Frauen, Kinder und Alte, denn die jungen Männer waren in die Städte oder in die Bergwerke gezogen, um Geld für ihre Familien zu verdienen. Die Kinder besuchten eine Missionsschule in der Nähe der indischen Handelsniederlassung, ungefähr eine Wegstunde entfernt. Aber es wurde stillschweigend geduldet, daß die Jungen abwechselnd die Schule schwänzten, um die kostbaren Herden zu hüten. Sie waren alle noch nicht in der Pubertät.

In der Jahreszeit, in der die Äcker gepflügt und die Hütten errichtet wurden, herrschte ein anderes Leben. Da gab es fröhliche Zusammenkünfte und Tanz, es wurde gemeinsam gearbeitet und gespielt. Die Keime des neuen Lebens wurden gepflanzt.

Diese Stunde zwischen Sonnenuntergang und Dunkelheit liebte Mrs. Carpenter ganz besonders. Schon vernahm sie die schrillen Stimmen der sieben- und achtjährigen Jungen, die ihre Tiere beim Namen riefen und von den Weideplätzen in den Hügeln nach Hause trieben. Bald würde die Luft erfüllt sein vom sanften Muhen der Herde, die inmitten des Krals untergebracht wurde, in einem Stall, in dem sie sicher war vor dem Leoparden und anderen nächtlichen Räubern.

Vor einer Hütte jenseits des Platzes erkannte Mrs. Carpenter die massige Gestalt der Tante des Königs, der offiziellen Regenmacherin, einen Umhang aus Kuhhaut um die Schultern und das mit Kuhharn ockerfarben gebleichte Haar zur traditionellen mützenartigen Haartracht der Matronen aufgesteckt. Manchmal bereitete sie in ihrem eisernen dreibeinigen Kochtopf vor der Hütte ein Gebräu. Während sie in ihrem Zaubertrank herumrührte, sang sie vor sich hin. Es klang wie eine Beschwörung. Der Gesang wurde nur gelegentlich unterbrochen, wenn die Alte eine Prise Schnupftabak nahm, anschließend laut nieste und ausspuckte. Diese musikalische Kocherei verursachte Mrs. Carpenter immer einiges Unbehagen. Sie vermutete, daß die Regenmacherin ihre Anwesenheit mißbilligte, vielleicht weil der König bei seinen Besuchen erklärt hatte, sein unfreiwilliger Gast sei mit Respekt zu behandeln. Niemals hatte jemand in dieser abgelegenen Gegend – außer ihrem Kollegen Samuel Santekul, dem Zauberdoktor vom Big River – ihre Autorität in Frage gestellt. Das war auch ganz in Ordnung, denn schließlich war Santekul als mächtigster Zauberer in Nyangreela bekannt. Auch seine Honorare waren ganz beträchtlich, und daher achtete man ihn seines Wohlstandes und seiner Weisheit sowie seiner ausgezeichneten Schaf- und Rinderherden wegen.

Bei Einbruch der Nacht wurde der Topf samt Dreifuß in die Hütte der Regenmacherin getragen, wo das Gebräu über einem Feuer aus Holzscheiten und getrocknetem Kuhmist langsam weiterkochte.

Wahrhaftig, dachte Mrs. Carpenter, es ist schon ein einzigartiges Erlebnis, an diesem primitiven Dorfleben im Land meiner Geburt teilzunehmen. Ich frage mich nur, ob es tatsächlich so verschieden ist vom Leben in den englischen Dörfern auf der anderen Seite der Welt, die ich als Szenerie für meine geliebten Thriller verwendet habe? Ich habe ja in meinem eigenen literarischen Kochtopf ein paar ziemlich gräßliche Mixturen zusammengebraut: Aberglauben und Angstträume, den bösen Blick, verbrecherische Gutsbesitzer, heuchlerische Geistliche, tölpische Bauernlümmel und den ganzen Tratsch, der das Landleben in einem kleinen Ort, wo sich jeder um die Angelegenheiten des andern kümmert, so angenehm aufregend macht. Menschen bleiben eben immer Menschen, ganz gleich, wo sie leben. Diese hier sind nur deshalb ungewöhnlich, weil sie alle auf irgendeine Weise in persönlicher Beziehung zum König stehen. Und dies hier ist sein eigener Gebirgskurort.

Ich wüßte zu gern, was diese Tante mit mir vorhat? Ein kleiner Schauer überlief Mrs. Carpenter. Sie fragte sich wieder einmal, wie lange sie hier eigentlich schon als Gefangene weilte. Gewiß drei Wochen. Vielleicht länger. Sie konnte sich an Marula Grove erinnern und daß sie mit einer Fackel zu den Sanitäranlagen an der Dornenhecke gegangen war. Die Nacht war mondlos gewesen. Irgendwo hatte eine wilde Bestie geknurrt, und als sie aus dem kleinen hölzernen Häuschen getreten war, hatte sie bemerkt, daß ein Tier im Schatten lauerte. Es war auf sie zugesprungen, bevor sie schreien konnte. Sie hatte gespürt, daß ihr eine seltsam riechende Pfote Mund und Nase bedeckt hatte. Bis zu diesem Augenblick reichte ihre Erinnerung. Danach – nichts mehr. Ihr Gedächtnis setzte erst wieder ein, als sie in dieser Hütte erwacht war und die unförmige Gestalt der Regenmacherin über sich gebeugt sah, deren Mondgesicht bösartig, aber auch befriedigt auf sie herabstarrte. Sie hatte vor diesem Anblick die Augen geschlossen und vor der Gruppe braunhäutiger Neugieriger, die alle mehr oder weniger nackt waren. Ihr Kopf hatte entsetzlich gedröhnt, und ihre Kehle war trocken gewesen. Ein Junge hatte in einer Lehmschale Wasser gebracht, und ein Mädchen hatte es ihr sanft zwischen die aufgesprungenen Lippen gegossen. Dunkel erinnerte sie sich an einen Hund und daran, daß der Junge plötzlich ein paar Töne auf einer Blechtrompete geblasen hatte. Es hatte sich angehört wie das militärische Signal zum Wecken. Trotzdem war sie wieder bewußtlos geworden.

Als sie am nächsten Tag nach ihren Kleidern fragte, schüttelte das Mädchen, das ihr zu trinken gegeben hatte, den Kopf.

»Es tut mir leid. Jene Sachen sind zerrissen und kaputt. Aber diese hier sind in Ordnung. Verstehst du?«

So also hatte Mrs. Carpenter ihre seltsame Kleidung erhalten; einen weitausgeschnittenen Perlenkragen, farbenprächtiger und schöner als Josephs vielfarbiger Mantel. Der Kragen wurde im Nacken geschlossen, bedeckte teilweise ihre nackten Schultern und verhüllte zum Glück ihre Brustwarzen. Ihr schweres blondes, von grauen Strähnen durchzogenes Haar hing ihr wie ein Vorhang bis auf die Hüfte hinab. Ich sehe aus wie Lady Godiva, dachte sie mit Galgenhumor. Die Haare bedecken meine Blöße. Das Mädchen, das Dawn hieß, hatte ihr Haar schüchtern gestreichelt und seine Üppigkeit bewundert. Sie hatte Mrs. Carpenter noch einen kleinen Schurz gegeben, der zu dem Kragen paßte, und ein Paar Sandalen aus Kuhhaut. Die Ausstattung wurde durch einen Mantel aus Kuhhaut und durch die wundervolle, weiche und warme Decke vervollständigt.

»Was bedeutet dieses Muster?« hatte Mrs. Carpenter gefragt und den kunstvoll gearbeiteten Kragen berührt. »Ich weiß, daß eure Perlenarbeiten häufig eine geheime

Bedeutung haben. Dieser Kragen hier ist besonders schön gearbeitet.« Das Hämmern in ihrem Kopf hatte aufgehört, und nun erwachte ihr Interesse an ihrer Umgebung und ihrer außergewöhnlichen Lage.

Das leise Lächeln des Mädchens erlosch. Sie trug ein Perlenband um die Stirn, und in die Haarsträhnen, die darunter hervorsahen, waren Perlen geknüpft, als Zeichen, daß sie noch keinen Mann hatte. Sie trug Halsbänder, kupferne Arm- und Knöchelspangen und einen winzigen Schurz, aber ihre festen elastischen Brüste und ihr Gesäß waren nackt, wie bei einer Jungfrau üblich.

»Den Kragen habe ich gemacht«, sagte sie in ihrem singenden Tonfall mit dem unüberhörbaren Akzent. »Das Muster bedeutet ›willkommen‹.«

Mrs. Carpenter zog die Brauen hoch. »Ich wurde also erwartet?«

Insgeheim fragte sie sich, welches Muster ›lebe wohl‹ bedeuten mochte.

Das Mädchen schüttelte den Kopf. »Es wurde nicht geradezu für Sie gemacht. Aber als Sie hierher kamen, habe ich ein paar Perlen hinzugefügt. Jetzt gehört es Ihnen.«

Da betrat die jüngste, die Lieblingsfrau des Königs, Dawns Schwester, die Hütte, um sich nach der verehrten Gefangenen zu erkundigen.

Obgleich man sie ihrer Jugend wegen respektvoll die »Kleine Königin« nannte, war sie doch groß und hübsch, und ihre Haltung drückte Stolz aus. Sie trug einen flachen Korb mit Seife, Zellstofftüchern, Zahnpasta, Bürste und Kamm, Talkumpuder, einem Waschlappen und einem Handtuch. Sie bot alles Mrs. Carpenter an.

»Ich hoffe, das genügt. Wir bekommen bei dem indischen Händler nicht viel. Dieser Ort ist weit weg von allem, wirklich ganz . . .« Sie zögerte, suchte nach einem passenden Wort. Mrs. Carpenter kam ihr zu Hilfe.

»Unzugänglich, ich verstehe. Danke für deine Umsicht.« Sie nahm den Korb und seinen Inhalt an. »Sogar eine Nagelfeile und ein Handspiegel!«

Sie bürstete ihre Haare ausgiebig, während die Schwestern zuschauten und die Länge und Dichte der Mähne bewunderten, die so ganz anders war als ihr eigenes Haar.

»Wo ist dein Sohn?« fragte Mrs. Carpenter die Kleine Königin plötzlich.

»Solinje? Er ist mit den anderen Jungen beim Viehhüten. Aber wieso kennen Sie Solinje, meinen Sohn?«

»Als ich in dieser Hütte aufwachte . . . nach dem bösen Traum . . . waren viele Menschen um mich. Das Kind stand neben dir. Dawn rief ihm zu, Wasser zu holen, und er brachte es und sah ihr zu, während sie mir half, aus der Lehmtasse zu trinken.«

»Sie können sich an all das erinnern?«

»An das . . . und an vieles mehr. Aber Solinje ist auch kein Junge, den man vergessen könnte.«

Die beiden jungen Frauen hatten zuerst Mrs. Carpenter und dann einander tief beeindruckt angesehen. Ihre weichen, vollen Lippen formten ein ›O‹, und sie stießen langgezogene Rufe des Entzückens und der Überraschung aus: »Oohoohooh!«

In den ersten Tagen nach ihrer Ankunft hatten sich die meisten Frauen Mrs. Carpenter gegenüber scheu gezeigt. Die Kinder jedoch waren mutiger, drängten sich um sie und machten Bemerkungen über ihre helle Haut. War sie etwa am ganzen Körper mit gespenstisch weißem Lehm beschmiert wie eben beschnittene Jünglinge? Die liefen, nachdem alles verheilt war, zum Fluß hinunter, um sich wieder schwarz zu waschen. Und danach verbrannten sie die Hütten, die ihnen vorübergehend als Aufenthaltsort gedient hatten, und ihre Besitztümer und trennten sich so in einem symbolischen Akt von ihrer Kindheit.

Als die Kinder sich zusammenrotteten, sie anstarrten und miteinander tuschelten und sich gelegentlich vorsichtig ein kleines Händchen ausstreckte, um sie zu berühren, da hatte sie gelacht und sie ermutigt. Ihr wurde dabei bewußt, daß sie wohl tatsächlich an einem vollkommen entlegenen Ort verborgen gehalten wurde, zu dem Weiße kaum jemals hinkamen. Die Kinder kicherten unbeherrscht hinter vorgehaltenen Händen, als sie die Laute und Worte ihrer Sprache nachzuahmen versuchte. Mrs. Carpenter brachte ihnen dafür einige englische Sätze bei, und sie sagten sie stolz auf, als der König kam, um seine Kleine Königin zu besuchen.

Der König hieß Solomon, und dieser Name war durchaus passend, denn er war ein Mann mit Weitblick und Macht. In seiner Jugend hatte er sich als tapferer Soldat bewährt, hatte für England jenseits des großen Wassers im Zweiten Weltkrieg gekämpft und danach in Cambridge studiert.

Solomon hatte viele Frauen und Familien in ganz Nyangreela. Sie sicherten nicht nur den Fortbestand seiner Dynastie, sondern bildeten zugleich ein weitverzweigtes Spionagenetz des Königs. Von Kindheit an lernten seine Nachkommen, Augen und Ohren offenzuhalten, um auch das winzigste Anzeichen von Verrat zu entdecken. Natürlich gab es familiäre Eifersüchteleien und Intrigen, aber der König wußte dank seiner großen Erfahrung, wie man damit fertig wurde.

Damals, vor über einem Jahrzehnt, als Solomons kleines, wunderschönes Land sich von seiner Schutzmacht Großbritannien gelöst hatte und Teil des unübersichtlichen Dschungels, genannt Dritte Welt, wurde, war der König ein Mann in den Vierzigern, der oberste Häuptling seines Volkes und auf dem Höhepunkt seiner Popularität gewesen. Nyangreela zum Königreich zu erklären war ganz einfach. Er hatte nicht lange gezögert, sondern ein großes Treffen aller Unterhäuptlinge und Häuptlinge und der Bevölkerung ihrer Herrschaftsgebiete einberufen und erklärt, daß Demokratie nicht die richtige Staatsform für einen afrikanischen Staat wie Nyangreela sei, weshalb er sich mit sofortiger Wirkung zum absolut regierenden Monarchen ausrufen lasse. Er werde nach königlichem Ratschluß herrschen, und seine Untertanen sollten das göttliche Recht der Könige respektieren. Da das Volk von Nyangreela demselben Stamm angehörte, wurde seine Proklamation mit fröhlichem Vertrauen entgegengenommen. Im ganzen Land wurde geflötet, getrommelt, gefeiert und getanzt.

Aber während der letzten zehn Jahre war ein neuer Geist eingezogen. Die traditionelle Loyalität wurde in Frage gestellt. Bei den jüngeren Untertanen, hin und her gerissen zwischen ihrer Bindung an Überlieferung und Vergangenheit und dem Ausblick in eine Zukunft, die so viel Zündstoff barg, regte sich Machtstreben. Sie verlangten immer ungeduldiger vom König, er solle seine Rechte geltend machen, seinen Erben benennen und den zukünftigen Herrscher lehren, wie er sein Volk durch diese stürmische Zeit zu führen habe, in der die Weltmächte in Ost und West die noch in der Entwicklung begriffenen afrikanischen Staaten so zu beeinflussen versuchten, daß sie selbst Vorteile daraus zögen.

König Solomon war sich seiner dynastischen Verpflichtungen sehr wohl bewußt, aber durchaus nicht sicher, ob er den Erben seiner Wahl dem Volk in der gegenwärtigen Stimmung zumuten konnte. In einem Staat wie Nyangreela, in dem die Polygamie erlaubt war, gab es viele Thronanwärter, und manche machten Anstalten, Parteigänger um sich zu scharen. Als er mit der Mutter von Solinje darüber gesprochen hatte, war sie sehr zornig geworden. Sie war ehrgeizig für ihren Sohn, ihr einziges Kind.

»Jeder kann sehen, daß Solinje der geborene Führer ist! Es ist genauso wie in der Geschichte vom Christkind, die die Missionare uns erzählen: Schafhirten, Könige, weise Männer und sogar die Tiere haben sich vor ihm verneigt, als es in der Krippe lag, weil sie erkannten, daß er geboren war, um zu herrschen.«

»Denk aber auch daran, was zuletzt mit dem unglückseligen Kind geschehen ist!« knurrte König Solomon, der wie sein Vater und sein Großvater immer geduldet hatte, daß Missionare aller Bekenntnisse als Ärzte und Lehrer in Nyangreela wirkten. Sie waren nützlich; aber manchmal hatte er den Verdacht, daß sie die bei den Frauen immer stärker werdende Forderung nach der Einehe unterstützten. Nur eine einzige Frau? Eine unglaubliche Vorstellung!

»Wenn Solinje als künftiger König akzeptiert werden soll, muß ich so lange in Amt und Würden bleiben, bis er seine Männlichkeit durch seinen Mut bei den Beschneidungsriten und später im Kampf mit dem Bullen bewiesen hat. Er ist jetzt erst sieben!«

»Und du bist in den Fünfzigern – kraftvoll und mächtig. Geliebt. Niemand wird über dich oder den Jungen einen bösen Zauber aussprechen.«

Er hatte sich ihr entrüstet zugewandt. »*Du* bist es, die bösen Zauber ausstreut und meiner Mannbarkeit spottet! Du schwächst meine Kraft, wenn du diese neumodische Pille nimmst und dich weigerst, mir weitere Kinder zu gebären. Die jungen Männer denken, ich werde alt und impotent.«

Sie hatte zärtlich gelacht, um ihn zu besänftigen. »Sie wissen es besser, und du auch.« Sie bot ihren eigenen Zauber auf, um ihm die Wahrheit ihrer Worte zu beweisen.

»Du kannst mit einer deiner anderen Frauen ein Kind zeugen – der Flußkuh zum Beispiel –, während ich unsere Frauen die neue Freiheit lehre. Es ist gut, daß König Sol eine moderne Kleine Königin hat. Und es ist gut, daß Solinje allein ist – einmalig und besonders. Aber wir können, wenn du willst, Santekul und die Regenmacherin bestechen, damit sie die Stellung von Vater und Sohn stärken. Vielleicht wollen das deine Ahnen sogar. Die alten Bräuche sind mächtig.«

Die Sinne verwirrten sich ihm beim Ton ihrer Stimme und der Berührung ihrer Hände. Aber als er sie umarmte, sagte ihm sein Verstand noch, daß sie recht hatte. Die uralten Riten waren im Volk noch immer lebendig. Die Regenmacherin und Santekul: Sie waren genau das richtige Gespann! Niemand würde es wagen, ihre Macht anzuzweifeln.

So hatte König Solomon, als er das nächstemal zum Big River ging, zweierlei vor: Mit ›der Flußkuh ein Kind zu zeugen‹ und Samuel Santekul, den Zauberdoktor vom Fluß, aufzusuchen, einen hageren, spindeldürren Kerl mit dunkler, narbenbedeckter Gesichtshaut, die über den Wangenknochen tief eingefallen war.

»Worum du mich bittest, wird ein Vermögen kosten«, sagte Santekul feierlich. »Aber das Schicksal hat dich heute hierhergeführt, König Sol.«

Mit diesen Worten zeigte er dem König eine Johannesburger Zeitung der vergangenen Woche, in der zu lesen stand, daß ›die berühmte Thriller-Autorin Maud Carpenter in Kürze das Wildreservat in Marula Grove besuchen wird‹. Der Reporter hatte besonders auf die Berühmtheit und den Reichtum dieser Schriftstellerin hingewiesen.

»Aber ich kenne sie!« keuchte König Solomon.

»Hast du sie gern?«

König Sol zögerte.

»Ich achte sie«, sagte er schließlich. »Sie ist mindestens sechzig Jahre alt und voll Weisheit. Damals, als wir uns begegneten – ihr Mann lebte noch und bereiste Nyangreela kurz vor seiner Unabhängigkeitserklärung –, war zwischen uns ein Gefühl des gegenseitigen Verstehens.«

»Das ist ein gutes Omen«, sagte Santekul. »Ich werde jetzt meditieren.«

Und dein Honorar ausrechnen, dachte der König.

So war es letzten Endes eine große Ehre für Maud Carpenter gewesen, daß man gerade sie ausgewählt und in den Kral im Gebirge gebracht hatte.

4

»König Sol nennt dich ›die Weise‹.
Deshalb braucht er dich.«

Janes Wohnschlafzimmer in der Botschaft war hell und luftig, mit einem verglasten Balkon und einem kleinen Schreibtisch in dem Erker, von dem aus man einen Blick auf die Devil's Peak hatte. Sie empfand es als erholsam, den Sonnenuntergang zu beobachten, der die bewaldeten Schluchten und die Granitwände vergoldete, dem Flug der Vögel zuzusehen und dem ewig wechselnden Schauspiel der ziehenden Wolken.

Sie war für drei Ferienmonate nach Südafrika geflogen und hatte ihren Job als Sekretärin einstweilen einer Freundin überlassen. Ihr Chef, ein lebenslustiger Industriekapitän mit einer Leidenschaft fürs Segeln, schien mit ihrer Vertreterin einverstanden zu sein. Wenn seine Sekretärin ihre Arbeit einigermaßen tat und gut aussah, war ihm alles recht.

Jane nahm ein ausgedehntes Schaumbad, schlüpfte dann in einen leichten Morgenmantel und machte es sich auf dem breiten, mit Kissen belegten Fensterbrett bequem. So viel Schönheit! Der Garten träumte unter einem rosigen Schäfchenwolkenhimmel. Man konnte einfach nicht längere Zeit unglücklich sein! Doch ihre Augen wurden ernst, als sie das Foto ihrer Mutter in einem weißen Lederrahmen streiften. Es lächelte ihr vom Schreibtisch her zu – eine junge Frau, nicht älter als fünfundzwanzig, mit einer Fülle blonden Haares, einem langen, schlanken Hals und einem entschlossenen, aber sanften Mund.

»Wir waren beide zu jung, als du starbst«, flüsterte Jane. »Ich war erst vier, gerade alt genug, um mich überhaupt noch an dich zu erinnern. Lachen, goldenes Haar, eine weiche Brust, an der man sich ausweinen konnte, meine Arme um deinen wunderschönen Hals, das Gefühl der Sicherheit . . . Und doch muß unter deiner Weichheit ein harter, unnachgiebiger Kern versteckt gewesen sein, sonst hättest du unser Problem nicht auf solche Weise gelöst. Du hast dich entschlossen, ein Kind zur Welt zu bringen, von dem du wußtest, daß es niemals hätte geboren werden sollen. Und damit hast du dein schreckliches Problem an dieses Kind weitergegeben – an mich, Jane Etheridge! Was soll ich nun tun?«

Sie sprang auf, als zweimal rasch an die Tür geklopft wurde. Sie wußte, wer es war.

»Herein!«

Desmond Yates kam herein, setzte sich auf den Stuhl an ihrem Schreibtisch und fing an, hin und her zu schaukeln. Schuljungengewohnheiten! Jane lächelte.

»Du siehst ziemlich mitgenommen aus. Was tut sich im Büro? Warum ist Daddy noch nicht zurück?«

»Er ist von seinen älteren Mitarbeitern und seinen Beratern umgeben. Anfänger wie mich hat er entlassen. Außerdem telefoniert er dauernd eifrig mit Liphook.«

»Liphook? Das ist meine Kusine Pam Chalfont. Erzähl mir lieber alles von Anfang an.«

»Stört es dich, wenn ich rauche?«

»Aber nein!«

»Er hat natürlich mit London angefangen, Whitehall. Fehlanzeige. Sie haben die Verantwortung geschickt abgeschoben. Südafrika kümmert sich selbst um seinen Tourismus und steckt das Geld ein. Jetzt sollen sie die Suppe auch allein auslöffeln. Also kam als nächster der Premierminister der Republik dran. Kannst du dir das vorstellen, Jane?«

Für einen Augenblick huschte ein Lächeln über ihr Gesicht.

»Daddy, verbindlich, aber entschieden, fixiert den P. M. mit stählernem Blick und versucht, ihn kleinzukriegen. Der P. M., höflich und unerschütterlich wie ein Holzklotz, ein Mann, der das Recht auf seiner Seite hat und nicht daran denkt, sich herumkommandieren zu lassen. Vermutlich bietet er Daddy Tee an.«

»Den Tee kannst du weglassen. Aber mit dem anderen hast du den Nagel auf den Kopf getroffen. Das Gemeine ist nur, daß der P. M. wirklich das Recht auf seiner Seite hat und nicht wir. Die Gründe, die er anführte, waren tatsächlich stichhaltig. Marula Grove ist kein Nationalpark, und deshalb kümmert sich die südafrikanische Touristik auch nicht darum. Touristen, die nach Marula gehen, unterschreiben eine Erklärung, daß sie die Reise auf eigenes Risiko unternehmen. Nach diesen Ausführungen schob er ein Blatt Papier über den Schreibtisch, und da lag es dann unter der vornehmen Nase deines Vaters, natürlich ordnungsgemäß unterzeichnet. Dann fügte der P. M. noch hinzu: ›Mrs. Carpenter ist wohnhaft im United Kingdom und besitzt einen britischen Paß.‹ Er drückte sein . . . Beileid aus und . . . sein Bedauern.«

»Doch nicht Beileid, Des! Wenn Granny gekidnappt wurde, kümmert das niemand, außer ihre eigene Familie.«

»Richtig. Und die Bank von England reißt sich auch nicht gerade darum, aufs Geratewohl eine Million Rand von England nach Südafrika zu schicken. Obwohl ich glaube, unter diesen Umständen könnte man etwas arrangieren.«

»Wie war Pams Reaktion?«

»Deine Kusine Pam meint, es sei allein der Fehler Seiner Exzellenz, daß er Großmutter erlaubt habe, ›sich auf eine so gefährliche Unternehmung einzulassen, wo doch Afrikas sämtliche Grenzen in Flammen stehen‹.« Er drückte ärgerlich seine Zigarette aus. »Das sind ihre Worte, nicht meine. Sie haben Seine Exzellenz ungeheuer aufgeregt.«

»Verdammt! Ich kann sie direkt hören! ›Gefährliche Unternehmung‹ – wirklich? Doch nicht unbedingt. Allerdings täte mir jeder leid, der versuchte, Granny zurückzuhalten, wenn sie sich einmal irgendeine Unternehmung in den Kopf gesetzt hat. Pam ist ein Geizhals. Was die hat, will sie auch behalten. Was ist mit Onkel Jim Carpenter und Co.?«

»Er sagte, er habe den größten Teil seines Vermögens dazu verwendet, um . . . das Geld für seine Kinder fest anzulegen. Es würde einige Zeit dauern, bis er seinen Anteil an der Million aufgebracht hätte. Aber er wird . . . sich damit befassen.«

»Granny hatte nur drei Kinder: meine Mutter und Pams Mutter, die letztes Jahr starb. Und natürlich Onkel Jim, der seinen Teil beisteuern wird, wenn er kann. Er ist ein Schatz. Aber es ist eben eine Frage der Zeit.«

»Janie – ich sag das jetzt wirklich nicht gern: aber solche Geiselnahmen können sich endlos hinziehen. Da wird ein Termin festgesetzt und dann immer wieder und wieder verschoben. Kidnapper sind für gewöhnlich unberechenbar. Sie ändern ihre Forderungen. Entweder geraten sie in Panik, dann geben sie sich mit weniger zufrieden. Oder sie haben Blut geleckt, bilden sich ein, sie könnten sich's erlauben, und verlangen noch mehr. Es läßt sich keine Voraussage machen, weil wir ja nicht einmal wissen, wer überhaupt daran beteiligt ist.«

Jane runzelte die Stirn und preßte die Lippen aufeinander. Dann sagte sie: »Das einzige, was ich mit Sicherheit weiß, ist, daß wir dieses Lösegeld irgendwie aus der Familie herauspressen müssen. Jeder von uns muß soviel geben, wie er kann – mehr als er kann, wenn nötig! Ich habe wenigstens das Kapital, das Daddy mir zum einundzwanzigsten Geburtstag geschenkt hat, und dazu noch das, was Mammy mir hinterlassen hat. Das alles kann ich hergeben. Ich verdiene mir mein Geld ja selber. Vielleicht könnten wir einen Kredit aufnehmen und unseren gesamten Familienbesitz als Sicherheit geben.«

Sie glitt vom Fensterbrett herunter und seufzte. »Bitte, geh jetzt, Des, ich muß mich anziehen.«

»Wir essen in meiner Wohnung – nur du und ich und Kim, um uns den Kopf zu zerbrechen und Seiner Exzellenz zu helfen. Ich warte unten auf dich. Dein Vater kommt erst spät nach Hause und wird sehr müde sein. Je eher Mabel ihn ins Bett steckt und ihm ein Beruhigungsmittel gibt, um so besser.«

Er hielt sie umfaßt, während er sprach, und liebkoste dabei ihre Wange mit den Lippen. Seine Hände griffen unter ihren Bademantel und zogen sie an sich. Ihr Körper gab nach, als er sie an sich preßte.

»Jane, ich liebe dich. Gott, wie liebe ich dich!«

Sie hob ihm das Gesicht entgegen, das dunkle Haar fiel zurück, die langen Wimpern lagen wie Schatten auf den hohen Backenknochen, die vollen weichen Lippen lockten. Seine Berührung war zärtlich, aber fordernd, er glitt über ihren schlanken Körper, spürte die seidenweiche Haut. Es kostete sie Anstrengung, sich aus seinen Armen zu lösen. Mit bebender Stimme bat sie: »Geh jetzt, Liebling, geh!«

Sie hörte, wie sich die Tür leise hinter ihm schloß, und lehnte sich gegen den Schreibtisch. Nach einer Weile streckte sie die Hand aus und drehte die Fotografie ihrer Mutter so, daß sie zur Devil's Peak hinausblickte, die sich geheimnisvoll vor dem dunkler werdenden Himmel erhob.

Das Geschirr und die Reste ihres Dinners waren abgeräumt worden. Desmond saß mit Kim und Jane auf der kleinen Terrasse seiner Wohnung. Von dort sah man auf einen alten Garten hinaus, in dem riesige Magnolienbäume mit den letzten weißen, wächsernen Blüten zwischen den breiten, dunkelschimmernden Blättern prunkten. Irgendwo taten sich Fledermäuse in ein paar Pfirsichbäumen gütlich.

»Kim«, sagte Jane plötzlich, »wäre es nicht möglich, daß eine Illustrierte bereit ist, einen Teil des Lösegelds zu bezahlen, wenn Sie ihr einen Exklusivbericht versprechen?«

Sein Lächeln war bitter. »Glauben Sie, ich hätte das nicht längst versucht? Das dumme ist nur, daß es einfach keine Story gibt, solange sich nicht etwas Dramatisches ereignet. Fleet Street ist im Augenblick total pleite, wie Sie wissen. Wenn wir Mrs. Carpenter rausbekommen, dann kann sie den Preis bestimmen, aber . . .?«

Er hob seine breiten Schultern; die Frage blieb in der Luft hängen: Wenn . . . oder falls . . .?

»Seine Exzellenz war auch bei seinen Verlegern«, fügte Desmond hinzu. »Sie waren sehr empört, aber hilflos. Sie halten sich finanziell gerade so über Wasser.«

»Maud Carpenter trägt mehr als genug dazu bei, daß ihr Schiff flott bleibt!« zischte Jane. »Aber ich finde, man sollte dort der Tatsache ins Auge sehen, daß es dann eben nicht mehr wie alljährlich heißen wird: ›eine Carpenter für Weihnachten‹, wenn Granny verschwindet wie das Seil bei dem indischen Seiltrick.«

»Janie«, sagte Desmond, »wir verschwenden nur unsere Zeit mit derartigen Spekulationen. Ich habe heute Seine Exzellenz in voller Aktion gesehen. Du darfst mir glauben, daß die finanzielle und administrative Seite der Angelegenheit bei ihm in besten Händen ist. Vielleicht wird Mrs. Carpenter einen Weg finden, selbst eine Entscheidung zu erzwingen. Glaub mir! In der Zwischenzeit werden Kim und ich handeln. Ich glaube, du müßtest auf Abruf bereitstehen, falls man dich irgendwo braucht. Seine Exzellenz ist drauf und dran, eine ›angemessene Anzahlung als Verhandlungsbasis‹, wie er das nennt, zu erhalten. Deshalb soll ich am Montag mit der Frühmaschine nach Johannesburg fliegen, wie von den Kidnappern verlangt, ohne Begleitung, aber mit einem kleinen Vermögen in der Aktentasche!«

»Und heute ist schon Freitag abend!« rief sie aus. »Es gibt noch so viel zu tun. Ein Hubschrauber muß gechartert werden, der dich zum ›Landeplatz nördlich von Marula Grove‹ bringt . . .«

»Da kann ich aushelfen«, unterbrach Kim sie. »Ich habe eine Fluglizenz, und die Jungens, die die Vögel in Johannesburg besitzen und vermieten, haben mir schon mehrmals geholfen. Ich habe bereits für morgen einen Flug nach Johannesburg gebucht, um Einzelheiten zu besprechen. Wenn ich Des am Montag am Jan-Smuts-Flughafen treffe, ist schon alles für Teil zwei der Operation Rücktransport in die Wege geleitet!«

Jane sah ihn nachdenklich an. Sie erhob sich und legte leicht ihre Hand auf Desmonds Arm.

»Würde es dir etwas ausmachen, wenn mich einer von euch jetzt nach Hause bringt? Ich will ein paar Sachen packen. Hier in der Botschaft, abgeschnitten von allem, halt' ich es nicht aus. Ich möchte morgen mit Kim fliegen und bei euch sein, soweit sich das machen läßt.«

Kim warf Desmond einen fragenden Blick zu. Es war zu merken, daß ihm Janes Wunsch mißfiel. Yates grinste ihn an.

»Bringen Sie sie heim, Kim. Wir brauchen jetzt unseren Schlaf. Und übrigens: Janie hat gesagt, ›soweit sich das machen läßt‹. Halten wir uns daran und vertrauen wir auf ihre Vernunft.«

Janes dunkle Augen blitzten vor Aufregung, als sie sich Kim zuwandte. »Wenn Sie irgendwelche Verabredungen mit einer von Ihren . . . Quellen haben, mische ich mich nicht ein! Ich bleibe im Flughafenhotel – als Kontaktperson zwischen Daddy und Des, falls sie eine brauchen.«

Er lachte. »In Ordnung. Gute Nacht also, Des. Bis Montag.«

Mrs. Carpenter wickelte sich fester in ihre Decke, als das Tageslicht abnahm. Der Rauch von den Kochstellen stieg beißend und bläulich nach oben, um den Kral gegen die hereinbrechende Nacht abzuschirmen.

Der Erpresserbrief war inzwischen sicherlich in der Botschaft abgegeben worden. Hugh Etheridge würde ihr Postskriptum verstehen. Aber ob Jane es akzeptierte? Und hatte Jane dieses vor so langer Zeit geschriebene ›Tagebuch persönlicher Probleme‹ mit denselben grausamen und unmißverständlichen Forderungen wie im Carpenter-Glaubensbekenntnis gefunden und in Sicherheit gebracht?

Sie wußte nicht, daß ihr die Sorgen vom Gesicht abzulesen waren. Da spürte sie, daß sanfte Finger ihr Kinn berührten und ihren Kopf hoben.

»Solinje!«

»Ich bin mit dem Vieh zurück«, sagte der kleine Junge. »Ich bringe eine Botschaft.«

Der graue Hund mit dem weichen Fell, der Solinjes ständiger Begleiter war, leckte Mrs. Carpenters Hand und legte eine große Pfote auf ihr Knie. Sie tätschelte ihn abwesend, als sie sich seinem Herrn zuwandte.

»Welche Botschaft, Solinje?«

»Mein Vater, der König, ist auf dem Weg hierher. Er wird dich später besuchen, nachdem er gegessen hat.«

»Das freut mich. Grüße König Solomon von mir.«

Er zögerte. Seine dünnen, noch völlig ungeformten Beine sahen unter einem kurzen Umhang hervor, der leicht geöffnet war und einen kleinen erdbeerfarbenen Stern auf der nackten bronzefarbenen Brust sehen ließ. Wie mit einer Schablone gemalt, dachte Mrs. Carpenter jedesmal, wenn sie ihn sah. Ein Geburtsmal, das ihn als Kind besonderer Bestimmung ausweist.

»Vielleicht komme ich heute abend mit meinem Vater zu dir. Wenn du mit ihm sprichst, höre ich zu und lerne.«

»Was lernst du? Englisch? Aber das kannst du ja schon.«

»Nicht genug. Mein Vater sagt, Englisch ist die Sprache der westlichen Welt, und das wichtigste Land dieser Welt ist Amerika.«

»Wirst du eines Tages nach Amerika gehen?«

Der Junge nickte heftig. »Ja, wie Dawns Freund, Abelard.«

»Wohin ging Abelard?«

»Harvard.«

»Du mußt sehr viel arbeiten, wenn du an dieser Universität aufgenommen werden willst.«

»Das weiß ich.« Er nickte zustimmend. »Aber Amerikaner mögen die Leute von Nyangreela sehr. Abelard sagt, sie ziehen uns Schwarzafrikaner ihren schwarzen Amerikanern vor.«

»Wie interessant! Glaubst du, daß dieser Abelard der richtige Freund für deine hübsche Tante Dawn ist?«

Solinje stolzierte auf und ab und blies einen fröhlichen Tusch auf seiner Spielzeugtrompete. Manchmal tauschte er sie gegen eine Bambusflöte aus. Die Musik der Bambusflöte war süß und einschmeichelnd, und Mrs. Carpenter zog sie der Trompete vor.

»Abelard ist groß und tapfer und klug, und mein Vater mag ihn«, sagte Solinje. »Und er macht immer Spaß.«

Er kniete sich nieder und spähte in ihre Hütte. »Dein

Feuer ist ganz niedergebrannt. Ich lege Holz nach, dann muß ich gehen. Ich besuche dich später mit meinem Vater.« Er sah respektvoll zu ihr auf. »König Sol nennt dich ›die Weise‹. Deshalb braucht er dich.«

»Nun, er hat mich ja auch!«

Solinje bemerkte nicht, daß ihr Lachen bitter klang. Er verschwand rasch in der Hütte, öffnete seine Tasche aus Leopardenfell, nahm seinen kurzen Assegai heraus und stocherte in der Asche herum. Bald würde es warm in der Hütte werden, und der Rauch, der zum Dach hinaufstieg, würde alles ausräuchern, was sich zwischen dem Stroh herumtrieb, vom Tausendfüßler bis zur Schlange. Mrs. Carpenter beobachtete den Jungen. Als er sich davon überzeugt hatte, daß das Feuer ordentlich brannte, stand er auf und trat befriedigt zurück.

»Dawn wird bald kommen und dir Fleisch aus dem Kochtopf meiner Mutter bringen«, verkündete er.

»Sag deiner Mutter, ich lasse ihr danken. Sie ist sehr freundlich, Dawn auch und auch du, mein Hüter der Flamme.«

Er wiederholte die Worte. »Hüter der Flamme. Das ist ein guter Name!«

Er grüßte sie fröhlich und lief in die kühle Dämmerung hinaus, um seinen Vater willkommen zu heißen.

Mrs. Carpenter hörte Hufgeklapper und das Begrüßungsgeschrei der Kinder, die rannten, um zuzusehen, wie König Sol von seinem geliebten Pferd stieg, der goldfarbenen Stute, die ihren Weg ohne Fehltritt an Berghängen fand, die unpassierbar waren für den königlichen Mercedes oder ein anderes Auto. Lachen brandete auf, kleine Hände reckten sich empor, um die Plastiksäckchen mit Süßigkeiten aufzufangen, die der König herunterwarf. Es folgten Päckchen mit Schnupftabak, die an die Alten verteilt werden sollten. Dann führte der Begleiter des Königs sein Pferd und das des

Königs zum Stall, wo er die Tiere striegelte, fütterte und für die Nacht versorgte.

Nicht lange danach brachte Dawn Mrs. Carpenter ein Tablett aus Korbgeflecht mit der Essensschale darauf. Sie plauderte ungezwungen, während die geehrte Gefangene das mit geschabtem Fleisch vermischte Mehlmus aß. Vielleicht war es Igelfleisch. Zum Glück wußte man das nie so genau!

»Ist dein Freund mit König Sol gekommen?« fragte sie Dawn und dachte dabei, wie schade es sei, daß das Fleisch immer schon ein bißchen verdorben war.

Das Mädchen schüttelte den Kopf. »Er ist jung und sehr klug. Er reist sehr viel in Geschäften des Königs. Aber bald gehe ich zum Hydro-Casino zurück, wo unsere Eltern leben, meine und seine. Wenn er nicht reist, leitet Abelard das Casino.«

»Wenn ihr verheiratet seid, wollt ihr dann dort leben?«

»Nicht weit davon. Das Klima ist gut, und ganz in der Nähe gibt es eine gute Schule. Sie ist gemischtrassig, Jungen und Mädchen kommen aus vielen Ländern. Ich bin dort erzogen worden.«

»Du bist eine Empfehlung für deine Schule. Wenn die Schüler diese Schule verlassen, gehen sie wohl oft auf amerikanische oder englische Universitäten?«

»Ja. Oder manchmal nach China oder Rußland. Sie sehen die Welt.«

»Und lernen eine Menge, zweifellos.« Mrs. Carpenter sprach deutlich, obwohl sie den Mund voll Maismehl hatte . . . und Igelfleisch?

»O ja«, gab Dawn zu. »Gute Dinge und schlechte. Sogar im Hydro-Casino, sagt Abelard, fällt einem ein neuer Typ Mädchen auf.«

»Was für ein Typ?«

»Ach, alle möglichen.«

Dawn kicherte und bedeckte den Mund mit der Hand.

»Na, dann erzähl doch!«

»Nun, da sind ... so Theaterleute ... wie nennt man die?«

»Unternehmer?«

»Ja, das ist es! Sie wollen unsere Mädchen zu Unterhalterinnen bei Männergesellschaften ausbilden. Sie sagen, die Mädchen werden Hostessen. Wie japanische Geishas. Man muß hübsch aussehen und andauernd lächeln und Essen zubereiten, Wein anbieten, singen und Gitarre spielen können – sonst nichts, verstehst du ...«

»Außer man lädt sie dazu ein ... und zahlt genug?«
Dawn hob die Schultern, ihr Gesichtsausdruck war vieldeutig. Mrs. Carpenter bohrte weiter. »Wie ist es mit schwarzen Animiermädchen? Und vielleicht Stripperinnen?«

»Warum nicht? Das ist in den Kabaretts der Weißen überall so Brauch.«

»Was sagt König Sol dazu?«

»Da wären Sie überrascht.«

»Das bezweifle ich. Lassen wir's drauf ankommen.«

»Er sagt, der Weiße ist so listig wie ein Schakal und so weise wie eine Schlange. Er sagt, im letzten Jahrhundert seien weiße Männer über das Meer gekommen und haben Perlen, Greyhounds und Champagner gegen Nyangreela-Land getauscht. Unsere Häuptlinge wußten es nicht besser! Aber jetzt haben wir das Land wieder – und viel von den Weißen über Saatzucht und Viehhaltung gelernt.«

Als Dawn zögerte, lachte Mrs. Carpenter. »Und jetzt finanziert der weiße Mann zweifellos euer Casino und beutet die menschliche Schwäche für Spiel und Mädchen aus; aber diesmal teilt ihr euch den Profit, und ihr behaltet das Land! So sind rundum alle zufrieden und glücklich.«

Dawns glatte Stirn wurde von Sorgenfalten durchfurcht.

»Nicht ganz. Diese . . . Unter . . .«

»Unternehmer? Was wollen sie denn noch?«

»Sie wollen unsere Riten und Zeremonien zu Touristenattraktionen machen. Doktor Santekul vom Big River sagt für unser Volk Unglück voraus, wenn wir unsere geheimen Stammesriten als Touristenshow mißbrauchen. Unsere Ahnen haben ihn gewarnt.«

»Und was ist mit deinem modernen jungen Abelard? Lacht er über den altmodischen Hexendoktor vom Big River?«

Das Gesicht des Mädchens wurde für einen Augenblick aschfahl.

»Doktor Santekul ist ein berühmter Zauberer. Selbst König Sol läßt sich von ihm in allen wichtigen Fragen beraten, die unser Volk betreffen. Ein solcher Mann ist weder altmodisch noch modern. Du mußt das doch wissen, Weise. Abelard weiß es. Doktor Santekul ist sein Verwandter.«

Sie sprach vorwurfsvoll, aber mit Würde.

»Ich sehe, daß deine Schale leer ist. Ich muß jetzt gehen. Du wirst dich auf den Besuch des Königs vorbereiten wollen.«

Unterschätze niemals die Zauberer, dachte Mrs. Carpenter, als das Mädchen mit dem kleinen Tablett gegangen war. Sie sind Afrika!

5

»Für dich, König Sol,
sind die altbewährten Wege die besten.«

Mrs. Carpenter zündete die Öllampe neben ihrem Diwanbett an und schraubte den Docht vorsichtig herunter. Feuer konnte, wie ein Gott, segnen oder zerstören, besonders in einer strohgedeckten Hütte.

Der Diwan und zwei niedere ›riempie‹-Stühle waren auf Anordnung des Königs für sie gebracht worden. Mit Stroh ausgestopfte Kissen mit handgewobenen Überzügen verbargen die ordentlich zugeschnittenen Fellriemen, mit denen die Holzstühle zusammengehalten wurden, und lagen auch auf dem Schakalfell, mit dem das Bett bedeckt war – ein ungewohnter Aufwand, der ihre Sonderstellung unter den Frauen bewies.

Sie wandte sich um, als sie draußen Schritte hörte und das dröhnende Lachen des Königs, das begeisterte Bellen von Solinjes Hund, die Bambusflöte und die tanzenden Füße des Jungen.

Glut floß durch ihre Adern – und sie hatte nichts mit der Feuerstelle in der Hütte zu tun. Die Ausstrahlung von König Sols ungewöhnlicher Persönlichkeit eilte ihm voraus und ließ ihre müde gewordene Vitalität erneut aufflammen.

Zuerst kam Solinje, der Herold, angetan mit seiner besten und farbenprächtigsten Decke und einem winzigen Lendenschurz. Der Hund winselte liebevoll, leckte Mrs. Carpenters nackte Knöchel und sah mit einem schmelzenden Blick aus bernsteinfarbenen Augen zu ihr auf, als er ihr die Pfote hinstreckte. Sie schüttelte sie ernsthaft, schob sie jedoch sanft, aber entschieden beiseite, als er die Geste immer von neuem wiederholte.

»Hund«, sagte sie, »genug ist genug.«

Dann verdunkelte sich der Eingang: Der König trat ein.

Einen Augenblick lang war Mrs. Carpenter vollkommen verblüfft und verlor die Fassung. Gewöhnlich trug er einen Anzug oder eine Decke, gelegentlich auch eine Militäruniform. Aber Khaki, auch wenn es mit Orden und Auszeichnungen geschmückt war, paßte nicht zu seiner Hautfarbe. Heute abend jedoch war er der Kriegerkönig von Nyangreela. Hoch aufgerichtet, groß, schlank und muskulös stand er vor ihr, und das Licht der Flammen spielte auf glänzender kupferfarbener Haut, als er die Hand zum Gruß ausstreckte.

Sie nahm sich zusammen, beugte das Knie und berührte seine dargebotene Hand. Wohl war ihr Kopf geneigt, der Rücken aber gerade, und ungeachtet ihres eigenen phantastischen Kostüms lag echte Würde in dieser Verneigung.

»Willkommen, König Sol!«

Die Überraschung, mit der sie auf seine Kleidung reagiert hatte, entzückte ihn. Als sie sich aufrichtete, warf er den Kopf zurück, und sein volltönender Baß klang von den dunklen Deckenpfosten wider.

»Nun, Mrs. Carpenter? Sie haben um meinen Besuch gebeten. Es ist weniger als eine Woche her, daß ich Sie das letztemal besucht habe. Und doch hätten Sie mich beinahe nicht erkannt.«

»Du trägst deine Krönungsinsignien auf meinen besonderen Wunsch. Ich weiß das sehr zu schätzen! Aber im ersten Augenblick bin ich erschrocken. Du hast mich in die Zeit vor mehr als einem Vierteljahrhundert zurückversetzt. Ich erkannte König Sol sehr wohl, aber ich sah in ihm den jungen Oberhäuptling, der vom Studium in

Cambridge zurückgerufen wurde, um nach dem Tod seines Vaters sein Volk zu regieren.«

»Sie und Ihr Mann waren Gäste des britischen Resident Commissioner hier in Nyangreela. Sie waren unter jenen, die meine Krieger in der großen Biegung unter den Gehörnten Hügeln der Ahnen tanzen sahen.«

»Viele von ihnen hatten wie du den Krieg im Ausland mitgemacht. Aber an jenem Tag pfiffen und stampften sie in ihrem Kriegsschmuck wie ihre Vorväter, sie trugen ihre ›knopkieries‹, und ihre Schilde waren gespickt mit Wurfspießen. Später sangen sie ein Lied, das so bewegend war, daß ich weinen mußte.«

»Der Gesang, der den Tod meines Vaters beklagte. Danach folgte ein anderer, der meine Ernennung zum Oberhäuptling feierte.«

»Und hinterher wurde die Nationalhymne gesungen, um deinen Regierungsantritt zu verkünden. Ernst und eindrucksvoll.«

König Sol nickte, bewegt von Erinnerungen, die im Laufe der Zeit schon Staub angesetzt hatten. Plötzlich klatschte er in die Hände, und der zu seinen Füßen zusammengekauerte Junge sprang erwartungsvoll auf.

»Los, Solinje, hol eine Kalebasse voll Bier!«

Der Junge gehorchte und eilte davon, während Mrs. Carpenter den König rückhaltlos bewunderte.

Die Lenden des Königs bedeckte ein Leopardenfell; es war über einen kurzen, perlenbestickten Faltenrock drapiert. Quer über seine nackte, breite Brust schlang sich eine kunstvoll mit rosa Perlen bestickte Schärpe. Die Fußspangen waren aus weißem Schaffell, und Kupfer schimmerte an den kupferfarbenen Armen und am Hals. Sein kräftiger Körperbau schien Mrs. Carpenter in einem seltsamen Gegensatz zu seinen zarten langfingrigen Händen und den kleinen, eng am Kopf anliegenden Ohren zu stehen. Sein eckiger Kinnbart ragte stolz vor, und bei jeder Bewegung seines Kopfes zitterten rosa Flamingofedern, die nur der Sippe des Königs erlaubt waren.

Solinje brachte die Kalebasse mit Maisbier und einen irdenen Becher, den die Erwachsenen sich gegenseitig zureichten und in den auch er von Zeit zu Zeit einen Finger eintauchte, während er gespannt lauschte, was sein Vater vom Brauchtum Nyangreelas, von wilden Tieren und Zauberei zu berichten wußte. Die Augen des Königs verengten sich zu Schlitzen, als er Geschichten von Jagden und Festen erzählte. Es geht zu wie bei einer mittelalterlichen Jagd in England, dachte Mrs. Carpenter, oder sogar wie heutzutage. Da gibt es Verhaltensweisen und Gesetze, die vom Wild, den Jägern und den Zuschauern befolgt werden. Und ist die Jagdlust gestillt, kommt das unabänderliche Finale, der Höhepunkt der Jagd, die Lust des Mannes auf die Frau, das Besitzergreifen ohne Zärtlichkeit.

Mrs. Carpenter sagte: »Am Tag deiner Ernennung zum Oberhäuptling sagtest du mir, daß du vorhattest, die Gesänge und die Musik deines Volkes zu sammeln und aufzuzeichnen. Erinnerst du dich an den jungen Krieger, der allein ein wundervolles Lied sang?«

»Ja. Aber diese Gesänge sind schwer aufzuschreiben, denn die jungen Männer singen einfach, was ihnen in den Sinn kommt, Worte und Melodien. Sie prahlen, um sich selbst Mut zu machen. Aber die Zeremonien, die die Jahreszeiten begleiten oder die verschiedenen Abschnitte des Menschenlebens, sind wunderschön.« Er machte eine Pause und fügte dann mit einem Hauch von Melancholie hinzu: »Wenn die Zeit des Hüttenbauens da ist und die jungen Mädchen das Stroh sammeln oder wenn die junge Saat reift, gibt es ein paar wunderbare Tänze.«

»Solche Bräuche sollten lebendig bleiben«, sagte sie.

»Unsterblich gemacht durch Theateraufführungen. Sie sind Teil eines kulturellen Erbes.« Sie nahm einen Schluck aus der irdenen Schale, die er ihr anbot.

Er zog an seiner kleinen Pfeife mit dem geschnitzten Deckel.

»Ich habe unsere traditionellen Feiern fotografiert, und ich habe ihren Ursprung und ihre Bedeutung in einem Notizbuch beschrieben. Ich habe auch meine Rezepte aufgezeichnet.«

»Deine Rezepte? Ach ja, König Sol, jetzt erinnere ich mich. Du hast mir an jenem Tag auch erzählt, du hofftest, die Kräuterkundigen dazu zu überreden, dir ihre Geheimnisse preiszugeben. Wie zum Beispiel die Salbe, die einen barfüßigen Hirtenjungen gegen Schlangenbisse immun macht, und viele seltsame Heilmittel und Liebestränklein, sogar ein Mittel gegen den Tod. Du sagtest, die Kräuterkundigen würden ihre Zaubermittel und Arzneien niemandem verraten, außer vielleicht dir, ihrem Oberhäuptling.«

König Sol lachte. »Alle Köche und Chemiker und Hexen und Zauberer wachen eifersüchtig über ihren besonderen Kunststücken und Fähigkeiten und verlangen eine Menge Geld für das bißchen, das sie wirklich selbst erfunden haben. Ich kann mich sehr gut daran erinnern, daß Sie sich dafür interessiert haben. Natürlich, Sie sind ja eine Kriminalschriftstellerin. Sie müssen die Geheimnisse von Leben und Tod kennen, die Gifte der Borgia.«

»Aber auch die Gegenmittel. Wenn ich die Regenmacherin an ihrem Kochtopf sehe, möchte ich sie zu gerne ausfragen.«

»Aber Sie tun es nicht. Sogar ich würde nicht erwarten, daß die Regenmacherin mir eines ihrer Rezepte verrät.« Zu seinem Sohn gewandt, fügte er rasch hinzu: »Solinje, die Weise hat Durst!«

»Du auch, mein Vater?«

Der Junge bot zuerst dem König den Trinkbecher an. Der tat einen tiefen Schluck, wischte seine Schnurrbartspitzen ab und reichte dann Mrs. Carpenter den Becher.

»Die Kleine Königin, Solinjes Mutter, braut das beste Maisbier in Nyangreela. Nach den Zutaten, die *sie* verwendet, brauchen wir nicht zu fragen.«

»Ich trinke auf die Kleine Königin. Und auf ihren Sohn und den Vater ihres Sohnes und alle ihre Nachkommen.«

Mrs. Carpenter trank den Becher leer und drehte ihn um. Der Junge nahm ihn lachend von ihr entgegen, aber das Gesicht seines Vaters war ernst. Zärtlich berührte er den wolligen Kopf des Jungen. »Sag gute Nacht zu uns, Solinje, und geh zu deiner Mutter. Sage ihr, ich werde bald kommen.«

Der kleine Bursche war müde von dem langen Tag in der frischen Bergluft, vom Rauch des Feuers und seinem Anteil am Maisbier. Gehorsam verließ er sie, gefolgt von seinem Hund. Mrs. Carpenter sah ihm nachdenklich nach, als er in der Nacht verschwand. Sie wandte sich dem König zu.

»Er ist dein jüngster Sohn, dein Benjamin, und eines Tages werden alle seine Brüder glauben, sie hätten mehr Rechte auf den Thron als er. Aber selbst ich, die ich in keiner Weise mit der Angelegenheit zu tun habe, erkenne, daß er zum Führer geboren ist. Und Afrika braucht in diesen wirren Zeiten große Führer.«

Der König sah Mrs. Carpenter lange und forschend an, als vernehme er aus ihren Worten die prophetische Weissagung eines Orakels.

»Ein alter Brauch gibt mir das Recht, meinen Nachfolger selbst zu bestimmen«, sagte er schließlich.

»Dann tu das bald! Bestimme Solinje dazu, König Sol

der Zweite zu werden.« Sie lachte und fügte hinzu: »Le Roi Soleil, der Sonnenkönig.«

»Aber wenn ich sterbe, bevor er alt genug ist, zu regieren, könnten sich seine Brüder gegen ihn wenden, und mein Geist wäre dann nur ein schwacher Verbündeter für den kleinen König Sol – Sonnenkönig hin oder her.« Mrs. Carpenter spürte die große Angst hinter seinen Worten. Meuchelmord. Der unsichtbare Mörder war der Schatten, der heutzutage hinter jedem afrikanischen Führer lauerte. Und nicht nur hinter den Führern, dachte sie, und ihr einer Mundwinkel verzog sich zu einem bitteren Lächeln.

»Was soll ich tun?« fragte er plötzlich.

»Das ist eine schwierige Frage, König Sol.« Sie dachte eine Weile schweigend nach. Diese Frage hatte auch sie sich schon gestellt. Er wartete bewegungslos mit abgewandten Augen, bis sie endlich zu sprechen begann.

»Unterweise Solinje in den Pflichten eines Führers. Schicke ihn auf dieselbe englische Universität, auf der auch du warst, und laß ihn die Schriften des Machiavelli studieren. Die mittelalterliche Geschichte Europas ist Afrikas Geschichte von heute. Laß ihn mit drei sorgfältig ausgewählten älteren Gefährten reisen, von deren Urteilsfähigkeit und Kenntnissen, soweit es ausländische Angelegenheiten betrifft, du überzeugt bist und deren Redlichkeit du unbedingt trauen kannst. Drei fähige zukünftige Regenten für den Fall, daß du sterben solltest, ehe Solinje alt genug ist, um den Thron zu besteigen.«

»Und wann soll ich ihn zum Nachfolger bestimmen?«

»Solange du selbst noch auf der Höhe der Macht bist.« Der König erhob sich, und Mrs. Carpenter folgte seinem Beispiel. Er zögerte, ehe er ihr den Gutenachtgruß entbot, und sie streckte ihm in einer spontanen Geste beide Hände entgegen. Er empfand das als Liebkosung.

»Mein Freund«, sagte sie, »du mußt mit deinem Doktor vom Big River sprechen. Dawn sagt mir, er sei der beste in ganz Afrika. Er muß dich jung und stark erhalten – so wie du heute abend bist –, bis dein jüngster und bester Sohn in deine Fußtapfen treten und dein Volk mit Weisheit auf den Wegen des Friedens führen kann.«

Er sah mit schmalen Augen auf sie herab. Es war düster in der Hütte, denn die Lampe und das Feuer waren herabgebrannt, und Rauch hing wie ein Schleier in der reglosen Luft.

»Das ist also Ihr Rat? Daß ich den Zauberer aufsuchen soll?«

»Was für den einen Menschen gut ist, ist nicht unbedingt auch für einen anderen gut. Wenn Solinje ein Mann ist und sein Geist verwirrt, dann wird er vielleicht zu einem Psychiater in einer feinen Klinik gehen. Für dich, König Sol, sind die altbewährten Wege die besten. Das sagt mir mein Herz.«

Seine Hände waren kalt, als er die ihren drückte. Sie merkte, daß sein Gesicht sich verfinstert hatte.

»Weise, du bist zu aufrichtig. Schlaf gut heute nacht.«

Mabel Etheridge wartete, bis ihr Mann den Jaguar sorgfältig abgeschlossen hatte. Dies war sein Privatwagen: pfauenblauer Lack mit cremefarbener Polsterung, passend zu seinen Rennfarben. Als Maskottchen hatte er eine Nachbildung seines einstigen Derbysiegers Fleetfoot aus Chrom. Als er sich seiner Frau zuwandte, ließ die späte Nachmittagssonne sein dichtes graues Haar silbern aufleuchten. Die Linien um Mund und Augen schienen tiefer. Er ist gealtert in diesem letzten Monat, dachte sie, und zum erstenmal seit ihrer Heirat vor zwölf Jahren war sie um ihn besorgt. Sie schob ihren Arm in den seinen.

»Ich habe unsere Sonntagswanderungen in den Bergen,

wie heute, oder in den Wäldern immer sehr geliebt. Aber wir sind jetzt so selten allein. Immer ist irgend etwas los.«

Das glänzende braune Haar war aus ihrem noch immer überraschend jungen und frischen Gesicht zurückgestrichen. Er war betroffen, in ihren haselnußbraunen Augen die Angst um ihn zu lesen. Sie waren eine Vernunftehe eingegangen. Er brauchte eine Mutter für Jane und eine Gastgeberin für diplomatische Anlässe. Ein gutes Dinner und die richtige Atmosphäre konnten oft mehr erreichen als eine förmliche Konferenz zwischen ›les chers collègues‹, die so versiert waren in der Kunst, mit Worten zu fechten. Mabel präsidierte einer Tafel mit sehr viel Charme, aber mit Jane wußte sie weniger geschickt umzugehen. Sie hatte keine eigenen Kinder. Als er sie gebeten hatte, ihn zu heiraten, war das eher ein Vorschlag als eine Liebeserklärung gewesen. Sie war eine wohlhabende junge Witwe Anfang der Dreißig, amüsant und gebildet, und sie hatten bereits entdeckt, daß sie körperlich wie gesellschaftlich gut zueinander paßten. Sie bewunderte seine Gewandtheit, seinen Schneid als Sportler und das Ansehen, das er in diplomatischen und Protokollfragen genoß. Sie hatte sich gefragt, ob er Kinder wollte. Ohne einen Sohn würde die Etheridge-Linie aussterben. Es gab keinen Jungen, der sie fortführen könnte.

»Ich nehme an, du möchtest Kinder haben, Hugh? Einen Jungen?« hatte sie gesagt und mit einem Lächeln hinzugefügt: »Für ein erstes Baby ist es etwas spät, aber wenn dein Herz daran hängt . . .«

»Nein.« Das war klar und knapp. Punkt. Es überraschte sie. Sie spürte, daß sie nun vollkommen ehrlich sein mußte.

»Es war nicht Georges Schuld, daß wir kinderlos geblieben sind. Ich hatte Angst vor der Verantwortung. Nach seinem Tod habe ich bedauert, daß unser Leben ziemlich inhaltslos war. Ich hatte ihn immer wieder vor mir hergeschoben ... den Gedanken an ein Kind ... und George, der mich verwöhnte, ließ mich mein leeres, selbstsüchtiges Leben weiterleben.«

»Ich werde Georges Beispiel folgen.« Hughs Lächeln hatte großen Charme, und sie spürte seine Erleichterung. Es war die gleiche Erleichterung, die auch sie empfand.

»Ich glaube, es ist auch wirklich zu spät. Und Jane hätte vielleicht etwas dagegen. Aber ›The Ridge‹ und die Baronet würden – überhaupt das Fortführen einer bestimmten Lebensweise und der Tradition stellt doch sicher besondere Anforderungen?«

»In diesem Fall nicht, Mabel. Jedenfalls nicht in meinen Augen. Die Tage der Feudalherrschaft sind vorüber. Ich lege keinen Wert darauf, daß Schwärme von Touristen zum Lake District kommen, dafür bezahlen, daß sie in meinem Garten herumstreunen und durch mein Haus trampeln dürfen – oder gar meinen Fluß leerfischen.«

»Du bist ein sehr zurückhaltender Mann, Hugh. Beinahe verschlossen. Aber ich glaube, ich verstehe dich.«

Sein starrer Blick hatte sie für einen Augenblick aus der Fassung gebracht. Dann sagte er: »Zwei Weltkriege, steigende Besteuerung und der Wohlfahrtsstaat haben die Verpflichtungen reduziert, die mit einem alten Titel und einem Familienbesitz verbunden sind. Wenn ich sterbe, stirbt der Titel mit mir, und ›The Ridge‹ wird verkauft werden – wie meine Pferde. Das ist alles.«

»Gut, mein Liebling. Ich werde mein Bestes tun, um dich glücklich zu machen und deiner kleinen Tochter eine Freundin zu sein. Ich wünschte nur, ich hätte mehr Erfahrung mit Kindern.«

Sehr viel Erfolg war ihr nicht beschieden gewesen, aber

als Jane größer wurde, schlossen sie einen Waffenstillstand, und damit begann sich eine gewisse Zuneigung zwischen beiden zu entwickeln. Aber Janes wirkliche Liebe galt ihrer Großmutter, Mrs. Carpenter.

Der Botschafter und seine Frau schritten flott aus auf dem gewundenen Bergpfad hinter Silvermine. Die nach Heidekraut duftende Luft roch auch ein wenig salzig. Die Meeresbrise trug den Geruch herauf.

»Ich vermisse Kirsty«, sagte Mabel. »So ein kleiner Terrier freut sich an so vielen Dingen, von denen wir gar nichts wußten, bevor wir ihn auf diese Spaziergänge mitnahmen. Seine Streifzüge in die Heide und den Busch haben mir immer großen Spaß gemacht.«

Er lächelte. »Mir geht's genauso. Aber ich bin sicher, daß Elias Greif auf seiner Türschwelle bestimmt nicht vermißt.«

Sie lachte. »Armer Elias! Er hat wirklich schreckliche Angst vor diesem fürchterlichen Schäferhund. Genau wie die Köchin und Salima und die Katzen, ganz zu schweigen von Sam, der wie gelähmt ist. Als ob es nicht schon reichte, wenn jede Nacht die Polizeistreifen durch den Garten schleichen. Ich glaube wirklich, es besteht keine Gefahr, bis Desmond am Dienstag zurückkommt. Danach wird sehr wahrscheinlich eine weitere Forderung eintreffen. Hoffentlich ist die Übergabe weniger dramatisch.«

Als er nicht antwortete, sagte sie nach einer Weile: »Warum hast du Jane gestern morgen mit Kim nach Johannesburg reisen lassen?«

»Meine Liebe, wie hätte ich sie daran hindern sollen? Sie ist ebenso starrköpfig wie ihre Großmutter. Und irgendwie habe ich das Gefühl, sie könnte Kim eine Hilfe sein und er ihr. Wir brauchen Verbindungsleute in Johannesburg. Kim sind die Hände nicht so gebunden wie Desmond, und er ist nicht gefühlsmäßig in die Sache

verwickelt wie Jane. Er besitzt Ideen und Entschluß-
kraft, ist ein guter Verbündeter. Und aus beruflichen
Gründen liegt ihm ebenso viel daran, Maud lebendig
nach Hause zu bringen, wie uns. Wenn wir sie da raus-
kriegen, hat er die Story des Jahres, von den Betroffenen
selbst erzählt.«

»Das ist nur recht und billig. Desmond geht also morgen, am Montag, mit der ersten Rate des Lösegeldes allein hin, wie es in dem Brief verlangt wird . . .«

»Nicht ganz so, wie es verlangt wird. Die Entführer erwarten das ganze Lösegeld. Sie haben sich ausbedungen,
daß nicht verhandelt wird. Trotzdem, Mabel, bin ich dir
für deinen finanziellen Beitrag sehr dankbar. Auch Jane
wird . . .«

»Sag Jane nichts davon! Ich will unter keinen Umständen, daß sie sich mir verpflichtet fühlt. Bis jetzt läuft jedenfalls alles nach dem üblichen Ritual ab: Forderungen
und Drohungen der Erpresser, dann taucht ein Vermittler auf, um ein Angebot zu unterbreiten . . . und so weiter.«

»Ich habe das Gefühl, daß dieser Fall eben nicht nach
dem üblichen Ritual abläuft. Sie haben nicht um Waffen
gebeten, nicht um Gewehre, nicht um die Freilassung
politischer Gefangener. Nur um Geld.«

»Ich hoffe, du hast Desmond verboten, Jane mit zu dem
Treffen gehen zu lassen.«

»Ich habe darauf hingewiesen, es wäre ihr zuzutrauen,
daß sie darauf besteht. Und wenn er und Kim töricht genug sind, darauf einzugehen, könnte es eine zweite Geiselnahme geben.«

Mabel sagte langsam: »Desmond liebt Jane. Er steht unter ihrem Pantoffel.«

»Er liebt Jane?« Sir Hugh blieb stehen. Er ruhte sich
einen Augenblick auf seinem Jagdstuhl aus, als müsse er
mit einer ganz neuen Vorstellung fertig werden. »Er

kennt sie, seit sie ein kleines Mädchen ist. Sie sind Freunde, nicht mehr. Und was das mit dem Pantoffel betrifft, so kann ich dir versichern, daß der junge Yates einen eigenen Willen und eine eigene Meinung hat.«

»Großartig. Jeder Mann, der deine Tochter heiraten will, braucht beides sehr nötig.«

»Also wirklich, ihr Frauen! Ihr mögt noch so emanzipiert sein – wenn ihr nur Hochzeiten stiften könnt! Soweit ich das beurteilen kann, ziehen es die meisten jungen Paare vor . . .«

»Es zuerst auszuprobieren. Natürlich tun sie das. Waren wir etwa anders?«

»Das kann man nicht vergleichen.«

»Weil ich vorher verheiratet war? Die gute, alte, doppelte Moral! Die verheiratete Frau – oder die Witwe, die Geschiedene oder die Strohwitwe war, ist und wird immer ein angenehmes und ungefährliches Spielzeug sein. Aber jetzt hat sie starke Konkurrenz bekommen. Es ist nicht mehr tabu, ein junges Mädchen zu verführen, und kein Vater fragt einen jungen Mann nach seinen Absichten.«

»Wozu auch: Er weiß verdammt gut, welcher Art die sind!«

»Und er weiß auch, daß oftmals seine Tochter die Verführerin ist! Auf jeden Fall sind heutzutage unverheiratete Mütter vollkommen gesellschaftsfähig.«

»Du bist großzügig und zynisch, Mabel. Aber Jane ist nicht deine Tochter. Irgendwie ist es mit den eigenen . . .«

Er brach abrupt ab. Seine Frau hakte ihn unter.

»Hör zu, Hugh: Jane ist leicht zu begeistern und nicht prüde. Aber sie weiß recht gut, was sie wert ist. Du kannst es auch Selbstachtung nennen. Sie ist keine, die herumschläft und für jeden zu haben ist.«

»Mädchen können überrumpelt werden.«

»Desmond ist ritterlich. Und du mußt mir glauben, wenn ich sage, er liebt Jane. Er möchte sie zu seiner Frau und zur Mutter seiner Kinder machen. Sie kommen aus demselben Milieu und haben Väter, die ihrem Land treulich in Krieg und Frieden dienen.« Sie lächelte ihn an und drückte seinen Arm ein wenig. »Desmond könnte sehr gut der richtige Mann für Jane sein, wenn er nur genügend Willenskraft aufbringt. Sie fühlt sich von ihm angezogen. Das ist sicher.«

Sir Hugh sah seine Frau überrascht und forschend an.

»Vertraut sie sich dir denn an?«

Er beobachtete, daß ein Kummerschatten über ihr Gesicht lief, und fühlte mit ihr.

»Noch nicht. Aber ich bin nicht blind. Sie ist wie du, mein Lieber. Herzlich und entgegenkommend, wenn es ihr paßt, und dann verschließt sie sich plötzlich aus irgendeinem unerfindlichen Grund in ihre Muschelschale und ist nur schwer wieder hervorzulocken.«

Wie auf Befehl drehten sich beide um und gingen zum Auto zurück. Sie spürte, in welcher Stimmung er war: besorgt und diesmal geneigt, ihren Rat anzunehmen. Sonst hätte er das als Einmischung bezeichnet.

»Ich denke oft, wenn ich Janes Mutter gekannt hätte, wäre es einfacher, sie ihr zu ersetzen.«

Sie brauchte ihn gar nicht anzusehen. Sie spürte die Kühle, die von seinem Schweigen ausging, wie die Abendbrise, die die drückende Hitze vertrieb und das Gras unter ihren Füßen nach einer Seite bog. Sie wußte, daß sie wieder einmal verbotenes Land betreten hatte, das er niemals erwähnte, wenn es nicht sein mußte. Er war in Desmonds Alter gewesen, als er eine junge, schöne Sekretärin der Botschaft in Athen geheiratet hatte. Fünf Jahre später war sie an Lungenkrebs gestorben. Er hatte hinter dieser kurzen Ehe die Tür geschlossen, und Mabel war es nie gelungen, sie zu öffnen. Sie hatte das akzeptiert, obwohl sie sich zuerst darüber gewundert hatte. Später hatte sie gemerkt, daß Ausflüchte zur zweiten Natur von Sir Hugh Etheridge, dem Karrierediplomaten, gehörten, genau wie zu Hugh, dem verschlossenen, schwierigen Mann, den sie geheiratet und mit der Zeit bewundern gelernt hatte. Ihre Zuneigung zu ihm war in gewisser Weise mütterlich. Ihren ersten Mann, George, hatte sie geliebt – eifersüchtig, besitzergreifend, leidenschaftlich. Hatte Hugh bei Anne ebenso empfunden? Mabel argwöhnte, daß diese Liebe zu Anne nicht frei von Masochismus gewesen war. Hugh tat sich schwer, sich einer Frau zu ergeben. Den Körper, ja. Auch den Verstand, wenn sie intelligent genug war, dieses Geschenk zu schätzen. Aber Herz und Seele? Das hieße, sich völlig hingeben. Hugh würde es nicht freiwillig zulassen, daß jemand von ihm Besitz ergriff und ihn dadurch verletzlich machte. Wie ihre Stieftochter hätte auch Mabel Etheridge viel darum gegeben, wenn sie Anne gekannt hätte. Janes einzige Erinnerungen waren Gefühle, die Wärme des Geliebtwerdens und das Bewußtsein einer unerklärlichen Kraft. Anne war beiden, Mabel und Jane, ein Rätsel.

»Also haben gestern und heute unsere Jane und der attraktive Kim Farrar die Szene für Desmonds morgige Ankunft vorbereitet«, sagte sie und fügte nachdenklich hinzu: »Ein interessanter Mann, dieser Farrar.«

»Erfahren und scharfsinnig. Er zeigt Initiative und weiß viel über die Stämme Afrikas. Bemerkenswert sein Ehrgeiz. Er ist hinter Maud Carpenter her, weil sie ihn als Mensch interessiert und weil er eine sensationelle Story wittert. Wenn es überhaupt möglich ist, dann wird er sie retten.«

Sie blieben stehen, um zuzusehen, wie die Sonne über den Horizont hinabsank in ein purpurnes Meer. Dann war sie verschwunden. Ihr goldrosa Abglanz auf den

Schäfchenwolken über dem dunkler werdenden Wasser verblaßte allmählich. Die Schatten der heraufziehenden Nacht senkten sich über das Constantia-Tal unterhalb des Bergmassivs.

Hugh Etheridge nahm den Arm seiner Frau. Allein hier oben vor dem Sonnenuntergang fühlte er sich enger mit Mabel verbunden als je zuvor.

»Was hast du gedacht, Mabel, als du den Vögeln zugeschaut hast, die in die sumpfigen Niederungen heimkehrten?«

»Daß die Menschen, die meisten Menschen, entweder zum Räuber oder zum Opfer bestimmt sind. Wie Vögel und wilde Tiere.«

»Und Räuber wie Opfer haben ihr Gefolge. Aasgeier warten auf die Räuber, damit sie sich holen können, was übrigbleibt, und ängstliche Herden – naturbestimmte Opfer – suchen nach einem Führer, der schlau genug ist, sie zu retten.« Sir Hugh lachte leise und fügte hinzu: »Und wo gehöre ich hin? Zu den Räubern, den Opfern oder einfach zu den Aasgeiern?«

Sie strich zärtlich über seine Wange.

»Du bist neutral. Ein Zuschauer, Außenstehender, wann immer das möglich ist. Du könntest dich zurücklehnen und zusehen, wie das Opfer aufgefressen wird. Oder wenn du dich stark genug fühlst, schreitest du vielleicht ein, um es zu retten.«

»Oder ich schicke meine Günstlinge, zwei junge Männer und ein Mädchen, um dem unbekannten Räuber seine Beute zu entreißen.«

»Genau. Aber es ist schon seltsam – ich hätte mir niemals Maud Carpenter in der Rolle des Opfers vorstellen können.«

6

»Sie, meine Liebe, wären eine
prächtige Dreingabe!«

Farrar hatte den Samstag und den Sonntag gut genützt. Das Highveld war grün nach den letzten Regenfällen. Am fernen Horizont wetterleuchtete es, als er und Jane erfrischt nach dem Schwimmen am Pool des Southern-Sun-Airport-Hotels saßen.

»Einfach unglaublich!« sagte sie. »Vor fünf Minuten war der Horizont aprikosenfarben, und jetzt ist die ganze Welt mit einem purpurnen Schleier bedeckt.«

»Wie reife Trauben«, antwortete er grinsend. »Es gibt keine Dämmerung in Afrika. Da ist der Tag und da die Nacht, und dazwischen fällt plötzlich und dramatisch ein schwarzer Vorhang herab.«

Sie hielt ihr Glas mit Campari gegen das verblassende Licht und bewunderte die rubinrote Farbe.

»Sie und Ihr Sinn fürs Theater!« Sie lächelte. »Aber wie Sie die Bühne vorbereitet haben für Des, wenn er morgen einfliegt, entschuldigt vieles. Der Hubschrauber gebucht, der Pilot kein anderer als Sie selbst, Karten, Treibstoff, Lebensmittel und ein vollständiger Erste-Hilfe-Kasten. Nichts wurde übersehen.«

Die heiße, trockene Luft zweitausend Meter über dem Meeresspiegel hatte ihre Haut gebräunt. Ihre Augen ruhten auf ihren langen braunen Fingern, die den Stiel des Glases hielten.

»Hautfarbe?« sagte sie. »Wie unsinnig, Unterscheidungen zu machen. Sie und ich könnten ohnehin als Braunhäutige durchgehen. Nicht als Schwarze – da paßt unser

Gesichtsschnitt nicht dazu. Sie haben eine Adlernase –
wie ein Römer.«

»Und Sie könnten ein Zigeunermädchen sein. Wenn ich
Ihre Hand mit Silber fülle, sagen Sie mir dann die Zukunft voraus?«

Sie lachte, als sie seine lange, schmale Hand nahm und
die Linien betrachtete.

»So ein Durcheinander! Eine gute, kräftige Lebenslinie,
ein klarer, kühler Kopf, aber beim Herzen geht's so
kreuz und quer zu wie auf der Clapham-Kreuzung.
Nichts von Klarheit oder Dauer – nur lose Enden.«

»Wie ist es mit dem Schicksal? Hab' ich denn keine
Schicksalslinie?«

Sie schüttelte den Kopf. »Nein. Sie ziehen sich Ihre
Schicksalslinie selbst.«

»Kein Zigeunermädchen würde so etwas sagen. Eine
echte Zigeunerin sieht die Vergangenheit und die Zukunft, und wenn man ihr eine Silbermünze gibt, dann
erzählt sie einem davon.«

Er legte ein Zwanzig-Cent-Stück in ihre Hand, und sie
ließ es mitten auf den Tisch zwischen sie beide fallen.

»Ich sehe da wohl lauter Linien, aber die haben nur mit
der Gegenwart zu tun.«

Er lachte. »Bravo! Ich lebe in der Gegenwart – *jetzt,*
wann immer das ist. Sie nicht?«

Sie zögerte mit der Antwort. »Nein. Denn ich habe erkannt, daß die Gegenwart das Kind des Gestern und die
Mutter des Morgen ist.«

»Das ist eine recht geschwollene Bemerkung für jemanden, der so jung ist. Eher ein Maud-Carpenter-Zitat als
eine Jane-Etheridge-Philosophie.«

»Vielleicht. Aber wir haben der Zukunft gegenüber eine
Verpflichtung.«

»Dem Heute gegenüber noch mehr. Das Gestern kann
nicht mehr geändert werden, und das Morgen kommt

vielleicht nie.« Er wollte die ernsten Schatten verscheuchen, die plötzlich ihr Gesicht verdunkelten.

Er machte Anstalten, seine Hand auf die ihre zu legen, sofort bereit, die Gelegenheit beim Schopf zu packen und die Stimmung zu ändern.

Sie bemerkte sehr wohl seinen Wunsch, sie zu berühren, und das Verlangen seines Körpers. Sie verstand und reagierte darauf wie auf Hunger: Nur war dies eben ein körperlicher Appetit, der aber schnell größer und dann übermächtig werden konnte.

Doch als sie die Hand zurückzog, hielt er die schmalen Finger nicht fest, aber seine Nerven nahmen Form und Bewegung in sich auf. Maud Carpenters mißliche Lage war das mächtige ›Heute‹ für Jane. Andere Probleme, selbst solche, die ihr eigenes künftiges Glück betrafen, mußten warten.

»Hat es Desmond etwas ausgemacht, daß Sie gestern morgen mit mir hierhergekommen sind?« fragte Kim plötzlich und beobachtete ihr schmales ausdrucksvolles Gesicht. »Sie haben ihm am Freitagabend Ihre Entscheidung ja richtig hingefeuert. Ehrlich, ich an seiner Stelle hätte mich dagegen gewehrt.«

»Ich treffe meine Entscheidungen schnell. Er weiß das.«

»Akzeptiert er sie denn immer?«

»Er hat kaum eine andere Wahl.«

»Gibt es für Sie keine Autorität, Miß Etheridge?«

»Ich erkenne Autorität nicht ohne weiteres an.« Sie erwiderte sein Lächeln, das die schmalen, wachsamen Augen mit kleinen Fältchen umgab.

»Ist Desmond Ihr besonderer Freund?«

Ihr Lächeln vertiefte sich. Plötzlich sah sie sehr vergnügt aus.

»Freund ist ein dehnbarer Begriff. Ich kenne Des schon lange – zu Hause und nun hier in Südafrika. Er gehört zu den Mitarbeitern meines Vaters, seit er in den diplomatischen Dienst eingetreten ist. Ich war damals noch ein Teenager. In einem Leben, in dem sich unentwegt alles wandelt, hat Daddy gern ein paar Leute um sich, die er sich selbst herangezogen hat. Und die zuverlässig und loyal sind. Des und ich mußten einander zwangsläufig begegnen.«

»Glücklicher Des! Aber jetzt gehen Sie Ihre eigenen Wege. Sie gehen dem glänzenden, stinkfeinen Gesellschaftstreiben des diplomatischen Corps mit all seinen Privilegien aus dem Wege. Ich frage mich, warum?«

»In kleinen Dosen finde ich dieses Leben amüsant und interessant, im übrigen aber lebe ich lieber mein eigenes Leben. Ich habe einen guten Job in London und kann Ferien im Ausland machen. Dieser Besuch hier ist so eine Ferienreise.«

»Ich bin überrascht, daß Sie diese Safari nicht mit Mrs. Carpenter zusammen unternommen haben.«

»Wirklich, Kim? Von Ihnen hätte ich eigentlich am ehesten Verständnis dafür erwartet, daß das Wesentliche an unserer Beziehung die Freiheit ist, das Fehlen von Verpflichtungen dem anderen gegenüber. Wir mögen oft ganz verschiedene Dinge. Keiner will vom anderen beschützt werden. Ich bin volljährig, und Granny ist noch nicht verkalkt. Sie gibt mir einen Rat, und ich befolge ihn oder auch nicht. Aber ich denke immer darüber nach, weil sie ihre Ratschläge sparsam austeilt und ich ihre Erfahrung und ihre Intelligenz schätze. Sie hat eine unerhörte Menschenkenntnis. Als Schriftstellerin ist es schließlich ihre Gewohnheit, die Menschen zu studieren. Als meine Mutter starb, war ich erst vier, und ich lebte bei meiner Großmutter, bis Daddy fünf Jahre später Mabel heiratete. Er war damals in Teheran. Wenn Granny davon sprach, klang es sehr aufregend. Ich weiß jetzt, wie geschickt sie die ganze Sache behandelte. Sie machte ein Abenteuer für mich daraus. Das ist ihre Zauberkunst. Es war nicht schwierig, sich im Iran einzugewöhnen.«

»War Mabel . . . schwierig?«

Sie sah ihn an, ein wenig amüsiert, aber auf der Hut.

»Sie sind ein guter Journalist, nicht wahr, Mr. Farrar? Alles nur menschliches Interesse! Mabel hatte Geduld mit mir, das erkenne ich jetzt. Sie tat wirklich ihr Bestes. Mit neun Jahren war ich eine harte Nuß für sie. Granny brachte alles wieder ins Lot, so daß es zuletzt ganz gut klappte. Das Leben war alles andere als eintönig. Das gefiel mir. Später, als ich ins Internat kam, war mein Heim das Landhaus meiner Großeltern, und in den Ferien traf ich, so oft es ging, mit meiner Stiefmutter und meinem Vater zusammen. Aber Granny war mein Ankerplatz.«

»Immer wieder tritt Maud Carpenter ins Scheinwerferlicht. Wie war denn eigentlich Ihr Großvater?« Ihr Gesichtsausdruck wurde zärtlich. Kim fühlte sich seltsam angerührt von der Weichheit ihrer vollen Lippen.

»Großvater gehörte nicht richtig dem ›Heute‹ an. Er hatte Geld und ein reizendes altes Gutshaus in Sussex geerbt. Sein ganzes Leben drehte sich um das Land und um das Wohlergehen seiner Pächter. Er schoß und fischte, aber er wollte nicht jagen. Er haßte das Töten nach der grausam langen Hetzjagd. Ich nehme an, Sie kommen jetzt mit dem Argument, er sei inkonsequent gewesen.«

»Sind wir das nicht alle?«

»Vermutlich. Ich glaube, er lebte immer noch im Zeitalter Edwards des Siebten. Er liebte England, die wellige grüne Schönheit der Hügel von Sussex, die Bäume und die Menschen, die auf dem Land arbeiteten und es fruchtbar machten. Sein Lieblingsversteck innerhalb des Hauses war seine Bibliothek . . .«

»Maud-Carpenter-Bücher?«

Sie legte den Kopf zurück und lachte laut. »Alles andere, nur das nicht! Eher die Schriften des Machiavelli oder ›Die Naturgeschichte von Selborne‹. So, und jetzt sind Sie dran. Wo sind Sie aufgewachsen?«

»In Cornwall, wo die Schmuggler und die Strandräuber ihr Unwesen trieben. Mein Vater war ein Landpfarrer. Ein Mann des Friedens. Er war enttäuscht, als ich mich fest entschlossen zeigte, die schlüpfrige Leiter des Journalismus hinaufzuklettern.«

»Und jetzt sind Sie an der Spitze.«

»Da gibt es keine Spitze, Jane. Aber ich finde das Leben auf der Jagd nach Sensationen lohnend. Für einen Junggesellen!«

»Keine Bindungen, Kim?«

»Nur meine Mutter, die den ruhelosen Nomaden versteht, den sie geboren hat. Mein Vater starb vor einigen Jahren, und sie heiratete wieder – einen guten Kerl, den sie mag und der mich langweilt. Vielleicht bin ich schwierig. Dad und ich kamen nie wirklich miteinander aus.«

»Waren Sie niemals verheiratet? Keine Kinder?«

»Weder das eine noch das andere. Ich gehe privaten Verpflichtungen aus dem Wege. Jede Frau, die einen umherziehenden Journalisten oder einen Seemann heiratet, handelt sich Schwierigkeiten ein, wenn ihr auch nur ein wenig am Familienleben liegt. Die meisten Frauen wollen ihre Ehemänner an die Leine legen. Typen wie ich scheuen schon vor dem Gedanken an ein Halsband.«

»Ich kann Sie gut verstehen. Welches von all den Ländern, die Sie bereist haben, hat Ihnen am besten gefallen – Afrika nicht mitgerechnet?«

Er überlegte. Endlich sagte er: »China. Dort ist einfach alles möglich. Es ist das schönste und aufregendste Land, das ich kenne. Ich wollte, ich könnte Ihnen die leuchtendgrünen jungen Reispflanzen zeigen, die aus den überfluteten Feldern emporwachsen, die riesigen Flüsse und das Volk, das in Sampans darauf lebt, die Dschunken mit den riesigen, zusammengeflickten Segeln und dem großen, am Bug aufgemalten Auge. Mütterchen Rußland mag sich einbilden, es wisse alles über China. Aber mitten in Afrika gibt es bereits chinesische Arbeiter. Sie haben die Eisenbahnlinie Daressalam–Kinshasa vom Indischen Ozean bis zum Atlantik gebaut und außerdem noch eine Linie vom Kongobecken nach Südafrika. Wenn das kein großartiges Beispiel für eine friedliche Eroberung ist!«

»Sie sehen die Leistung vom Standpunkt des Journalisten.«

»Möglich. Aber nun erlauben Sie eine Frage: Welches Land möchten Sie sich denn genau ansehen, ehe es von der Umweltverschmutzung erreicht wird?«

Sie antwortete, ohne zu zögern: »Griechenland. Ich wurde dort geboren und war seit meiner Babyzeit nicht mehr dort. Aus irgendeinem Grund hat es nie geklappt, daß Daddy wieder nach Athen geschickt wurde.«

Er sah sie lange nachdenklich an. »Eine gute Wahl. Ich kann Sie mir im wilden Gebirge von Delphi vorstellen, von Göttern und Helden umringt, in jenen herrlichen heiligen Bezirken unter freiem Himmel wandernd, wo es in der heißen Sonne nach Thymian und Salbei duftet. Adler ziehen über Ihnen ihre Kreise, und tief unten, auf dem Weg ins Tal, hört man das Bimmeln einer Ziegenglocke und die zarte, süße Musik der Hirtenflöte. Da gehören Sie hin. Im tiefsten Innern sind Sie eine Heidin.«

Meine Mutter war es auch, dachte sie. Und Vater? Ich weiß nicht recht . . .

Farrar betrachtete ihr klassisch geschnittenes Profil, die gerade Nase, die kurze, volle Oberlippe, das markante

Kinn und den langen schönen Hals. Sein Verlangen, sie zu berühren und zu liebkosen, erhielt nun, da seine Phantasie eine Heidin aus ihr gemacht hatte, eine ganz neue Bedeutung. Er erkannte an ihrem Gesichtsausdruck, daß er die richtigen Worte gefunden hatte. Sie fröstelte und griff nach dem Bademantel. Er legte ihn ihr um die Schultern und spürte dabei, wie sie zitterte.

»Kalt, Janie?«

»Ein bißchen.«

»So ist das hier eben. Sobald die Sonne untergegangen ist, wird es kalt. Sollen wir hineingehen?«

»Ja. Mich fröstelt. Vielleicht kommt es nur von der plötzlichen Kälte. Vielleicht habe ich aber auch ein bißchen Angst vor morgen.«

»Das könnte gut sein«, sagte er. Und in Gedanken fügte er hinzu: Was mich betrifft, so habe ich ein bißchen Angst vor heute nacht. Und das ist sicher ganz unnötig.

Desmond Yates verließ Kapstadt am Montagmorgen mit der Frühmaschine. Er trug einen Safarianzug und einen leichten Steppanorak für den Fall, daß die folgende Nacht kalt werden sollte. Er hatte nur Handgepäck: eine karierte Reisetasche mit ein paar Toilettengegenständen und eine schwarze Aktentasche voller Banknoten – nicht genug, dachte er bekümmert, als er durch die Sperre ging und Kim dort traf.

»Bevor wir zum Hotel fahren, schauen wir uns den Hubschrauber noch einmal an«, sagte Kim. »Ich meine, wir sollten um drei Uhr aufbrechen und bei vollem Tageslicht auf der Lichtung jenseits Marula Grove landen. Dort können wir dann Däumchen drehen oder Karten spielen, bis Sie Ihren einsamen Mitternachtsmarsch antreten.«

»Wir könnten Schwierigkeiten haben, den Landeplatz auszumachen.«

»Nicht in dem dichten Busch. Die Stelle ist so kahl wie ein räudiger Hunderücken. Ich habe am Samstagnachmittag einen Erkundungsflug gemacht. Der Platz ist winzig. Landebahn gibt's nicht.«

»Sind Sie allein geflogen?«

»Natürlich. Top secret.«

»Nicht einmal Jane war dabei?«

»Natürlich nicht. Das Operationsgebiet ist nichts für Jane.«

Nachdem die letzten Vereinbarungen mit der Privatgesellschaft getroffen worden waren, deren Direktor ein Freund und Kollege von Kim war, nahmen die beiden jungen Männer den Zubringerbus vom Flughafen zum Hotel, und Yates trug sich für die Nacht ein.

»Mr. Yates schläft mit in meinem Zimmer, Judy. Morgen sagen wir Ihnen dann irgendwann, wie lange wir bleiben werden.«

Die hübsche Dame am Empfang kannte Farrar gut und lächelte, als sie Desmond den zweiten Schlüssel reichte. Sie war an die Extravaganzen der Passagiere gewöhnt, die ihre Ansichten und ihre Vorhaben überstürzt änderten, entweder weil sie es sich anders überlegt hatten oder weil die Flugpläne geändert worden waren. In einem Land, das von inneren Spannungen zerrissen wurde und über das die Stürme politischer und militärischer Machtwechsel hinbrausten, konnte das Flugwesen nicht reibungslos funktionieren. »In Ordnung, Mr. Farrar. Und Miß Etheridge ist natürlich auch hier?«

»Sicher. Und vielen Dank«, gab Yates zur Antwort. Als er den Schlüssel in die Tasche steckte, warf er ihr einen zweiten Blick zu. Sie war es auch wert, angeschaut zu werden, frisch, blond und charmant wie sie war. Seinen bewundernden Blick beantwortete sie mit ihrem liebenswürdigsten, routiniertesten Empfangsdamenlächeln.

»Amüsieren Sie sich gut«, sagte sie automatisch. Im nächsten Augenblick hätte sie sich die Zunge abbeißen können. Wie konnte sie nur! Natürlich hatte die Ankunft der drei etwas mit der Carpenter-Entführung zu tun. Farrar hatte gehofft, Judy als Informationsquelle benützen zu können, aber sie konnte ihm keinerlei Hinweise geben. Schade. Farrar gefiel ihr, und sie hätte ihm recht gern geholfen. Außerdem war sie ein Maud-Carpenter-Fan. Spionagegeschichten ließen sie kalt. Judy mochte es, wenn der Bösewicht ein zwingendes persönliches Motiv für seine schändliche Tat hatte. In Carpenter-Thrillern brachten sich nur Leute gegenseitig um, die sich gut kannten; das war glaubwürdig. Niemals erschossen sie unschuldige Fremde.

Sie blickte den beiden Männern nach, die zu den Lifts schlenderten. Farrar trug die karierte Reisetasche, und der junge Diplomat ließ den schwarzen Aktenkoffer nicht aus der Hand. Ob da wohl ein Vermögen drin war? dachte sie.

Plötzlich bekam sie eine Gänsehaut. Das Lösegeld? Das war eine Vermutung, über die sie mit niemandem sprechen würde. Aber irgendwann einmal würde sie aus Kim schon eine Andeutung herauskitzeln. Seit sie ihn kannte, hatte sie gelernt, Augen und Ohren offen und die Zunge im Zaum zu halten. Bei seinen kurzen Besuchen in Johannesburg hatten sie sich oft nach Dienstschluß getroffen; dabei war ihr aufgefallen, daß er Beobachtungen notiert hatte, die für ihre Begriffe einfach zu unwichtig waren, als daß man sie überhaupt bemerkte. In ihrem leidlich geordneten Leben war er eine ungewöhnliche, schwer zu fassende Erscheinung. Er kam und ging, war großzügig und interessant, ein angenehmer Begleiter, ein leidenschaftlicher und erfahrener Liebhaber – heute hier und morgen schon wieder in der Hölle und Hitze des Buschkrieges. Er versprach keine Treue, erwartete sie aber auch nicht von ihr. Er gehörte nirgendwohin und niemandem.

Jane wartete in der Suite, die sie genommen hatte, ungeduldig auf Kim und Desmond. Da – endlich Desmonds zweimaliges Klopfen. Sie öffnete die Tür mit einem Seufzer der Erleichterung.

»Ich dachte, ihr wärt beide auch gekidnappt worden! Weshalb so spät?«

»Wir mußten den Hubschrauber übernehmen und eine Vorauszahlung leisten, die Versicherung abschließen und all das übrige«, sagte Kim, während Desmond ihre Wangen mit seinen Lippen berührte. Dann nahm er Kim die Tasche ab und stellte sie auf den Tisch an dem großen Fenster, das auf den Innenhof und den Swimming-pool hinausging.

Der schöne, klimatisierte Raum wurde von einem Bett beherrscht, das groß genug war, um einer vierköpfigen Familie Platz zu bieten. Desmond starrte es verwundert an.

»Ein wahrhaft kaiserliches Bett!«

Jane lachte. Desmond atmete auf, als sie die Verbindungstür aufschloß.

»Du und Kim, ihr wohnt hier«, sagte sie. »Und die Bar ist auch da. Es gibt Eiswürfel und Gin und Tonic und Bier. Jetzt ist's schon Nachmittag, und wir haben eine Menge zu besprechen. Das machen wir in meinem Zimmer. Dann essen wir im Grillroom und ruhen uns hinterher eine Stunde aus, bevor wir aufbrechen.«

Kim, bereits unter der Tür und bereit, als Barkeeper zu fungieren, blieb wie angewurzelt stehen. Desmond, der am Fenster stand, fuhr herum und starrte Jane an.

»Sagtest du ›bevor *wir* aufbrechen‹?«

»Ich sagte es. Und ich habe es auch so gemeint. Verlieren wir also keine Zeit mit Erklärungen. Für mich Gin und Tonic, Kim.«

Desmond packte sie an den Schultern.

»Dein Vater hat ja geahnt, daß du so was vorhattest! Er läßt dir folgendes ausrichten: Wenn du im Hubschrauber mitfliegst, erhöhst du dadurch die Gefahr für *alle!*«

»Ich habe den Erpresserbrief nicht nur einmal gelesen. Ich bin weder Mitglied einer Armeepatrouille noch der südafrikanischen Polizei.«

»Du bist etwas viel Schlimmeres!«

»Unmöglich!«

»Du bist eine weitere potentielle Geisel.«

Desmond spürte, wie sich ihre Muskeln anspannten, und sah die Unsicherheit in ihren Augen. Sie schüttelte seine Hände ab und ging zum Fenster.

Sie merkte, daß Kim ein Glas auf den Tisch stellte, und hörte das scharfe Klicken und Zischen einer Bierdose, die soeben im anderen Zimmer geöffnet wurde. Dann standen Kim und Desmond neben ihr und beobachteten schweigend, wie die Nachricht ihres Vaters ihre Wirkung tat. Mit gewohnter Präzision hatte er eine Situation umrissen, die an sich schon schlimm genug war und durch ihr selbstsüchtiges oder unüberlegtes Handeln – und zu ihrem Temperament würde das durchaus passen – eine Wendung ins Tragische nehmen konnte.

Kim reichte ihr mit grimmigem Gesicht ein Glas Gin-Tonic mit einer Zitronenscheibe.

»Wo ist Ihres?« fragte sie.

»Der Pilot trinkt am Tag des Fluges nicht. Für mich einen Tonic.«

Sie nickte und wandte sich an Desmond, wobei sie auf den schwarzen Lederkoffer deutete.

»Wieviel Geld ist da drin?«

»Hunderttausend Rand.«

»Ein Zehntel des geforderten Lösegeldes!«

»Eine erste Rate. Es verschafft außerdem Mrs. Carpenter etwas Zeit, damit sie ihr . . . Carpenter-Glaubensbekenntnis . . . noch einmal überdenken kann.«

»Aber sie könnten ihre Drohung dann wahrmachen und . . .«

Kim unterbrach sie brüsk.

»Die Kidnapper verzichten doch nicht so ohne weiteres darauf, eine Million Rand zu bekommen. Dies ist nur der Anfang. Es gibt eine Art Ritual: die Entführung, dann Forderungen und Drohungen, das Ultimatum, die erste Anzahlung und die Unterhandlung. Wir haben das tausendmal im letzten Jahrzehnt erlebt, öfter als tausendmal. Schon im alten China hat man das so gemacht – es wirkt immer.«

»Aber in diesem Fall muß mit Granny gerechnet werden. Die meisten Opfer haben keine so rigorosen Prinzipien wie sie. Wie kann ich ihr eine Nachricht zukommen lassen – daß sie nicht einfach geopfert werden soll? Sie ist doch viel mehr wert als diese erbärmliche Million!«

»Aber sicher ist sie das«, sagte Desmond. »Hier ist das Schreiben deines Vaters. Du kannst noch eine kurze Nachschrift anfügen. Er erklärt in dem Brief, wie schwierig es in einem Land mit Paritätskontrolle ist, eine Million Rand herbeizuschaffen.«

»Bitte«, sagte sie, »laßt mich doch wenigstens bis zum Hubschrauberlandeplatz mitkommen. Ich werde dort mit Kim warten, während Des zu dem Treffen am Baobab-Baum geht.«

Das grelle Mittagslicht, durch die grünen Jalousien gefiltert, wirkte wäßrig. Sogar Janes gesunde Hautfarbe erschien stumpf.

Ihre Augen blickten flehend.

Aber Kim war unnachgiebig. »Tut mir leid, Jane. Das ist schlicht unmöglich. Der Landeplatz wird mit Sicherheit beobachtet – von Leoparden-Männern. Da gibt's keinen Zweifel. Ich als Pilot bin sicher. Desmond als Vermittler ist unentbehrlich. Sie dagegen, meine Liebe, wären eine prächtige Dreingabe! Begreifen Sie denn nicht: Wenn wir ihnen ein zweites Opfer gewissermaßen auf dem Tablett servieren, dann können sie das Lösegeld verdoppeln oder . . .«

»Oder was?«

Desmond schwieg. Dieser Zweikampf mußte zwischen Kim und Jane ausgetragen werden.

»Jane, ich komme aus dem Zentrum Afrikas, in dem der Terror herrscht. Ich habe mit angesehen – und fotografiert und auf Band aufgenommen –, wie Gefangene in Gegenwart ihrer nächsten Verwandten gefoltert und ermordet wurden als Warnung für alle, die sich den Forderungen der Terroristen widersetzen. Glauben Sie mir also bitte und akzeptieren Sie meine Entscheidung, wenn ich sage, daß ich Sie auf dieser Mission nicht dabei haben will. Warten Sie hier auf uns, und halten Sie die Daumen, daß Des gesund und munter wieder zurückkommt.«

Für einen Augenblick wandte sie sich Desmond zu. Plötzlich war ihr bewußt geworden, in welche Gefahr er sich begab. Er trat auf sie zu, aber sie schüttelte den Kopf.

»Ich werde hier auf euch beide warten. Kim ist bei diesem Geschäft der Boß, Des. Er kennt Afrika. Wir nicht.«

»Ganz meine Meinung«, sagte Desmond. »Du hast inzwischen die schwerste Aufgabe übernommen, Janie – das Warten.«

7

»Viel Glück . . .
Sie werden es brauchen!«

Draußen herrschte tiefe Dämmerung. Jane kam ihr Hotelzimmer am Montagabend wie ein Käfig vor. Kim und Des waren inzwischen wohl schon am Landeplatz angekommen und warteten, bis es so weit war, daß Desmond sich allein mit dem dürftigen Anteil des Lösegelds auf den Weg machen mußte. Die Kidnapper würden darüber sicher in Wut geraten. Vielleicht kostete es Maud Carpenter das Leben.

Jane hatte Bekannte in Johannesburg und Pretoria, wagte es aber nicht, sie anzurufen. Sie hatte mit ihrem Vater telefoniert und ihm mitgeteilt, daß die erste Etappe der Operation angelaufen war. Nicht einmal, daß der Hubschrauber bereits unterwegs war, hatte sie ihm gesagt, aus lauter Vorsicht. Der zurückhaltende Ton ihrer Unterhaltung hatte sie bedrückt. Mehr denn je kam sie sich allein vor. Sir Hughs Stimme hatte müde und unpersönlich geklungen. Armer Daddy! hatte sie gedacht.

Sie schaute hinaus in den sternklaren Himmel, auf die hellen Lichter des Flughafens, und beobachtete die ›Fireflies‹, die landeten oder starteten. Zum hundertstenmal sah sie auf ihren Reisewecker: acht Minuten nach sieben. Sie hielt die Uhr ans Ohr. Sie mußte stehengeblieben sein! Aber nein, sie tickte gleichmäßig weiter. Ein energisches Klopfen übertönte den leisen, regelmäßigen Herzschlag der Uhr. Jane eilte durchs Zimmer, um die Tür zu öffnen, und sah mit Erstaunen die adrette

Empfangsdame, die Kim Judy genannt hatte. Sie trug eine Basttasche über der Schulter und schien offensichtlich Dienstschluß zu haben.

»Bitte, kommen Sie herein. Gibt es . . . haben Sie eine Nachricht für mich, Miß . . .«

»Judy Long. Bitte, nennen Sie mich einfach Judy. Ich bin eine Freundin von Kim. Wir dachten beide, Sie hätten heute abend vielleicht gern einen Tapetenwechsel.« Sie schlenderte hinüber zum Fenster. »Meine Aussicht ist vielleicht sogar noch schöner als die hier. Ich habe eine kleine Penthouse-Wohnung ganz in der Nähe des Flughafens, und wenn Ihnen eine einfache Mahlzeit genügt, könnten wir dort essen. Ich mache eine recht beachtliche spanische Omelette.«

»Ich würde schrecklich gern annehmen, Judy. Aber . . .«

Als Jane zögerte, lächelte Judy beruhigend.

»Keine Sorge! Wenn heute nacht für Sie eine Nachricht kommt, erfahre ich das über mein Personaltelefon. Das ist besser als die Hotelleitung, da kann keiner mithören. Sie sehen, ich weiß, was in der Luft liegt, oder jedenfalls einiges davon. Aber es ist klüger, nicht hier darüber zu sprechen.«

Jane wandte sich erleichtert Judy zu. Endlich gab es jemanden, der ihre Ängste teilte. Aber der Gedanke machte schnell außerordentlichem Mißtrauen Platz.

Judys Lächeln wurde stärker. »Oh, meine Liebe, man kann Ihnen ja jeden Gedanken vom Gesicht ablesen! Ich glaube, Sie denken, ich könnte Sie vielleicht auch kidnappen! Keine Sorge, ich bin auf der Seite der Guten. Ich bin eine von Kims Quellen, wie die Journalisten das nennen. Hier ist mein Empfehlungsschreiben. Es ist an ›Jane‹ adressiert.« Sie fischte ein kleines Blatt Papier aus ihrer Handtasche.

Jane nahm es. Es war gefaltet, aber nicht versiegelt, und Judy kannte offenbar seinen Inhalt.

»14.50 Uhr. Schlage vor, Sie bleiben heute nacht bei Judy. Es ist möglich, daß jemand Sie dort anrufen wird. Judy wird Ihnen alles erklären. Falls Sie nichts hören, kehren Sie mit Judy ins Hotel zurück, wenn sie um 9 Uhr zur Arbeit geht. In Eile

Kim.«

Jane sagte: »Ich packe gleich mein Nachtzeug zusammen. Nur frage ich mich, weshalb Kim nichts dergleichen vorgeschlagen hat, als er und Des mich im Hotel zurückgelassen haben?«

»Auf dem Nachhauseweg werde ich es Ihnen erklären, so gut ich kann. Es ist bloß ein paar Blocks weit. Ich weiß nur sehr wenig, aber ich gehöre zu den getreuesten Bewunderern Ihrer Großmutter. Wollen Sie mir nun vertrauen, Jane?«

»Natürlich werde ich Ihnen vertrauen«, sagte Jane lachend und zog den Reißverschluß ihrer Reisetasche zu. »Ich bin fertig.«

Ihre Stimmung hob sich plötzlich. Mit jemandem reden zu können, der tatsächlich Anteil zu nehmen schien, half unendlich.

Judy verlor keine Zeit, während sie ihren kleinen Wagen geschickt durch den dichten Abendverkehr lenkte.

»Ich kenne Kim Farrar seit drei Jahren«, sagte sie, »seit er nach Afrika versetzt wurde. Wie Sie wissen, werden auf diesem Flughafen unentwegt Scharen legal eingereister Touristen, Pseudotouristen und Lumpen jeder Nationalität abgefertigt, von den fanatischen Flugzeugentführern ganz zu schweigen. Wir unbedeutendes Volk, das da auf dem Jan-Smuts-Flughafen arbeitet, bekommen bald ein Gespür dafür, wer die Leute sind. Besonders wenn man darauf getrimmt ist, seine Beobachtungsgabe für alle möglichen Zwecke einzusetzen.«

»Zum Beispiel, wenn's um Nachrichten über interessante Vorfälle und Persönlichkeiten geht?«

»Stimmt haarscharf. Kim steigt gewöhnlich im Flughafenhotel ab. Wir sind ein paarmal zusammen ausgegangen, und ich konnte ihn ziemlich oft mit Fetzen von Nachrichten versorgen, die er dann in sein Puzzle einfügte. Mit der Zeit bekam ich ein Gefühl für das, was wichtig sein könnte. Er hat mich seitdem immer als Nachrichtenquelle benutzt.«

»Man braucht sicher sehr viel Urteilsfähigkeit, wenn man eine brauchbare – Nachrichtenquelle sein will.«

»Mit der Zeit bekommt man eine Nase für Neuigkeiten, lernt Menschen kennen und beobachtet schärfer. Zum Beispiel kam heute nachmittag Bill Crombie, ein Aufseher, auf dem Rückflug nach Marula bei mir im Hotel vorbei und ließ Kims Nachricht für Sie da. Ein Polizeiposten, nicht weit von Marula im Wildreservat Cessna entfernt, hat direkte Verbindung mit Johannesburg. Wenn es dringend ist, kann Bill rasch dorthin gelangen und eine Nachricht in meine Wohnung durchtelefonieren. Das haben wir auf dem Rollfeld ausgemacht. Bill ist zuverlässig und, da Mrs. Carpenter aus Marula verschwunden ist, besonders daran interessiert, zu helfen.«

»Ich bin also heute nacht Ihr Gast. Dafür danke ich Ihnen. Ich war verzweifelt, als Kim und Des mir nicht mal erlauben wollten, mich von ihnen zu verabschieden.«

»Hören Sie, Jane, es ist ganz sicher, daß am Flugplatz Leute waren, die Kim Farrar erkannt haben. Und wenn Jane Etheridge bei ihm ist, dann wäre das für einige Nachrichtenhaie ein gefundenes Fressen gewesen. Diese ganze Geschichte muß als Top secret behandelt werden, so gut es geht und bis Ihr Vater eine offizielle Presseerklärung abgibt. Ist Ihnen klar, welch schwere Bürde auf ihm ruht?«

»Ich habe das heute abend am Telefon gemerkt. Seine Stimme klang so erschöpft.«

»Eine Telefonstimme kann viel verraten. So, da sind wir.«

Judys Wohnung war ebenso reizend wie winzig und schlicht. Man hatte eine herrliche Aussicht über das jetzt am Ende des Sommers lohgelbe Highveld, über die weißen und bernsteinfarbenen Abraumhalden und die Lichtbündel der Satellitenstädte auf den Hügeln und in den Tälern.

Während Judy in der Kochnische herumhantierte, betrachtete Jane das gewohnte Schauspiel waagrecht zukkender Blitze. »Das ist prächtig – und ziemlich beängstigend«, rief sie. Dann, als Judy zu ihr trat, fügte sie hinzu: »Sicher ist das doch gefährlich? Kein Regen, nur diese sichtbare nackte elektrische Kraft!«

Ein Donnerschlag erschütterte das Penthouse. »Wir haben uns an diese trockenen Gewitter gewöhnt«, sagte Judy in ihrer beruhigenden Art. Dann fügte sie ernst hinzu: »Aber Jane, Blitze sind natürlich gefährlich. Die Elemente können töten oder Leben spenden, je nach Jahreszeit.«

Sie hielt inne, als wieder ein Blitz das Dunkel am Rande des Veld erhellte und das Wohnzimmer in Licht tauchte. Sofort folgte dumpfes Donnergrollen.

»Es ist noch nicht lange her«, fuhr sie fort, »da passierte etwas Entsetzliches. Ein vierjähriges schwarzes Mädchen wurde von einem Blitz getroffen und getötet, während es im Kral spielte. Es war ein großer Kral in einem landwirtschaftlichen Gebiet nicht weit von Pretoria. Die Regenzeit ließ auf sich warten, das Getreide drohte zu verdorren. Die Menschen in diesem Distrikt waren voll Angst und Unruhe. Man munkelte, daß der Tod des Kindes Hexenwerk gewesen sei. Irgendeine bösartige menschliche Kraft habe den Blitz auf den Körper des kleinen Mädchens gelenkt, und der Regen war daraufhin ausgeblieben.«

Jane starrte Judy ungläubig an.

»Ein bekannter und hochgeachteter Zauberdoktor wurde befragt und bezahlt, um den Hexer, der das Unglück angerichtet hatte, zu ›erriechen‹. Ungefähr zweitausend Menschen beobachteten die fürchterliche Zeremonie. Der Zauberdoktor holte drei Männer heraus und beschuldigte sie, den Blitz auf das kleine Mädchen gelenkt zu haben.«

Jane spürte, wie ihre Handflächen feucht wurden. »So etwas kann heutzutage geschehen?«

»Ja. Die drei armen Teufel wurden sofort trotz ihres Protestgeschreis in eine Hütte gezerrt und dort eingesperrt. Dann steckte man die Hütte in Brand. Niemand dachte im entferntesten daran, Zweifel an den Methoden des Zauberdoktors zu äußern. Die Menge sah der Hinrichtung einfach zu. Doch bekam jemand – vermutlich ein Farmarbeiter – Wind von der Sache und telefonierte den nächsten Polizeiposten an. Aber bis die Polizei kam, war alles vorüber. Die rauchenden Reste einer Hütte und drei unkenntliche Leichen waren alles, was sie fanden. Natürlich wußte niemand etwas. Selbst der Informant war anonym geblieben.«

»Wurde jemand bestraft?«

»Es ist schwierig, einzugreifen, wenn es um primitiven Aberglauben und uralte Bräuche geht, Jane, vor allem, wenn kein Zeuge es wagt, sich zu melden. Nach ihren Vorstellungen haben diese Leute nichts Unrechtes getan. Sie haben einfach drei ›Zauberer‹ beseitigt, die, wie sie glaubten, für ihre Kinder und für die gesamte Gemeinschaft eine Gefahr darstellten. Das muß man verstehen.«

Jane sagte: »Vor ein paar Jahrhunderten gab es in Europa aus ähnlichen Gründen Hexenverbrennungen.«

Judy nickte zustimmend. »Ihre Großmutter hat einen ausgezeichneten Thriller geschrieben über ein Bündnis von Hexen auf der Insel Wight in diesem Jahrhundert! Aber sie ist ja schließlich hier, in der Ostprovinz, groß geworden. Das ist ein Land, in dem es jede Art Magie gibt, gute und schlechte.«

»Es genügt wohl nicht, daß man diese Dinge mit dem Verstand begreift?«

»Man versteht sie nicht wirklich. Dazu muß man hier geboren sein. Das Verständnis dafür ist ein Teil unseres geistigen Erbes. Wir, die wir seit Generationen in diesem Land leben, haben's wohl mit der Muttermilch eingesogen.«

»Versteht Kim das denn? Er gehört doch nicht nach Afrika.«

Judy überlegte. »Seltsam – aber bei ihm würde ich sagen, daß es möglich wäre. Er ist seit drei Jahren hier in der Gegend und hat alles selbst gesehen. Kim überrascht nichts mehr. Die Menschen können die scheußlichsten Greueltaten verüben – er verurteilt sie wohl mit dem Verstand, aber im tiefsten Innern versteht er, weshalb sie so handeln mußten.«

Und Des, der diesen sechsten Sinn nicht besaß, mußte heute nacht vielleicht mit Leoparden-Männern zusammentreffen, dachte Jane.

Später, nach dem Abendessen, sagte sie: »Ich nehme an, Sie haben schon von Leoparden-Männern gehört, Judy?«

»Sicher. Alle Stämme Südafrikas haben irgendein Tiertotem, aber Leoparden-Männer sind bei vielen üblich. Sie sind symbolisch für die Gesellschaft der Angst. Sie sind der ›Stoßtrupp‹, die Killer. Weshalb fragen Sie?«

Jane überlief es kalt.

»Hat Kim Ihnen nicht von jener Nacht in der Botschaft erzählt? Es stand nichts davon in den Zeitungen.«

Judy stand auf und nahm Janes Teller mit der nicht aufgegessenen Omelette. »Plagen Sie sich nicht damit«, sagte sie freundlich. »Sie bringen jetzt doch nichts runter, weil Sie zu nervös sind.«

Sie räumte den Tisch ab und kam mit schwarzem Kaffee zurück.

»Die Geschichte hat sich natürlich doch herumgesprochen. Etwas so Schreckliches spricht sich immer herum, auch wenn die Presse offiziell nichts davon erfährt.« Sie warf einen Blick auf ihre Uhr. »Kurz nach halb zehn . . .«

Jane folgte Judys Blick, der das Telefon suchte.

»Ich glaube nicht, daß wir vor dem Morgengrauen etwas hören – wenn überhaupt! Nehmen wir also an, daß keine Nachrichten gute Nachrichten sind. Jedenfalls werden Sie auf der Couch neben dem Telefon schlafen. Dann wachen Sie bestimmt auf, wenn Bill Crombie anruft. Für gewöhnlich stelle ich das Telefon nachts in mein Zimmer; aber sicher möchten Sie lieber selbst am Apparat sein, falls eine Nachricht durchgegeben wird.«

»Sie sind sehr verständnisvoll, Judy. Ich kann Ihnen gar nicht sagen, wie dankbar ich Ihnen bin!«

Kim breitete im Hubschrauber die Karte aus, die er für Desmond gezeichnet hatte, und sie studierten sie zusammen, wie schon so viele Male zuvor, wobei sie sorgfältig die Markierungspunkte suchten, die sie aus der Luft festgestellt hatten.

Der Landeplatz war eine kleine Lichtung im dichten Busch. Die Nacht war warm und sehr dunkel.

»Dort, vor uns, ist der Pfad, den Sie gehen müssen.« Kims Bleistift folgte der rotmarkierten, unregelmäßig verlaufenden Linie. »Die Vegetation ist nach etwa einem Kilometer nicht mehr ganz so dicht, und ungefähr hier müßten Sie den Fluß sehen.«

»Ich hab' keine Angst, daß ich mich verirren könnte. Der riesige Baobab-Baum ist ja nicht zu übersehen, sogar aus der Luft. Schade, daß wir nicht über den Fluß fliegen konnten.«

»Und den Luftraum von irgendeinem Staat verletzen in dieser schießwütigen Gegend? Der Fluß grenzt an vier Länder nördlich, östlich und westlich der Republik, und drei davon führen Guerillakriege. Nur dieses winzige, von Bergen eingeschlossene Königreich Nyangreela bemüht sich ehrlich um Frieden und Stabilität. Es möchte eine kleine Schweiz in Afrika werden, neutral um jeden Preis.«

»Und wird ihm das gelingen?«

»So etwas ist nicht einfach. Der Marxismus wirbt um die Jungen, und der russische Bär hat seine Tatzen auf alle Nachbarstaaten gelegt. Er versorgt sie mit Waffen, und seine Kubaner bringen den Jungen die Feinheiten des Buschkrieges bei. Es ist das Lieblingsspiel eines jeden Jungen – kämpfen, töten, sich das nehmen, was einem anderen gehört. Die jungen Nyangreelaner fühlen sich allmählich ausgeschlossen. Die einzige Schule, in die die Buben von heute gehen wollen, ist ein Trainingscamp für Guerilleros. Es wird für König Sol nicht einfach sein, sein Königreich abzuriegeln gegen die neue marxistische Politik in Afrika.«

»Und die wäre?«

»Die Missionare ermorden, besonders die, die Unterricht geben, Schwarze wie Weiße, die Schüler in kleinen Gruppen zu zwanzig oder zu Hunderten über die Grenzen in marxistisches Gebiet schleusen und sie dann in Guerilla-Trainingscamps in Afrika oder in die Ländern hinter dem Eisernen Vorhang schicken. Eine hervorragende Konzeption, die dem russischen Bären die gesamte Kontrolle über einen riesigen Kontinent mit ungeheuren ungehobenen Schätzen und zwei Ozeanen verschafft. Die Kinder wissen gar nicht, was mit ihnen passiert, bis sie Sklaven sind.«

»Wie seinerzeit in der Hitlerjugend. Sieh zu, daß du sie möglichst jung in die Finger kriegst, und dann forme sie nach deinen Vorstellungen.«

»Klar! Das ist wie bei einer Infektionskrankheit und sehr wirksam.«

»Und in welchem dieser Grenzstaaten hält man Maud Carpenter wohl gefangen? Vielleicht in Nyangreela, weil in der Lösegeldforderung nicht von Waffen die Rede war?«

Kim sah mit einem nachdenklichen Stirnrunzeln von der Karte auf. »Könnte sein. Andererseits: Diese kommunistisch verseuchten Länder bekommen von Rußland alle Waffen, die sie brauchen, und möchten vielleicht mehr Bargeld, als ihnen die Industrienationen bewilligen, wenn sie danach schreien. Es könnte aber auch ein einzelner habsüchtiger Bandit sein, der in seinem eigenen Land einen kleinen Putsch vorhat und dafür ein wenig Kleingeld braucht. Da wir gerade von Waffen sprechen: Es tut mir leid, daß Sie keine Pistole haben, Des. Aber im Augenblick brauchen die Kidnapper einen Vermittler. Nach menschlichem Ermessen dürfte Ihnen nichts passieren. Ihr Job ist es, zu verhandeln, Zeit zu gewinnen.«

»Das haben wir doch alles schon besprochen«, sagte Desmond ungeduldig, drückte seine Zigarette aus und schaute auf das Leuchtzifferblatt seiner Armbanduhr. »Es ist besser, wenn ich mich jetzt auf den Weg mache, sonst bin ich erst um Mitternacht beim Treffpunkt.«

»Ich begleite Sie, bis der Pfad anfängt.«

»Nein. Ich halte mich an die Instruktionen. Sie waren ja deutlich genug. ›Schicke Yates allein . . . der Pilot muß im Hubschrauber bleiben.‹«

»Dann also Hals- und Beinbruch!«

Als Desmond den Hubschrauber mit der schwarzen Ledertasche in der Hand verließ, wußte Kim genau, daß ihn viele Augen im dunklen Busch beobachteten. Auch ihn würden sie in der kommenden Nacht ständig beobachten. Seine Hand ruhte auf dem Halfter seines geladenen Revolvers. Die südafrikanischen Militär- und Polizeistreifen waren, wie die Kidnapper es verlangt hatten, aus dem Gebiet abgezogen worden. Er und Yates waren allein. Selbst Marula konnte ihnen nicht helfen, falls der Hubschrauber angegriffen würde. Aber Bill Crombie, der verantwortliche Campaufseher, würde im Notfall eine telefonische Nachricht an Judy durchgeben. Wenn nötig, würde Kim direkt über das Reservat fliegen und eine Botschaft in einem weißen Sack abwerfen, wenn er sich über dem Haus des Aufsehers befand. Das bedeutete: schlechte Nachrichten!

Er sah Yates nach, der rasch über die Lichtung auf den unbekannten Weg zuging. Er bewegte sich zielsicher und entschlossen, in seiner charakteristischen Haltung, mit hocherhobenem Kopf und zurückgenommenen Schultern, als gehöre ihm alles, soweit er blicken konnte. Kim lächelte verzerrt. »Hals- und Beinbruch«, wiederholte er halblaut. »Du wirst meine Wünsche brauchen.«

Außer dem Lösegeld trug Desmond eine Fackel, einen Kompaß und die Karte, die Kim ihm aufgezeichnet hatte. Er war noch nie auf einer Safari gewesen, und die meisten Geräusche und Gerüche der mondlosen Nacht waren ihm fremd, unerklärlich, namenlos, erst nahe, dann fern, plötzlich und unvermittelt. Er hörte Grunzen, Schreie, das Rascheln, wenn ein Tier von dem Stück Pfad verschwand, welches das Licht seiner Fackel aus der Dunkelheit schnitt, unvermutetes Schlagen von Flügeln in dem dunklen Blätterbaldachin zu seinen Häupten. Oft quiekte es beinahe unter seinen Füßen, oder er hörte die Geräusche einer Verfolgungsjagd im dichten Gras. Als er weiter vordrang, sah er hin und wieder einen Schimmer raschfließenden Wassers, er bemerkte, daß der Pflanzenwuchs anders war: die Wurzeln der wilden Feigen und der hohen Mopani-Bäume brauchten das Wasser des Flusses. Einmal blieb er stehen, als von einem unsichtbaren Wasserloch lautes Gebrüll zu ihm drang. War das ein Flußpferd? Krokodile gab es wohl auch. Und Kim hatte ihm doch erzählt, hier lebten Elefanten. Schlief solch eine Elefantenherde nachts? Wenn ja, wie? Und Löwen? Er glaubte, in der Ferne das miß-tönende Lachen einer Hyäne zu vernehmen, die als Aas-fresserin hinter den Löwen herzog. Sie hatten dieses ›Lachen‹ in der Nähe des Hubschrauberlandeplatzes gehört, und Kim hatte ihm gesagt, was das war.

Er stand wie angewurzelt und fragte sich, ob er inzwi-schen fünf Kilometer zurückgelegt hatte. Der Baobab-Baum sollte vom Weg aus sichtbar sein. Er löschte seine Fackel. Ohne ihren Lichtschimmer kam er sich seltsam wehrlos vor; aber seine Augen gewöhnten sich rasch an die Dunkelheit. In einiger Entfernung, in östlicher Richtung, sah er die riesenhafte Silhouette des breiten alten Baumes und darüber schwebend die schmale Sichel des Mondes. Unmittelbar hinter dem Stamm des Baobab-Baumes lag der Fluß, breit und mächtig.

Als er angespannt in die von Geräuschen erfüllte Nacht lauschte, vernahm er deutlich ein keuchendes Atmen ir-gendwo in der Nähe des Baumes. Der keuchende Atem eines Tieres? Er hielt die Luft an. Natürlich! Jemand – irgend jemand, ein Unbekannter – beobachtete jeden seiner Schritte und wartete auf ihn. Die Luft war mild, aber ein kalter Schauer lief über seine Haut. Er blieb wie angewurzelt stehen. Seine Nerven vibrierten, sein Herz hämmerte. Zum erstenmal, seit er erwachsen war, fürchtete sich Desmond Yates entsetzlich.

Er war über diese Entdeckung bestürzt und empört. Er hatte mit einer aufregenden Nacht gerechnet, aber nicht mit diesem Gefühl des Grauens, das ihm die Haare im Nacken aufsteigen ließ. Er glaubte die phosphoreszierenden Augen wilder Nachttiere auf sich gerichtet – sie konnten ihn gewiß auch ganz genau erkennen, ihn, der so anders aussah und so anders roch: der Erzfeind, der Mensch. Im tiefen Schatten des Baobab-Baumes vermeinte Desmond undeutliche Gestalten sich bewegen zu sehen. Aber sie hatten zwei Beine wie er.

Plötzlich drehte er sich instinktiv um – und da sah und roch er mit Entsetzen das, was Elias im Garten der Botschaft begegnet war: ein Leoparden-Mann! Das Gesicht hinter einer Tiermaske verborgen, die Lenden von einem Leopardenfell bedeckt, die Hände in Pelzhandschuhen mit schimmernden Stahlkrallen, betäubender, Übelkeit erregender Gestank, der Geruch eines schlechtgegerbten Fells, vermischt mit dem Schweiß und der Ausdünstung eines Menschen!

Der Leoparden-Mann war nicht allein. Sie kamen aus dem Busch heraus und umringten ihn – die phantastischen Gestalten eines Alptraumes.

Das Telefon in Judys Wohnung klingelte ungefähr um fünf Uhr morgens. Jane erwachte sofort. Von Angst gepeinigt, hatte sie schlecht geschlafen.

Die Stimme am Telefon war tief und energisch.

»Miß Judy Long?«

»Nein. Hier ist Jane Etheridge. Ich hoffte auf eine Nachricht von Kim . . .«

»Schon da«, unterbrach sie die Stimme. »Mein Name ist Crombie – Bill Crombie. Ich spreche vom Polizeiposten in Marula, und ich muß zurück ins Reservat.«

»Ich verstehe.«

»Gut. Hier ist also die Nachricht von Ihrem Freund. Ich

lese vor: ›Sagen Sie Judy, sie soll einen Arzt vor sieben Uhr abends in ihre Wohnung bestellen und zwei Plätze in der Abendmaschine nach Kapstadt buchen.‹ Das wär's.«

Jane wiederholte die Nachricht und fügte hinzu: »Ist das alles, was Sie mir zu berichten haben?«

»Das ist alles. Die Nachricht, die ich Ihnen vorgelesen habe, wurde wie besprochen vom Hubschrauber aus in einem weißen Sack abgeworfen.«

»Danke, Mr. Crombie. Ich werde Judy sofort Bescheid sagen.«

»Ah, nein«, sagte er. »Lassen Sie sie noch eine Weile schlafen. Sie läßt Sie schon nicht im Stich. Und machen Sie sich keine zu großen Sorgen wegen der Arztgeschichte. Es gibt hier im Busch eine Menge kleiner Unfälle, aber oft genügt schon eine Tetanusspritze als Vorsichtsmaßnahme.«

»Auch das werde ich Judy sagen. Vielleicht ist es von Vorteil, wenn der Arzt das weiß.«

»Sicher. Alles Gute für Sie alle. Wir drücken hier für die Hauptperson die Daumen. Dann also auf Wiedersehen, Miß Etheridge.«

Jane legte den Hörer auf. Um halb sieben würde sie Judy wecken. Ein Arzt? Warum? Was war mit Des dort draußen in der einsamen Nacht passiert? Weshalb nur zwei Plätze in der Abendmaschine nach Kapstadt? Und vor allem: Was war mit Maud Carpenter?

8
». . . auf diesem Kontinent
ist alles möglich!«

Jane riß sich zusammen, als Dr. Sugden endlich aus dem Schlafzimmer kam, in dem Desmond lag.

»Nun machen Sie doch kein solches Gesicht!« sagte er mit einem beruhigenden Lächeln, denn Jane, die aufgesprungen war, stand die nackte Angst in den Augen. »Ihr junger Freund ist recht zäh und kann heute abend mit Ihnen ohne weiteres nach Kapstadt zurückfliegen. Er hat einen häßlichen Kratzer auf der Wange und drei lange Wunden am Arm. Und außerdem steht er natürlich noch unter Schockeinwirkung und ist völlig ausgepumpt. Aber nun sind die Wunden gereinigt und genäht. Erst mal hab' ich ihm eine Tetanusspritze und ein Beruhigungsmittel gegeben. Wahrscheinlich schläft er schon. Sehn Sie doch mal nach!«

Sie öffnete lautlos die Verbindungstür, dann wandte sie sich mit einem erleichterten Lächeln zu Dr. Sugden um.

»Er schläft tatsächlich!«

»Das ist recht. Schlaf ist die beste Medizin. Offen gestanden – ich konnte ihn mir nur mit Mühe als Diplomat vorstellen. Ich hätte ihn für einen Soldaten gehalten – so, wie er sich bei dieser äußerst gefährlichen Aufgabe benommen hat.«

Ihr Lächeln wurde stärker. »Das kann ich mir denken. Er stammt aus einer Offiziersfamilie. Bei allem, was er tut, hat er die Ruhe weg, und er schafft es immer. Er ist so . . . so unkompliziert.«

»Ein wahres Glück heutzutage, wo sich die jungen Leute

andauernd selbst bemitleiden und keinen Schwung haben. Übrigens, Miß Etheridge – ist Kim noch in der Gegend?«

»Nein. Kaum hatte er Sie über Desmonds Verletzungen informiert, da raste er schon in seinem Mietwagen nach Pretoria. Die Hälfte der Mitarbeiter meines Vaters ist bereits dort. So kann er über eine Leitung mit Zerhacker mit ihm sprechen und ihm ausführlich berichten, was passiert ist. Aber er sagte, daß er zurück sein werde, ehe wir nach Kapstadt abfliegen.«

»Großartig! Und nun machen Sie sich nicht solche Sorgen, junge Frau! Es war ein bißchen viel für Sie. Immerhin haben Sie auf recht rauhe Weise erfahren, daß auf diesem Kontinent alles möglich ist.«

»Anderswo auch, Dr. Sugden. Kann ich Sie irgendwo telefonisch erreichen, falls Des' Zustand sich verschlimmert?«

Er schrieb ihr eine Telefonnummer auf. »Über diese Nummer bin ich immer zu erreichen. Aber ich glaube nicht, daß irgendwelche Komplikationen eintreten. Wenn er aufwacht, wird er Hunger haben. Geben Sie ihm etwas zu essen, und dann soll er liegen bleiben, bis Sie wegmüssen.«

Nachdem er gegangen war, rief sie Judy im Hotel an. Sie wußte, daß an der Rezeption praktisch jeder mithören konnte, und wählte ihre Worte entsprechend.

»Der Kurpfuscher sagt, daß unser Freund draußen im Busch vorzügliche Erste Hilfe geleistet hat. Ihr ungebetener Gast schläft jetzt in Ihrem Bett, hübsch zusammengeflickt.«

Judy lachte schallend. »Und unser Freund ist auf dem Weg nach Pretoria, während Sie sich ausruhen, wie ich hoffe. Sie finden alles für einen kalten Lunch in der Küche. Sie können sich auch eine Büchse Suppe heiß machen. Oh, und wenn Sie unseren Freund sehen, sagen Sie ihm, ich habe eine Neuigkeit für ihn. Sie könnte möglicherweise bedeutungsvoll sein. Aber das muß er beurteilen.«

»Ich werd's ausrichten. Er wird sich mit Ihnen in Verbindung setzen, sobald er zurück ist.«

Als sie den Hörer aufgelegt hatte, überfiel sie plötzlich eine unsagbare Müdigkeit. Sie wollte noch einmal nach Des sehen, um sicher zu sein, daß alles in Ordnung war, und sich dann hinlegen. Die Tür zwischen dem Schlaf- und dem Wohnzimmer blieb angelehnt. Sie mußte sofort am Telefon sein, wenn es läutete.

Sie öffnete Judys Schlafzimmertür und setzte sich still auf den kleinen Chintzsessel neben dem Bett.

Desmond hatte sich nicht bewegt. Er lag auf dem Rücken, den linken Arm in einer Schlinge, die quer über die breite nackte Brust lief. Sein Kopf war seitlich auf das Kissen gesunken, so daß man den bösartigen, übel aussehenden Kratzer erblickte, der sich vom äußeren linken Augenwinkel bis zum Unterkiefer zog. Der Arzt hatte die Wunde mit einem Sprühverband versorgt. Jane konnte die Stoppeln auf dem unrasierten Kinn und auf der Oberlippe sehen. Das durch eine Bambusjalousie gedämpfte Licht ließ ihn noch bleicher wirken.

Er sieht jetzt wie ein Kind aus, dachte sie. Aber er ist keines, das müßte ich inzwischen wissen. Ich hab' dem Arzt gesagt, er sei ›unkompliziert‹. Verglichen mit Daddy, der nur selten die Maske fallenläßt, ist er es natürlich auch. Ich versteh einfach nicht, daß Daddy mir nie von dem Fluch erzählt hat, der auf seiner Familie ruht. Warum, um Gottes willen, hat er mich das auf diese Weise entdecken lassen? Wenn Granny nicht entführt worden wäre und ich das ›Tagebuch persönlicher Probleme‹ nicht beiseite gebracht hätte, bevor die Polizei ihre Sachen durchsuchte, wüßte ich noch immer nichts. Und weshalb hat sie mir eigentlich nichts davon gesagt? Wahrscheinlich dachte sie, das sei Daddys Aufgabe. Möglicherweise hat er sogar darauf bestanden, daß sie das ihm überließ. Sobald ich eine Gelegenheit dazu habe, gibt's darüber eine Auseinandersetzung mit ihm!

Desmond bewegte sich und seufzte. Sie hielt den Atem an. Aber er atmete bald wieder gleichmäßig, und sie lehnte sich zurück.

»Unkompliziert?« wiederholte sie halb zu sich selbst, halb zu dem Schlafenden. »Was habe ich damit wirklich gemeint, Des? Vielleicht normal? Ich glaube, daß ich dich in- und auswendig kenne – aber wirst du mich noch immer heiraten wollen, wenn du alles weißt? Das möchte ich denn doch bezweifeln. Wenn du so schokkiert bist wie ich, wirst du nein zur Ehe sagen. Unser Verhältnis wird so lange dauern, bis eine andere auftaucht, die dir alles geben kann, was ein Mann mit Recht von seiner Frau erwartet. Wärst du ein Einzelgänger wie Kim Farrar, sähe die Sache vielleicht anders aus. Aber du bist Desmond Yates, der einzige Sohn bürgerlicher Eltern, aus einer Familie, die seit Generationen dem Staat gedient hat.«

Sie hätte gern seine Stirn mit den Lippen berührt, hielt sich aber zurück.

»Schlaf weiter, mein Liebster«, flüsterte sie.

Mabel Etheridge warf einen Blick auf die Uhr über dem Kaminsims im Herrenzimmer.

»Gerade zehn vorbei. Jane und Desmond müßten jeden Augenblick hier sein. Glaubst du, sie möchten heißen Kaffee?«

»Sie möchten sicher nur schlafen«, sagte ihr Mann. »Gegessen werden sie schon im Flugzeug haben. Aber Kaffee wird sie wenigstens so lange wachhalten, bis ich von Desmond erfahren habe, was wirklich geschehen ist.

Kim hat mir seine Darstellung der Vorgänge heute morgen von Pretoria aus durchgegeben. Aber ich möchte auch wissen, was Desmond dazu zu sagen hat. Wahrscheinlich war er in ziemlich üblem Zustand, als er zum Hubschrauber zurückkam.«

»Na, hier ist der Servierwagen mit den Drinks, und der Kaffee ist fertig. Horch! Das war ein Auto.«

Elias war bereits an der Tür und nahm Janes Koffer.

»Den meinen trage ich schon selber«, sagte Desmond. »Und Joshua soll warten und mich dann in meine Wohnung fahren.«

Elias blickte auf den Arm, den der junge Mann in der Schlinge trug, und auf die Krallenwunden auf der Wange und zuckte zusammen. Er führte Joshua, den Fahrer, ins Küchengeschoß, um ihm etwas zu essen zu geben. Er hoffte inständig, daß niemand es für nötig halten würde, Greif mitsamt dem Polizisten ›zum Schutz‹ in die Botschaft zurückzuholen. Salima brachte inzwischen Janes Sachen nach oben.

Im Herrenzimmer hatte Desmond vom Botschafter einen kräftigen Brandy on the rocks bekommen. Mabel schenkte allen starken türkischen Kaffee ein. Sir Hugh bestand immer darauf, daß ihm der Kaffee wie im Mittleren Osten serviert wurde, duftend und stark. Nur keinen Pulverkaffee, das Zeug war nichts für ihn!

»Wenn ich Kim recht verstanden habe, kommt er morgen zurück«, bemerkte er.

»Ja, Sir, mit dem Mittagsflugzeug. Er muß in Johannesburg noch ein paar Dinge in Ordnung bringen.«

Jane warf Desmond einen Blick zu und fragte sich, ob wohl auch Judy zu diesen Dingen gehörte. Irgendwie gefiel ihr diese Vorstellung nicht.

Ihr Vater brummte: »Wir brauchen ihn hier. Die Presse läßt uns keine Ruhe.« Dann lächelte er. »Ich vermute, Ihr Auftrag war schwierig, Des. Ich will Sie gewiß nicht länger als nötig hier behalten, möchte aber unbedingt Ihre Darstellung des Treffens hören.«

»Der Mond schien nicht, und der Weg war schmal und uneben«, begann Desmond. »Ich sah Wasser schimmern und hörte den Fluß rauschen. Plötzlich war er da, der Baobab-Baum – ein riesenhafter, hohler Strunk mit bleigrauen Zweigen, ziemlich spärlich belaubt. Und das seltsame Gefühl, daß er bewohnt war wie ein ... ein Mietshaus, das weiß Gott wem Unterschlupf bietet – wilden Tieren, Vögeln, Reptilien, Insekten! Ich starrte ihn an, als sie mich umringten.«

»Sie? Was oder wer hat Sie umringt?«

Sir Hugh beugte sich vor, die Augen fest auf den jungen Mann geheftet, als versuche er, das ganze Grauen dieses Augenblicks nachzuempfinden.

»Leoparden-Männer mit Masken, krallenbesetzten Fellhandschuhen und Leopardenpelzen. Vielleicht ein halbes Dutzend. Zwei von ihnen packten mich und ein dritter – mit nackten Händen – durchsuchte mich. Als sie merkten, daß ich unbewaffnet war, lachten sie, aber es klang nicht menschlich. Dann streichelte einer der behandschuhten Burschen meine Wange. Eine sanfte Warnung, ohne Zweifel.«

»Das sehe ich.«

»Es war nicht schlimm. Die Wunde brauchte nicht einmal genäht zu werden.«

»Ihr Arm schon!«

»Das kam später. Diese ... Eskorte stieß und zerrte mich zum Baobab. Einer packte meinen schwarzen Lederkoffer und rannte voraus, schnell und lautlos. Obwohl sie wie ich aufrecht auf zwei Beinen gingen, stanken sie wie Vieh, das in einem Karren zusammengepfercht ist. Sie waren keine Menschen mehr. Sie hatten die Grenze überschritten, die den Menschen vom Tier trennt. Sie schienen ...«

Als er zögerte, sagte der Botschafter: »Es klingt alles so phantastisch. Dann beschreiben Sie es doch auch so, wenn's geht.«

»Gut, ich will's versuchen. Also – sie waren besessen. Ich glaube, wenn sie diese Verkleidung anlegen, sind sie vom Teufel besessen. Der echte Leopard ist ein Raubtier und grausam, weil er nach seinem Instinkt handelt und weil er eben so geschaffen wurde. Sie haben ihn zu einem Schreckbild entstellt. Es ist ein Kult des Schreckens.«

»Sie wollen auch Furcht einflößen«, sagte der Botschafter und nickte zustimmend.

»Wir haben Elias in jener Nacht gesehen, als man ihm die Nachricht übergab – und das Zeichen hinterließ«, mischte sich Lady Etheridge ein. »Es war nicht nur die Verwundung, die ihn so schrecklich verstört hatte. Die sah er und wußte, wie er sie bekommen hatte. Es war der Hokuspokus drumherum.«

»Elias und ich sind von jetzt an Blutsbrüder«, meinte Desmond grinsend.

»Erzählen Sie weiter«, drängte Sir Hugh. »Je eher Sie sich das alles von der Seele reden und ins Bett kommen, desto besser.«

Desmond fuhr fort: »Der Anführer des Leoparden-Clans wartete im Innern des Baobab in einer niederen, gut zugänglichen Hohlstelle. Die anderen gaben mir durch Zeichen zu verstehen, ich solle mit ihnen draußen warten. Ich konnte den Anführer und seine persönlichen Adjutanten sehen. Sie trugen Masken, aber ihre Hände waren unbekleidet. Sie hatten nämlich den Koffer geöffnet, hockten davor und zählten das Lösegeld im Schein einer Funzel. Als sie fertig waren, stopfte der Anführer die Banknoten in die schwarze Tasche zurück, machte sie zu und gab sie seinem Adjutanten. Dann kam er aus seinem Versteck heraus, und wir alle standen abwartend da.«

Desmond nahm einen großen Schluck Brandy. »Er war sehr groß und hager, seine Helfershelfer wirkten wie Zwerge gegen ihn. Aber die Tiermaske verbarg sein Gesicht. Er sprach mich in tadellosem Englisch an, mit der tiefen gutturalen Stimme der Eingeborenen. Mit ätzendem Spott sagte er: ›Was du mir gebracht hast, ist ein Zehntel dessen, was mein Meister gefordert hat. Liegt der Königin von England, dem Präsidenten der Südafrikanischen Republik und der Familie von Maud Carpenter so wenig an ihrem Leben, daß sie es wegwerfen, indem sie mir diese lächerliche Summe anbieten? Mein Meister wird darauf spucken!‹ Das war mehr als deutlich. Ich sagte, daß der Botschafter Ihrer Majestät in einem Brief, der sich mit dem Geld in dem Koffer befände, erklärt habe, diese Summe stelle eine Anzahlung dar. Mehr würde folgen. Er klopfte auf eine Tasche aus Affenhaut, die er um den Hals trug – sein Lendenschurz war natürlich aus Leopardenfell –, und sagte: ›Ich lese die an meinen Meister gerichteten Briefe nicht. Er wird das selbst tun und innerhalb weniger Tage eine Nachricht nach Kapstadt schicken. Mein Meister ist kein geduldiger Mensch.‹ Dann wandte er sich an meine muskelstrotzende Bewachung und sagte etwas, was ich nicht verstehen konnte.« Yates machte eine Pause und fuhr sich mit der Zunge über die Lippen. Auf seiner Stirn standen Schweißtropfen. »Der Leoparden-Mann zu meiner Rechten schnitt mit einem scharfen Jagdmesser den linken Ärmel aus meiner Buschjacke. Dann schlitzte er in einer Art Ritual meinen Arm von der Schulter bis zum Ellbogen mit einem einzigen Hieb seiner Krallenhand auf. Der Anführer hielt seine Laterne hoch und sah zu, wie das Blut floß. Er sagte: ›Das ist mein Zeichen, um deinem Botschafter zu zeigen, was *ich* von seiner ersten Rate halte. Die Antwort meines Meisters wird folgen.‹ Ich hatte meinen Verstand noch so weit beisammen, daß ich fragte, ob er mir einen Beweis dafür geben könne, daß Mrs. Carpenter lebe und unverletzt sei. Seine Männer lockerten ihren Griff nicht. Er sagte ruhig: ›Mrs. Carpenter ist gut behandelt worden und erfreut sich ausgezeichneter Gesundheit. Aber wenn das ganze Lösegeld nicht bald bezahlt wird, wird sie sterben.‹«

»Haben Sie von all dem Aufzeichnungen gemacht?« fragte Sir Hugh.

»Kim hat alles stenographiert, nachdem er mich im Hubschrauber notdürftig verbunden hatte. Am Nachmittag, in Judy Longs Wohnung, lieh er sich ihre Schreibmaschine und machte einen ordentlichen Bericht.«

»Wer ist Judy Long?« fragte Mabel.

»Eine von Kims Informantinnen, absolut zuverlässig und sehr hilfsbereit«, ließ Jane sich vernehmen. »Ich habe eine Kopie von Kims Bericht hier, Daddy, sie ist für dich.«

Sie zog einen langen Umschlag aus ihrer Handtasche und reichte ihn ihrem Vater.

»Judy wird nichts ausplaudern«, fügte sie hinzu. »Wir sind den ganzen Tag in ihrer Wohnung geblieben, und die Nacht zuvor habe ich auch bei ihr verbracht. Ihr Arzt hat Des heute morgen versorgt. Judy ist eine der Empfangsdamen im Hotel. Aber sie redet nicht – sie hört zu.«

»Läute nach Elias, Mabel«, sagte Sir Hugh. »Die jungen Leute haben für heute genug. Sie müssen jetzt unbedingt schlafen. Joshua fährt Desmond heim. Morgen lassen wir Dr. Gobbelaar kommen, damit er sich seinen Arm ansieht.«

Der Steward befestigte Kim und seinem schwarzen Reisegefährten die Frühstückstabletts auf den Knien, so daß sie sich wie in einem Käfig vorkamen.

»Ich finde dieses Gefühl scheußlich«, sagte der junge Afrikaner und grinste mit kräftigen weißen Zähnen die blonde Air-Hosteß an, die gerade Milch über seinen Haferbrei goß. Sie ging weiter, freundlich und hübsch. Kims Augen folgten ihr wohlwollend. »Ich kann mir nicht vorstellen, was die an ihrem Job finden. Sie müssen sich doch selbst wie im Käfig vorkommen, und trotzdem sind sie immer charmant.«

»Sie sehen die Welt und alle möglichen Menschen. Apropos Menschen . . . habe ich Sie nicht schon einmal irgendwo gesehen?« Er sprach mit leicht amerikanischem Akzent.

»Könnte sein«, sagte Kim. »Von Zeit zu Zeit verschandle ich das Fernsehprogramm . . .«

»Natürlich! Farrar – Kim Farrar. Ich bin Abelard Cain aus Nyangreela.«

»Dann habe ich vielleicht schon gesehen, wie Sie dort an den Spieltischen Geld gescheffelt haben.«

Abelard Cains Lachen war ansteckend: »Roulette ist eine meiner Gewohnheitssünden. Gott sei Dank blüht und gedeiht unser Land durch die Spieltische. Zufällig bin ich einer der Direktoren des Hydro-Casinos.«

»Ihr Land ist ein kleines Paradies. Ein Ort der Freude. Aber wird das so bleiben, wenn Afrika ringsum kocht und brodelt wie ein Hexenkessel?«

»Wir versuchen es wenigstens, Mr. Farrar. Unser Volk ist zum Glück nicht stammesmäßig gespalten. Wir sind eine Nation, lauter Nyangreelaner, und wir haben einen toleranten König, der von seinem eigenen Volk geliebt und von seinen Nachbarn respektiert wird. Aber er ist Ende Fünfzig, und es gibt Anzeichen dafür, daß die Studenten gegen einige seiner Gesetze rebellieren werden! Jugend will die Welt immer verändern.«

»Innerhalb bestimmter Grenzen ist das auch ganz in Ordnung. Auch in den glücklichsten Familien gibt es

Reibungen – Eifersüchteleien, Wutausbrüche, Ablehnung jeglicher Aufsicht. Euer König Solomon ist so etwas wie eine Legende. Meines Wissens ist seine Autorität niemals ernstlich in Gefahr gewesen; aber selbst der beste irdische Vater ist nicht unsterblich.«

»Und der älteste Sohn ist nicht unbedingt der geeignetste Nachfolger als Familienoberhaupt.«

»Zur Zeit des türkischen Sultanats vor Atatürk war es üblich, daß der Thronerbe in dem Augenblick, da der Sultan für tot erklärt wurde, all seine Brüder aufhängen ließ.«

Abelards Lachen klang etwas unbehaglich. »Ziemlich rüde Methoden, finden Sie nicht?«

»Vielleicht die natürliche Folge der Polygamie.«

»Da stimme ich Ihnen zu. Polygamie kommt in unserem Land allmählich aus der Mode. Schließlich sollte ein Mann nicht gezwungen sein, all seine Freundinnen zu heiraten!«

Kim lachte. »Entsetzlicher Gedanke! Aber heutzutage können sich nur Könige unzählige Ehefrauen leisten.«

Cain war erleichtert, als die Hosteß mit Eiern und Schinken erschien. Nachdem er und Farrar sich bedient hatten, wechselte er das Thema. Er fand, die Unterhaltung habe sich auf gefährliches Gelände begeben.

»Sind Sie auf Urlaub? Oder im Dienst?« fragte er.

»Ein bißchen von beidem. Und Sie?«

»Desgleichen. Ich werde bei unserem Konsul in Kapstadt wohnen. Es sind ein paar kleinere Geschäfte zu erledigen und nur eine Aufgabe von einiger Wichtigkeit.«

»Hoffentlich keine schwierige.«

»Könnte nicht leichter sein. In meinem Volk sind ein paar Rituale üblich, die jahreszeitlich bedingt sind. Sicher wissen Sie das. Man könnte diese Rituale mit Ostern und den dazugehörigen Osterlämmern vergleichen oder mit den Erntedankfesten. Und in vierzehn Tagen feiern wir die Regenmacher-Zeremonie.«

»Das ist natürlich sehr wichtig. Aber was haben Sie damit zu tun, Mr. Cain? Besitzen Sie selbst diese besonderen Fähigkeiten? Sind Sie so ein Wasserprophet?«

»Himmel, nein! Die Gabe des Regenmachens ist erblich. Von ihrer Bedeutung für die Landwirtschaft weiß man in Westminster garantiert nichts! Alles, worum die Regenmacherin mich gebeten hat, sind zwei Liter Meerwasser, die bei Flut in einer Vollmondnacht geholt werden müssen. Unser Land ist, wie Sie wissen, ringsum von Bergen eingeschlossen. Das uns am nächsten gelegene Meer wäre der Indische Ozean, aber unsere Regenmacherin bildet sich eine Flasche kaltes Atlantikwasser für ihre speziellen Riten ein.«

Jetzt weiß ich's ganz bestimmt, dachte Kim nach dieser geographischen Information. Nyangreela muß das Land sein, in dem Maud Carpenter gefangengehalten wird. Und ich bin ziemlich sicher, daß mein sympathischer Reisegenosse Abelard Cain, einer der Direktoren des berühmten Spielerparadieses Hydro-Casino, zumindest am Rande mit der Carpenter-Entführung zu tun hat. Schließlich ist Cain nur der Deckname für Obito – August Obito, das einflußreiche Haupt der Intelligenz von Nyangreela und außerdem mit der Schwester von König Sols liebster und jüngster Frau verlobt. Kim hatte sich recht eingehend mit Nyangreela befaßt. Er wußte auch von Judy, daß er nicht zufällig den Platz neben Mr. Cain hatte. Judy hatte ihm ein paar brauchbare Hinweise auf diese schillernde Persönlichkeit gegeben, die sehr viel reiste und beim Personal des Jan-Smuts-Flughafens gut bekannt war.

»Ihre Aufgabe macht Ihnen sicher keine Schwierigkeiten. Am Kap Peninsula können Sie Wasser aus beiden Ozeanen holen, dem Indischen und dem Atlantik. Sie brauchen nur rauszupaddeln und zu schöpfen«, sagte er.

»Sogar das kann ich mir sparen. Unser Konsul hat schon Atlantikwasser besorgt und in einer wunderschönen versiegelten Flasche bereitgestellt. Ich brauche es nur noch irgendwann vor dem nächsten Vollmond bei der Regenmacherin abzuliefern. Ich bin lediglich der Bote.«

Kim schickte einen Seitenblick zu Abelard Cain alias August Obito und hoffte, daß er nicht auch noch ein führender Leoparden-Mann war. Boten aus Nyangreela gegenüber war er mißtrauisch geworden. Er rang sich jedoch ein Lächeln ab und sagte: »Dann können Sie fast vierzehn Tage lang das Meer ohne irgendwelche Pflichten genießen.«

»Ganz recht!« rief Abelard fröhlich. »Und ich segle und fische für mein Leben gern. Mann, ich kann's kaum erwarten!«

Die Ferienstimmung des jungen Mannes war offensichtlich echt. Im Augenblick war er weniger der Kopf der Intelligenz von Nyangreela als ein übermütiger Schuljunge, der seinen Pultdeckel mit einem Knall zuschlägt, ehe er in die Ferien geht.

»Mein Freund, der Zweite Sekretär unserer Botschaft, Desmond Yates, ist ein erfahrener Segler«, meinte Kim. »Er hat eine kleine Jacht. Vielleicht wollen Sie einmal mit uns hinausfahren. An der Küste gibt es gute Fanggründe.«

»Sie verfügen recht großzügig über das Eigentum Ihres Freundes, Mr. Farrar. Aber es würde mir riesigen Spaß machen. Sie können mich jederzeit über das Konsulat erreichen. Hinterlassen Sie einfach eine Nachricht für Abelard Cain. Wenn ich gerade nicht dasein sollte, weiß man, wo ich zu finden bin, und ich rufe dann sofort zurück.«

»Schön, mache ich.«

»Aber Sie sind doch ständig auf der Jagd nach Neuigkeiten unterwegs. Weiß Gott, es gibt heutzutage eine Menge und nicht viel Gutes. Hinter welcher Geschichte sind Sie denn im Moment her?«

Kim zögerte. Dann ließ er es darauf ankommen.

»Ich versuche wie ein Verrückter, die Hintergründe der Carpenter-Entführung aufzudecken.«

Cain sagte ernst: »Die Medien behandeln die Carpenter-Story sehr zurückhaltend. Sieht fast nach Nachrichtensperre aus, was meinen Sie?«

»Vielleicht gibt's nicht genügend hieb- und stichfeste Tatsachen. Die Entführte ist als Mensch wichtig. Sie ist nicht nur ein Symbol. Sie gehört Millionen. Ihre Leser warten alljährlich auf ein neues Buch von ihr. Sie wollen sich unterhalten und entspannen und von dem täglichen Einerlei ablenken lassen. Und dann verschwindet sie plötzlich! Wie eine ihrer Romanfiguren, nur ist alles weit schlimmer. Sie verschwindet nicht aus dem Garten eines Pfarrhauses, sondern von einer Toilette im afrikanischen Busch! Niemand, keine politische Gruppe, bekennt sich als Entführer. Niemand fordert zum Beispiel Waffen. Nur eine Million Rand soll die Familie aufbringen, und die sind nicht im Handumdrehen zu beschaffen. Und Maud Carpenter kann mittlerweile überall in Afrika sein! Im Augenblick ist sie mein Problem Nummer eins.«

»Ja«, sagte Cain nachdenklich. »Das glaube ich Ihnen gern. Ich kann mir aber vorstellen, daß sie auch für ihre Entführer nicht unproblematisch ist. Sie hat sich so viele raffinierte Geschichten ausgedacht – warum nicht einmal eine schlau eingefädelte Flucht?«

»Sie muß an einem sehr verborgenen Ort gefangengehalten werden. Aber wo? Wo nur? Und von wem?«

»Hören Sie, Mr. Farrar, von Zeit zu Zeit bekomme ich

alle möglichen Informationen und Hinweise. Sie wissen ja, wie das ist: Die Leute spielen und trinken und reden eine Menge Zeugs. Wenn ich einen Tip kriege, was in der Carpenter-Sache los ist – wo kann ich Sie erreichen? Bei Ihrer Zeitung in Johannesburg?«

»Nein. Über die britische Botschaft. Die ist im Augenblick in Kapstadt. Am Ende der Parlamentsperiode zieht sie um nach Pretoria. Schon bald.«

»Ich werde es nicht vergessen.«

»Aber vorher rufe ich Sie in Ihrem Konsulat wegen einer Verabredung zum Segeln an.«

»Darauf freue ich mich.«

Blau und zackig erhoben sich unter ihnen die Berge des Kap, und dann breitete das liebliche Rebland des Paarl Valley seinen grünen Teppich zwischen Bergen und Meer aus. Die Stimme der Stewardeß gab Anweisungen auf englisch und afrikaans, und dann setzte das Flugzeug auf der Landebahn des D.-F.-Malan-Flughafens auf.

9

»Ich habe von Ihren Kräften gehört, Doktor Santekul!«

Nachdem Kim dem Botschafter berichtet hatte, breitete sich Schweigen aus. Kim hütete sich wohl, es zu unterbrechen.

Endlich sagte der Botschafter: »Sie glauben also, dieser Abelard Cain könnte der Unterhändler einer hochgestellten Persönlichkeit in Nyangreela sein?«

»Richtig. Einer zuverlässigen Quelle zufolge war es kein Zufall, daß er im selben Flugzeug saß wie ich und den Platz neben mir hatte. Die Unterhaltung zwischen uns begann sehr bald, er war völlig ungezwungen und äußerst umgänglich. Und er hat viel Charme und scheint ein geschickter Verhandlungspartner zu sein.«

»Ihrer Meinung nach sollten wir also dieser Spur sofort und so energisch wie möglich nachgehen?«

»Unbedingt! Wenn ich nicht ganz falsch liege, so repräsentiert Abelard Cain die zivilisierte Seite des Schreckenskults der Leoparden. Interessant, daß er gerade jetzt hier auftaucht. Wir könnten uns zunächst dumm stellen und dann selbst den Zeitpunkt zur Erfüllung unserer Forderungen bestimmen.«

Am folgenden Morgen stattete Abelard Cain dem Botschafter in seinem Büro einen Höflichkeitsbesuch ab; er wurde mit der liebenswürdigen Freundlichkeit empfangen, die Sir Hugh allen Fremden gegenüber an den Tag legte, es sei denn, er hatte Gründe, zu knurren und die Zähne zu zeigen.

Obgleich der Besuch nur eine höfliche Geste war,

schenkte der Botschafter seinem Besucher mehr Zeit als die üblichen fünfzehn Minuten. Nyangreela war vor seiner Unabhängigkeit britisch gewesen; Abelard enthüllte mit entwaffnender Offenheit seine offizielle Identität schon während der ersten Minuten. Dann fügte er hinzu: »Ich bin im Urlaub, Euer Exzellenz. Das ist ein Grund, weshalb ich es vorziehe, den Namen zu benutzen, den die Leute mit meiner Tätigkeit als Erstem Direktor des Hydro-Casinos in Verbindung bringen.«

»Eine sehr einträgliche Tätigkeit! Ich weiß, Ihr Hydro-Casino ist eine besondere Touristenattraktion für Leute jeden Alters und jeder Nationalität. Farrar sagte mir, daß es nicht nur außerordentlich exklusiv sei, sondern auch einen besonderen Service biete, beispielsweise Babysitting. Ihr anderes Ich, Mr. August Obito, Oberhaupt der Intelligenz von Nyangreela, muß den Job ja geradezu als Entspannung empfinden.«

Abelard ließ seine schönen weißen Zähne blitzen. »In der Tat. Ich wäre entzückt, wenn Sie und Ihre Familie eines Tages meine Gäste wären, Exzellenz.«

»Das wäre wirklich nett. Im Augenblick allerdings pflegen wir keine Geselligkeit, da die Botschaft im Begriff ist, für den Winter nach Pretoria überzusiedeln. Ein Teil des Diplomatischen Korps ist bereits umgezogen. Außerdem erleben wir gerade in unserer Familie eine schreckliche Sache – Sie wissen wahrscheinlich davon? Meine Tochter Jane hat die Entführung ihrer Großmutter tief getroffen, und die Verantwortung, die auf mir lastet, ist schwer.«

»Das kann ich sehr gut verstehen, Sir. Es war – und ist – eine schreckliche Geschichte . . .«

»Und sie kann noch immer als Tragödie enden.«

»Leider sind die Nachrichten über die Carpenter-Entführung sehr spärlich, seit sich die erste Aufregung gelegt hat.« Abelards Gesicht hatte sich, während er sprach, in eine ausdruckslose Maske verwandelt. Der Botschafter beschloß, diese Ruhe etwas zu erschüttern.

»Wenn ich Ihre äußerst wichtige Stellung, Mr. Cain – oder sollte ich unter diesen Umständen lieber ›Mr. Obito‹ sagen? – bedenke, dann erscheint es mir sicher, daß Sie Gerüchte, wenn nicht sogar Fakten über die ungewöhnlichen Umstände bei der Entführung von Mrs. Carpenter gehört haben. Und von der scheußlichen Mißhandlung unseres Xhosa-Butlers Elias, einen Monat später, als im Garten der Botschaft ein Erpresserbrief abgegeben wurde. Und dann wurde neulich ein sehr ähnlicher Anschlag auf meinen Zweiten Sekretär, Desmond Yates, verübt. Genau gesagt: Es geschah in den frühen Morgenstunden des Dienstag, als er die erste Rate der Million Lösegeld ablieferte.«

»Es hat natürlich Gerüchte gegeben«, gab Abelard zu. »Aber da Nyangreela in keiner Weise in die Sache verwickelt ist, haben meine Agenten auch keinen Anlaß gesehen, sich in ein anscheinend unpolitisches Verbrechen einzumischen, das möglicherweise in einem Nachbarstaat verübt worden ist. Oder vielleicht sogar in der Republik Südafrika.«

»Setzen Sie nicht ein bißchen zuviel als selbstverständlich voraus, Mr. Cain?«

Abelard beugte sich vor. »Die zweite kurze Pressemeldung stellte nur drei Punkte klar. Die Entführer haben sich nicht zu erkennen gegeben und sich zu der Tat bekannt, wie das bei politischen Verbrechen dieser Art üblich ist. Sie haben weder Waffen verlangt noch die Freilassung und Rückkehr irgendwelcher in der Republik oder im United Kingdom einsitzender politischer Häftlinge. Daher muß man annehmen, daß diese Entführung sozusagen ein privates Unternehmen darstellt.«

Sir Hugh bedachte Cain mit einem müden Lächeln.

»Recht logisch. Die Handschrift der Marxisten ist zwar nicht deutlich zu erkennen, aber es könnte immerhin sein . . . Und da privater Unternehmergeist glücklicherweise in Nyangreela noch immer gedeiht, ist auch die Möglichkeit nicht völlig auszuschließen, daß Mrs. Carpenter in irgendeinem abgelegenen Teil Ihres wundervollen Landes gefangengehalten wird. Habgier als Motiv ist unglücklicherweise weit verbreitet.«

Der Botschafter erhob sich. Abelard verstand und erhob sich ebenfalls. Sein hoher Gastgeber hatte, bis jetzt noch, das Recht auf das letzte Wort.

»Es war sehr freundlich von Ihnen, mir so viel von Ihrer kostbaren Zeit zu schenken, Sir – und Ihr Vertrauen.«

»Es war mir ein Vergnügen. Wie schon gesagt, geht's in unserem Haushalt ein wenig drunter und drüber, aber ich hoffe, Sie werden einmal inoffiziell, *en famille*, mit uns speisen, bevor Sie ins Hydro-Casino oder wohin auch immer zurückkehren. Farrar oder Yates wird sich heute noch mit Ihnen in Verbindung setzen.«

Als Abelard gegangen war, ließ der Botschafter Kim rufen, der in einem der Büros auf ihn wartete.

»Nun, Sir?« sagte Kim. »Was halten Sie von ihm?«

»Er steckt bis über die Ohren in der Sache«, gab Sir Hugh kurz zurück.

Mrs. Carpenter hatte schlecht geschlafen. König Sol mußte inzwischen eine Antwort von Hugh haben und ebenso einen beachtlichen Teil dieses lächerlichen Lösegeldes! Was hatte Sol vor? Heckte er einen Plan aus, um die ganze Summe zu bekommen? Vermutlich besprach er sich mit diesem mysteriösen Doktor Santekul, der am Ufer des Big River lebte und von Zeit zu Zeit mit den Ahnen des Stammes im Busch Zwiesprache hielt, genau wie die heiligen Männer der Bibel, die in die Wüste gingen, wenn sie den Wunsch nach geistiger Stärkung verspürten. Sie fühlte sich fiebrig. Eine Erkältung? Oder vielleicht Grippe? Aber sie wußte, daß ihr körperliches Unbehagen eine andere Ursache hatte.

»Ich leide an Ungewißheit!« sagte sie laut zu sich selbst. Bestürzt stellte sie fest, daß es ihr allmählich zur Gewohnheit wurde, sich selbst laut Ratschläge zu erteilen.

»Ich leide auch an Platzangst und Frustration«, fügte sie gereizt hinzu. »Weshalb wollen mich diese Leute nicht zu dem Felsenteich an dem reißenden Gießbach gehen lassen, wo die anderen Frauen sich selbst und ihre Kleider waschen? Weshalb erlaubt König Sol mir nicht, Papier und Bleistift zu besitzen? Dann könnte ich wenigstens schreiben. Ich könnte meine Erfahrungen hier richtig verwerten! Jeder ungebildete Kriminelle oder Gefangene schlägt Geld aus seiner Story. Warum nicht auch ich? Ich bräuchte wenigstens keinen Ghostwriter dazu!«

Sie rief sich den Tag ins Gedächtnis, an dem König Sol ihr den Erpresserbrief diktiert hatte, hier in ihrer Hütte, am frühen Nachmittag. Nachdem sie fertig war mit dem Schreiben, hatte sie den billigen Schreibblock und den Kugelschreiber behalten wollen. Aber er hatte die Hand danach ausgestreckt.

»Darf ich das denn nicht behalten?« hatte sie gefragt.

»Tut mir leid.«

»Ich bin Schriftstellerin«, hatte sie eindringlich gesagt. »Ich muß geistig im Training bleiben, genau wie dein Pferd mit wehender Mähne und fliegendem Schweif über das offene Veld galoppieren muß.«

Sein Lachen hatte gedröhnt unter dem Dach ihrer Hütte.

»Sie können Beobachtungen machen, so viel Sie wollen. Aber so leid mir's tut, Mrs. Carpenter: gekritzelt wird nur auf meinen Befehl. Trainieren Sie doch Ihr Gedächtnis! Dort können Sie alles aufzeichnen, was Sie wollen, und Ihre Phantasie kann so schnell dahingaloppieren wie mein Pferd im richtigen Gelände. Doch beschreiten Sie die Pfade unserer Gedanken mit Vorsicht. Es könnte sein, daß Sie manches seltsam und nicht besonders erfreulich finden.«

Sie hatte Papier und Kugelschreiber in die hellfarbige Handfläche gelegt. Zum erstenmal hatte sie in dem König ihren Gefängniswärter gesehen. Zwischen ihnen war ein dunkler Vorhang niedergegangen und hatte die Wärme und das Licht der Freundschaft, die sie allmählich schätzengelernt hatte, zum Verschwinden gebracht.

»Du träumst, Weise«, sagte Dawn, als sie wie üblich die Tonschale und den Krug mit warmem Wasser abstellte. »Ich glaube, es war kein guter Traum. Deine Augen waren geschlossen, aber dein Gesicht war kummervoll.«

Mrs. Carpenter blickte zu dem Mädchen auf.

»Ja«, sagte sie. »Es war ein Traum – der Traum von einem dunklen Vorhang zwischen mir und dem Licht.«

Etwas wie Furcht flackerte in den schwarzen Augen auf, die so ausdrucksvoll oder auch so leer blicken konnten.

»Wach auf!« sagte Dawn. »Zieh den Vorhang weg! Bald bringe ich dir deinen Mehlbrei, und wenn du gegessen und dich gewaschen hast, gehst du in die Sonne hinaus. Es ist ein schöner, frischer Tag.«

Diese ganze verdammte Situation macht mich noch verrückt, dachte Mrs. Carpenter, als sie sich wusch und dann das Kostüm anzog, an das sie sich inzwischen völlig gewöhnt hatte. Irgend etwas muß heute passieren. Es muß, oder ich werde wahnsinnig! Ich habe genug von diesem Haremsleben.

Sie fuhr heftig mit der Bürste durch ihr dichtes Haar. Als ihre Kopfhaut unter den Bürstenstrichen zu brennen begann, verspürte sie eine gewisse Befriedigung. Sie würde es heute einmal anders frisieren. Dann änderte sich wenigstens etwas! Sie teilte das Haar in der Mitte und flocht es zu Zöpfen, die ihr über die Schultern hingen. Dann zog sie ein paar Fäden aus ihrer Decke und umwickelte jeden Zopf damit. Die Enden bürstete und kämmte sie. »Sie sehen aus wie Fliegenklatschen«, sagte sie, als sie die Zöpfe über ihren Perlenkragen fallen ließ. »Ein bißchen arg schulmädchenhaft für eine Dame meines Alters!«

Ihre Laune besserte sich. Sie kroch aus ihrer Hütte und sog tief die prickelnde Bergluft ein. Die angepflockte Ziege beobachtete sie mit feindseligem gelbem Blick, als sie sich anschickte, ihren täglichen Verdauungsspaziergang rund um den Kral und den Viehstall zu machen, aber immer innerhalb des hohen Dornenzauns. Der war nun ihre Gefängnismauer. Wie gewöhnlich begleiteten sie eine Menge Kinder, Seil springend und Grimassen schneidend, und die Alten und die Jungen sahen von ihrer Arbeit oder ihrem Klatsch auf, nickten und lächelten ihr zu. Sie gehörte zum täglichen Dorfleben – fremd, aber nicht störend –, ein Besuch, der verschiedene Stadien durchlaufen hatte, was mit allgemeinem Interesse verfolgt worden war.

Zuerst hatte sie eine gewisse Verwirrung gezeigt, wie ein fremder Hund, der sich über seine Stellung unter den übrigen Tieren des Hofes nicht im klaren ist. Aber ihre Nervosität hatte sich bald gelegt. Nun war sie neugierig geworden, hatte begonnen, die Art und die Sprache der Leute nachzuahmen, und hatte sie dafür etwas von ihrer Sprache gelehrt. Danach hatte sie sich als Mitglied der Gruppe gefühlt, als sie merkte, daß auch sie zu den Untertanen des Königs gehörte, zwar gefangen, aber bevorzugt, eine wichtige Persönlichkeit, die den Namen ›die Weise‹ verdiente. Sie hatte deutlich erkennen lassen, daß sie ihre Lieblinge hatte, zum Beispiel Dawn, die ihre Zofe wurde und sie aus dem Kochtopf ihrer Schwester verköstigte. Aber sie hatte bald bemerkt, daß die Erwachsenen in der Unterhaltung mit ihr vorsichtig waren. Sie sprachen sehr viel von ihr, aber zu ihr nur sehr zurückhaltend. Solinje war anders. Er war noch ein Kind, wenn auch ein frühreifes. Sie erkannten, daß er der Weisen so lieb war wie ein erstgeborener Enkelsohn. Die Frauen lachten untereinander und sagten, sie tanze nach den Tönen seiner Bambusflöte. Es amüsierte sie, wenn sie sahen, wie sie die Pfote des von Flöhen geplagten Hundes schüttelte, der immer an ihrer Seite war.

Eines jedoch fanden die Leute beunruhigend. Sie ahnten, daß die Regenmacherin und die Weise einander feindlich gesinnt waren – eine schlimme Sache! Aus dem Kral stieg jedesmal ein allgemeiner Seufzer der Erleichterung auf, wenn die Regenmacherin sich für einige Tage in den Busch begab, um dort Kräuter und seltene Tiere zu suchen, und in der Einsamkeit herumstreifte. Das war wichtig für einen Zauberer, der fluchbannende Mittel sammeln muß, wobei er mit den Geistern der Ahnen, mit Zauberwesen und Tierdämonen spricht, die gewöhnliche Menschen nicht wahrnehmen können.

Es dauerte nicht lange, und man munkelte im Kral, daß der Gast des Königs bekümmert und ruhelos wurde. Ihr Geist blickte nicht mehr nach draußen; er hatte begonnen, sich nach innen zu wenden, und das – sie wußten es – war gefährlich. Wenn ein Mensch kein Teil des Lebens ringsum mehr war, dann lag er zuletzt allein in der Dunkelheit seiner Hütte, das Gesicht zur Wand gekehrt. Hatte die Regenmacherin oder, noch schlimmer, der Zauberdoktor vom Big River einen Fluch gegen die Weise geschleudert, der wie schleichendes Gift wirkte? Sie von den andern trennte? Diesen Gedanken fanden sie erschreckend.

Mrs. Carpenter machte bei ihrem Spaziergang genau da halt, wo es die halbnackten Kinder in ihrem Gefolge erwarteten. Es war ihnen zur Gewohnheit geworden, an einem Zaunpfosten hinaufzuklettern, um nachzusehen, weshalb sie gerade hier immer so still stand und zu den Hügeln emporspähte.

Das hatte einen ganz einfachen Grund: Hier war der vom Gießbach herunterführende Bergpfad gegen den Himmel sichtbar, und manchmal hatte sie das Glück, ein zeitloses Bild zu beobachten – Wasserträgerinnen oder Holzsammlerinnen, die, wie auf einem Fries, hochaufgerichtet in königlicher Haltung hintereinander gingen, die schwere Bürde anmutig auf dem Kopf balancierend.

Doch heute war der Fries anders als sonst.

Die Kinder purzelten wie reife Äpfel vom Zaun in den Staub und liefen mit aufgeregtem Schreien und Kreischen davon. Innerhalb von Sekunden summte es im Kral wie in einem Bienenstock. Aus jeder Hütte quollen die Bewohner, während jene, die bereits draußen waren, zum Eingang des Krals und hinaus auf den Pfad rannten.

Mrs. Carpenter war plötzlich von allen verlassen und stand ganz still.

Das also war es!

Sie sah die drei Reiter, die sich gegen den heißen blauen Himmel abhoben. Im nächsten Augenblick kamen sie den Pfad herunter, der zum Kral führte. Die Regenmacherin erwartete sie vor ihrer Hütte. Sie war ganz in Weiß und wirkte noch massiger durch einen Kopfschmuck aus Pavianfell.

Mrs. Carpenter hörte das vertraute Durcheinander von Willkommensrufen und Kindergeschrei, als das erste Pferd mit ungeduldig zurückgeworfenem Kopf den Kral betrat und auf die Regenmacherin zutrabte.

König Solomon zügelte sein Roß, blieb aber sitzen. Heute lag kein Lächeln auf seinem Gesicht, obgleich er sich niederbeugte und, wie es seine Gewohnheit war,

Päckchen mit Süßigkeiten unter die Kinder warf, die sich um ihn scharten. Er trug einen blauen Safarianzug und einen Sombrero mit einem Band aus Schlangenhaut. Die Kinder, von Ehrfurcht ergriffen, zögerten, die Süßigkeiten zu fangen oder sich darum zu balgen. Sie schauten wie gebannt auf den zweiten Reiter, der von seinem dürren Falben auf sie niederblickte.

Mein Gott, dachte Mrs. Carpenter, der sieht ja wahrhaftig aus wie einer der vier Apokalyptischen Reiter! . . . ›Und ich sah, und siehe, ein fahles Pferd. Und der darauf saß, des Name hieß Tod, und die Hölle folgte ihm nach . . .‹

Dicht hinter dieser düsteren Gestalt kam ein Reitknecht auf einem staubigen Rappen. Er ließ seine Augen nicht von seinem Herrn.

Der Zauberdoktor stieg vom Pferd und stand da, riesengroß und mit scharfen Gesichtszügen. Er trug ein weißes Gewand und einen hohen weißen, mit Affenpelz besetzten Turban. Ein Pavianfell hing über der einen Schulter, über der anderen ein Jagdmesser in einer Scheide. Sein Halsschmuck bestand aus polierten Tierzähnen und Klauen. Affenschwänze und ein Antilopenhorn, das Zeichen seines Berufsstandes, baumelten an seinem Gürtel. Dieses Antilopenhorn enthielt seltsame und wirkungsvolle Pulver und Arzneien. Er warf seiner Kollegin, der Regenmacherin, eine Blechbüchse zu, und sie fing sie mit einem zufriedenen Nicken auf.

»Vermutlich Schnupftabak«, sagte Mrs. Carpenter zu sich selbst, aber wie die Kinder, die ihre Süßigkeiten liegengelassen hatten, war auch sie von dem Fremden hypnotisiert. Sie bemerkte, daß der Reitknecht die Zügel des Falben genommen hatte und daß Solinje bei dem Pferd seines Vaters stand. Sie sah, wie er mit seiner kleinen schwarzen Hand die weichen Nüstern des ›goldenen Pferdes‹ streichelte. Plötzlich blickte er auf; sein Vater schien einen schroffen Befehl ausgesprochen zu haben. Dann drehte er sich um, und seine Augen suchten die ihren. Er rannte auf sie zu. »Komm, Weise! Mein Vater, der König, möchte dich sprechen.«

Sie folgte dem Kind, und die Menge machte ihnen Platz. Selbst die Hütejungen hatten ihre Herden verlassen. Nur einer wachte mit den Hunden auf den Weidegründen. Bald würde einer seiner Freunde ihn ablösen.

Sie bildeten eine kleine Gruppe vor der Hütte der Regenmacherin. Zwei überlebensgroße Gestalten in Weiß standen dem König gegenüber, der hoch zu Roß saß. Der Reitknecht und Solinje standen zu Häupten der Pferde.

Mrs. Carpenter blickte zu dem König auf. Er starrte sie überrascht an, und sie lächelte und berührte die langen Flechten, die ihr über die Schultern hingen. Sie beugte das Knie, dann trat sie zu Solinje und streichelte den sanftgeschwungenen Hals des Pferdes.

Der König redete sie an: »Sie haben von Doktor Santekul, dem berühmten Kräutersammler vom Big River, gehört. Er weilt heute bei uns, um mit der Regenmacherin zu sprechen. Bald findet die Zeremonie des Regenmachens nahe der Quelle des Flusses statt. Bei solch wichtigen Gelegenheiten arbeiten die Regenmacherin und Doktor Santekul zusammen.«

»Natürlich.« Sie verbeugte sich vor dem Zauberdoktor mit einer Würde, die der seinen nicht nachstand. »Ich habe von Ihren Kräften gehört, Doktor Santekul.«

Er erwiderte feierlich ihren Gruß. »Und ich habe von Ihrer Weisheit gehört, Lady.«

Er betrachtete sie ungeniert, aufmerksam, kalt und abschätzend.

Dann geschah es.

Die Stute wieherte und schüttelte den Kopf. Für einen Augenblick schien ihre Mähne eins mit Mrs. Carpenters

Zöpfen. Die Mittagssonne verwandelte beides in Gold und Silber. Mrs. Carpenter fuhr rasch mit dem Kopf zurück und hörte gerade noch, wie der Zauberdoktor der Regenmacherin einen Befehl zurief. Deren Augen funkelten zustimmend. Im nächsten Augenblick blitzte Doktor Santekuls kleines Jagdmesser auf, als er es aus der Scheide zog und seiner Kollegin reichte. Die Klinge war glänzend und scharf wie das Skalpell eines Chirurgen.

Mit einer Schnelligkeit, die niemand einer so schweren Frau zugetraut hätte, stürzte die Regenmacherin vor und packte die langen blonden Zöpfe mit den wippenden Enden aus weichem, glänzendem Haar. Zwei rasche, genaue Schnitte trennten erst den einen, dann den anderen Zopf ab.

Der König hatte sich im Sattel hoch aufgerichtet. Die Regenmacherin schob einen Zopf in ihre unergründliche Tasche aus Pavianfell, den anderen bot sie auf beiden Handflächen dem König dar. Er nahm ihn wie hypnotisiert entgegen. Das sonnen- und körperwarme Haar schien sein Fleisch zu versengen. Er ließ die Flechte so schnell wie möglich in der Tasche seiner Safarijacke verschwinden. Es war der alte Zauber – das greifbare Symbol, auf das er gewartet hatte –, aber er hatte nicht die rechte Freude darüber, als es da schlangengleich an seiner Hüfte lag.

Mrs. Carpenter empfand keinen Schmerz. Dazu war der Überfall zu schnell erfolgt. Aber sie war zutiefst entsetzt. Sie war in Gegenwart aller, die gaffend und schweigend dastanden, entehrt und erniedrigt worden. Es war wie eine Enthauptung zu Füßen des Königs gewesen. Sie war bleich und fühlte sich so schwach, als sei das Blut aus ihren Adern in den Staub unter ihren Sandalen aus Kuhhaut geflossen. Sie sah, wie Dawn und die Kleine Königin die Gesichter in den Händen verbargen,

und wußte, daß Solinje neben ihr zu einer kleinen Bronzestatue des Entsetzens erstarrt war. Sie alle wußten, was das bedeutete. Jeder. Selbst die Kinder.
Die weiße Weise hatte ihre Kraft verloren. In dieser Stunde des hohen Mittags war Mrs. Carpenter zum Opfertod verdammt worden.

König Solomon betrat ihre Hütte, als noch keine Stunde vergangen war.
Sie war für ihn bereit. Ihren geschändeten Kopf hatte sie mit dem großen ›doek‹ umwickelt, das Dawn ihr ungefragt, voll Verständnis, auf das Bett gelegt hatte. Mrs. Carpenter hatte den schwarzweiß bedruckten Stoff geschickt gefaltet und geschlungen, weil er, hoch aufgetürmt, der Trägerin Würde verlieh. Die lose Decke, die eine Schulter frei ließ, fiel bis auf die Knöchel hinab. Der Perlenkragen mit dem Willkommensmuster unterstrich die Schlankheit und die stolze Haltung ihres welken Halses. Ihr Gesicht war in den vergangenen Wochen mager geworden. Aber die Menschen in ihrer jetzigen Umgebung achteten das Alter und setzten es mit der Weisheit langer Erfahrung gleich, obwohl gerade sie oftmals mit der Zahl der Jahre entschwand.
Solinje und sein Hund waren nicht mehr beim König. Sie waren wieder zu den Herden zurückgekehrt. Der König stand allein in der Hütte seiner Gefangenen. Er sah sich einer Fremden gegenüber, die weder das Knie beugte noch darüber erfreut schien, ihn zu sehen.
Mrs. Carpenter wartete darauf, daß er sprechen würde.
Er schritt schweigend zu dem Holztisch, auf den Dawn Mrs. Carpenters Schüssel mit Essen zu stellen pflegte. Er klatschte die Brieftasche, die er bei sich trug, auf den Tisch und zog die ›riempie‹-Stühle heran. Dann öffnete er die Brieftasche und nahm zwei Briefe heraus, einen mit Schreibmaschine geschriebenen und einen in Janes

ordentlicher Handschrift. Schließlich legte er einen Umschlag aus festem Papier auf den Tisch und darauf den geschmeidigen silbrigblonden Zopf, dessen loses Ende nun mit einem Gummiband zusammengehalten wurde. Mrs. Carpenter sah verächtlich und angeekelt hin. Der König bedeutete ihr, sich zu setzen. Sie übersah den Wink.

»Setzen Sie sich und lesen Sie diese Briefe selbst«, befahl er. »Einer ist vom britischen Botschafter an Ihre Entführer, der andere ist eine kurze persönliche Nachricht an Sie von Ihrer Enkelin. Ich habe beide selbstverständlich bereits untersucht.«

Ein Streifen Sonnenlicht fiel durch die geöffnete Tür. Sie ging mit den Briefen ans Licht.

Die Mitteilung ihres Schwiegersohnes an die Entführer war kurz und bündig:

»Dies ist eine erste Rate, ein Zehntel der geforderten Million Rand. Eine zweite Rate wird folgen, wenn ich den Beweis erhalte, daß die Geisel am Leben und wohlauf ist.

Es ist unmöglich, die volle Summe sofort zu bezahlen, da sich sowohl die britische als auch die südafrikanische Regierung weigern, einen Teil beizusteuern und (wie Mrs. Carpenter Ihnen bestätigen kann) das persönliche Vermögen der Geisel für ihre Familie in unkündbaren Papieren angelegt ist.

Wenn Mrs. Carpenter einen legalen Weg, gleich welcher Art, vorschlagen kann, der es ermöglicht, daß die Summe sofort geborgt oder auf andere Weise aufgebracht und transferiert werden kann, werde ich ihre Anweisungen selbstverständlich ohne Verzögerung ausführen.

Hugh Etheridge«

Der König beobachtete sie aufmerksam. Als sie den Brief ihres Schwiegersohnes zusammenfaltete und ihm zurückgab, bemerkte er einen Ausdruck auf ihrem Gesicht, den er nicht zu deuten wußte. Es sah zugleich verschmitzt und entrückt aus.

Maud Carpenter war in der Tat sehr zufrieden. Hugh hatte sich ihre – ihre! – Anschauungen zu eigen gemacht. Er hatte ihr den Ball genau zugespielt, und nun konnte sie beweisen, daß sie Absatz 5 ihres eigenen Glaubensbekenntnisses ernst nahm. Sie konnte aber auch ihre Meinung ändern und verraten, welche Möglichkeiten es gab, die Gesamtsumme zu erhalten.

Sie entfaltete den zweiten Brief. Er war an Maud Carpenter adressiert. Janie, dachte sie. Oh, liebe Janie, mach mich nicht schwach!

»... Alles, was ich besitze, gehört Dir, aber das ist nur ein Tropfen auf den heißen Stein im Vergleich zu den Forderungen der Kidnapper. Denk Dir einen Weg aus, wie wir das Geld beschaffen können! Du kannst und Du mußt! Begreifst Du denn nicht, daß die Welt Dich braucht? Du schenkst den Menschen Freude und Unterhaltung. Du verstehst sogar, warum anständige Männer und Frauen manchmal Dinge tun, die sehr böse erscheinen. Denn Du, liebe Granny, besitzt die wunderbare Gabe, mit dem Herzen zu denken.

Deine Janie«

Als Mrs. Carpenter den Brief zusammenfaltete, sah der König, daß sie weit weg war. Er streckte die Hand nach dem Brief aus, aber sie bemerkte es gar nicht.

»Den Brief bitte, Mrs. Carpenter. Sie werden später Gelegenheit haben, ihn zu beantworten.«

Sie reichte ihm wortlos den Bogen. Ihre Wangen waren eingesunken, ihre Augen blicklos. Sie seufzte tief, aber ihre Gesichtszüge schienen von einem leichten Lächeln erhellt. Jane war ihr in diesem Augenblick sehr nahe.

»Liebe Janie«, murmelte sie, »immer so hochherzig und impulsiv. Aber dieser letzte Satz, den du so voll Liebe hingeschrieben hast, kann mein Schicksal besiegelt haben! Na, macht nichts, es war vielleicht ohnehin schon besiegelt . . .«

»Sagten Sie etwas?« erkundigte sich der König stirnrunzelnd.

Sie blickte zu ihm auf, das kleine Lächeln lag noch immer auf ihren Lippen.

»Vielleicht habe ich laut gedacht, König Sol. Geiseln sind einsame Menschen. Sie entwickeln seltsame Gewohnheiten, wie dir vielleicht aufgefallen ist.«

10

»Sie müssen bleiben, Mr. Obito.
Wir brauchen vielleicht Ihre Hilfe . . .«

Abelard Cain zog den blauweißen Spinnaker auf und machte ihn fest. Sofort spürte er die leichte Beschleunigung von Yates' Jacht ›Sea-Sprite‹, als sich das große Segel füllte und das Schiff sie vor dem Wind die Küste entlang trug.

»Mann, das heiße ich Leben!«

Yates am Ruder lächelte. »Ich kann mir denken, daß Sie das in Ihrer von Bergen eingeschlossenen Heimat vermissen. Wo haben Sie Segeln gelernt?«

»In Newport. Als ich in Harvard war.«

»Ich war nie in Amerika«, sagte Yates bedauernd.

»Sie haben noch viel Zeit«, mischte sich Kim ein, der am Mast lehnte, eine Büchse Bier in der Hand. »Diplomaten kommen dauernd herum.«

»Weil wir gerade davon reden – wie wär's, wenn Sie herumkämen und das Ruder ein bißchen übernähmen?«

Kim schlenderte zu ihm hinüber, und Desmond rief durch die Luke hinunter: »Wie steht's mit ein paar belegten Broten, Janie? Oh, fang mal, ja?« Er zog sein Hemd aus und warf es hinunter.

Als Janie an Deck kam, trug sie eine flache Schüssel mit Sandwiches und Wurstpastete, appetitlich auf Salatblättern angerichtet. Ihr kräftiger, fast nackter Körper war tiefbraun. Eine wundervolle Figur, dachte Kim, langbeinig und gut proportioniert. Sie bewegte sich anmutig und schien die Schiffsbewegungen gar nicht zu merken. Sie konnte weiß Gott jedem Mann gefallen! Aber zu seiner Überraschung bemerkte er, daß Cain Jane gar nicht zu sehen schien, als er sich Salat und ein Sandwich nahm. Seine ganze Aufmerksamkeit galt dem muskulösen nackten Oberkörper und dem verletzten linken Arm von Yates.

»Sagen Sie mal, Desmond, Ihr Arm hat da ja allerhand abbekommen! Haben Sie mit einer Wildkatze gerauft?«

»Eine richtiggehende Tätowierung«, sagte Yates und warf einen Blick auf die drei blutroten Narben. Die Fäden waren erst kürzlich entfernt worden.

Farrar bemerkte, daß Cains Gesicht sehr ernst war, als er sagte: »Wollen Sie darüber sprechen?«

»Nein, danke. Wir gehen in dieser Bucht vor Anker und schwimmen von der Jacht aus an Land. Salzwasser ist angeblich gut für derartige Kratzer. Wenn also ein oder zwei Tropfen durch den durchsichtigen, garantiert wasserdichten Verband sickern – wen stört's?«

»Mich«, sagte Jane.

»Keine Sorge«, sagte Abelard zu ihr. »Ich würde ihn bald wieder kurieren, indem ich ein paar Tropfen von der Spezialmedizin unserer Regenmacherin nehme – kaltes Wasser aus dem kalten Ozean, zur Zeit der Flut beim Schein des Vollmondes geschöpft.«

Jane sah ihn überrascht an. »Das klang ja wie eine Beschwörung! Ich glaube, tief im Herzen sind Sie noch sehr abergläubisch.«

Er öffnete eine Büchse Bier. »Wer ist das nicht?« sagte er leichthin. »Nur hat jeder einen anderen Aberglauben, das ist die Sache. Unserer hängt natürlich mit den Elementen zusammen. Und in unserer Philosophie spielt die Ahnenverehrung eine Rolle. Ihr Aberglaube – Variationen über das Thema Himmel und Hölle. Die gegenwärtige Zeit ist sehr einträglich für den Satan, wie ich hörte. Hexen fliegen über die grünen Matten Englands, in mittelalterlichen Kathedralen werden Schwarze Messen gelesen, während die Holzwürmer altes Holzwerk zu Staub zermahlen und die Grabplastiken der Kreuzfahrer, die Gattin zur Seite und den Hund zu Füßen, ruhig unter farbigen Glasfenstern schlafen. Sie verdammen nichts und niemanden mehr. Sie kennen das alles längst – Vandalismus, Folter und Mord im Namen der Religion. Die Menschen haben sich nicht sehr geändert, Jane. Sie wollen, daß ihre Götter mächtig und furchterregend sind, eifersüchtig und gierig – nach Menschenopfern.«

»Sehr bemerkenswert, was Sie da sagen«, meinte Kim. »Nur haben Sie Aberglauben zum Rang einer Religion erhoben.«

Abelard ließ die Augen über seine drei Zuhörer gleiten. Ihm schien, als sehe er eine Spur von Feindseligkeit auf den Gesichtern. Er lachte. »Nehmen Sie mich nicht so ernst. Zauberer und Hexen sind bei uns immer mit im Spiel, und die Ahnen haben immer ein Auge auf ihre Nachkommen. Und was die alten Götter anbelangt, unsere und Ihre, sie sind wie wir alle: Sie wissen einen Braten zu schätzen, der mit nicht alltäglichen Beilagen serviert wird.«

Yates bückte sich, um den Anker loszumachen, und Abelards ›nicht alltägliche Beilagen‹ gingen unter im Klirren der Ankerkette und dem Geschrei der Möwen. Jane half Yates, das Großsegel einzuholen, und Abelard faltete den flatternden Spinnaker zu einem ordentlichen Packen.

Die Bucht war klein und verlassen und gut geschützt durch massive Felsen auf jeder Seite des schmalen Strandes. Die steilen Felsen bildeten einen natürlichen Schlupfwinkel, der viel leichter von der See als vom Land aus erreicht werden konnte.

Kim gelang es, Yates einen Augenblick beiseite zu nehmen und leise zu ihm zu sagen: »Gehen Sie mit Jane nach der einen Seite, ich gehe mit Abelard nach der anderen. Ich möchte allein mit ihm sprechen. Ich will Vertrauen gegen Vertrauen. Und – ich brauche ein bißchen Zeit dazu.«

»Alles, was Sie erfahren, müssen Sie auch uns sagen . . .«

»Wir drei sitzen im selben Boot. Das wurde in Johannesburg ausgemacht. Und natürlich ist Seine Exzellenz der Kopf des Teams. Ich vermute, daß wir einen einflußreichen Diplomaten nötig haben könnten. Sie müssen meine Entscheidung akzeptieren.«

»In Ordnung. Sie können sich darauf verlassen. Jane und ich sind Ihrer Meinung, wie Ihre Entscheidung auch ausfällt. Seine Exzellenz ist von der Art beeindruckt, wie Sie mit den Medien umgegangen sind und ihnen das Maul gestopft haben.«

Als Jane und Desmond Seite an Seite gemächlich auf das Ufer zuschwammen, sagte sie: »Abelard ahnt etwas . . . etwas, das ihm angst macht.«

»Das meint auch Kim. Er hat jedenfalls vor, ein bißchen nachzubohren. Aber er möchte uns nicht dabeihaben. Er hat mich rumgekriegt, dich aus der Schußlinie zu nehmen.«

Sie lachte. »Ich habe nichts dagegen.«

Beim Wassertreten spürte sie, wie die Fluten ihre nackten Schenkel liebkosten. Desmond war neben ihr, seine Hand lag auf ihrer Taille. Er hatte bereits festen Grund unter den Füßen, doch sie noch nicht. Er zog sie an sich und hob sie hoch, bis ihre Wange an der seinen lag. Fest und sicher stand er da und stemmte sich gegen die schaumgekrönten Brandungswellen. In ein paar Stunden würden hier schwere Brecher herantosen. Doch jetzt schwangen ihre Körper im sanften Rhythmus des hin und zurück flutenden Meeres. Ihr langes dunkles Haar wand sich um seinen Hals, als wollte es sie enger aneinanderfesseln in einer ekstatischen schaumgeborenen Liebe.

Als sie ans Ufer stiegen, waren Kim und Abelard bereits außer Sicht. Ihre Fußspuren führten zu den weiter entfernten Felsblöcken.

Desmond nahm Janes Hand, und so gingen sie zu dem sonnenheißen Grasfleckchen am Fuß der Klippen. Sie lagen Seite an Seite, Jane völlig entspannt mit geschlossenen Augen, das Gesicht der Sonne zugekehrt.

»Weißt du was, Janie?«

»Was?« fragte sie schläfrig.

»Dein Gesicht sieht jetzt genau aus wie eine Blume mit Tau drauf.«

»Und wann hast du eine in der Sonne bratende Blume mit Tautropfen gesehen?«

»Im vergangenen Frühling: die Margeriten im Namaqualand . . .«

»Während du von den Bremsen aufgefressen wurdest.«

»Das war den Margeriten gleichgültig.«

»Aber dir war es nicht gleichgültig! Diese Biester sind Blutsauger. Ich will jedoch zugeben, daß diese Blumenfelder herrlich sind – alle Farben und Formen, die man sich nur vorstellen kann, und sie neigen und biegen sich im leichten Wind und sind glücklich. So, wie die ganze Welt sein sollte.«

»In dieser Minute besteht meine ganze Welt aus uns – aus dir und mir. Janie, ahnst du auch nur im entferntesten, wie wunderschön du bist?«

»Deine salzige Seejungfrau, die zweite Lieblingsfrau neben ihrer Namenskollegin da draußen jenseits der Brandung.«

Sie wandte den Kopf und sah ihn lächelnd und zärtlich an. Sie ließ ihre Finger müßig durch sein feuchtes, zerrauftes Haar gleiten, das glänzte, wo es bereits trocken war. Seine Augen glitten an ihren schlanken Beinen entlang, verrieten sein Entzücken und wurden dunkel vor Verlangen. Das Lächeln verschwand von ihren geöffneten Lippen. Sie spürte ihr Herz heftig schlagen, als seine Hände sanft über ihren Körper glitten. Sie schloß die Augen und rückte näher an ihn heran.

»Versprich mir«, sagte er, »versprich mir, daß ich der einzige bin.«

Ihr Mund war trocken, als sie antwortete. »Ich schwör dir's.«

»Jene Nacht in Johannesburg? Du und Kim allein . . .«

Sie versuchte, von ihm abzurücken, aber er hielt sie fest.

»Des! Glaubst du etwa, ich gehöre zu jenen Frauen . . .?«

»Das darfst du auch niemals!« In seiner Leidenschaft war jetzt etwas wild Entschlossenes. Sie hörte ihn flüstern: »Ich würde deinetwegen töten!«

Sie war glücklich, überließ sich dem Sturm ihrer Empfindungen, bis sie schließlich eins wurde mit ihm, dem Meer, dem Himmel und dem scharfen, heftigen Wind.

»Jetzt kennen Sie die ganze Story, bis zum heutigen Tag, Abelard«, sagte Kim. »Jedenfalls alles, was ich davon weiß. Ich war an dem fraglichen Montagabend in der Botschaft, als Elias, der Butler, von dem Leoparden-Mann, der den Erpresserbrief brachte, übel zugerichtet wurde. Das war drei Wochen nach der Entführung. Wir haben danach alle Anweisungen der Kidnapper befolgt, wie ich Ihnen schon sagte . . .«

»Bis auf einen wichtigen Punkt, wie Sie sagten. Als Yates die Aktentasche zu dem Treffpunkt brachte, enthielt sie nur einen Bruchteil der geforderten Summe.«

Abelard saß mit dem Rücken gegen einen vom Meer geglätteten Fels gelehnt und hielt die Knie mit den Armen umschlungen. Er trug nichts außer einem wunderschönen Perlenhalsband, das ihm bis auf die Brust herunterhing. Sein Gesicht war nachdenklich und besorgt. Das war nicht mehr der fröhliche Spieler und Playboy, sondern ein verantwortungsbewußter junger Mann, der sich einem schwierigen Problem gegenübersah. Er blickte auf Farrar, der sich, die Sonne im Rücken, neben ihm ausgestreckt hatte und den Sand durch die Finger rieseln ließ.

»Warum haben Sie mich ins Vertrauen gezogen, Kim?«

»Ich hoffte, daß Sie als August Obito, Oberhaupt der Intelligenz von Nyangreela, in der Lage sein könnten, uns irgendwie zu helfen. Wir müßten jetzt eigentlich jeden Augenblick von den Entführern hören.«

»Sie glauben, es könnte eine Bande aus Nyangreela sein?«

»Es wäre immerhin möglich. Die Furt durch den Fluß in der Nähe des Baobab-Baumes liegt unmittelbar an der Grenze zwischen der Republik und Nyangreela.«

»Der Fluß berührt noch drei andere Gebiete, die an die Republik grenzen.«

»Ich weiß. Aber die anderen werden von verschiedenen marxistischen Terror-Organisationen beherrscht. Nyangreela nicht – bis jetzt jedenfalls. Es besteht nicht aus mehreren Stämmen. Es gibt keinen Rassenmord. Ihr Land ist noch immer ein Ort des Friedens, das Land eines einigen Volkes.«

»Ihr Botschafter teilt Ihre Meinung. Als ich ihn besucht habe, ließ er das erkennen. Ich werde alle nur möglichen Erkundigungen einziehen, das versichere ich Ihnen.«

Abelards hübsches, gutgeschnittenes Gesicht hatte einen Ausdruck angenommen, den Kim bereits kannte. Die Rolladen sind heruntergelassen, dachte er. Wir bewegen uns auf unsicherem Grund. Ich bin irgendeiner Sache auf der Spur, das ist sicher. Und er auch. Aber welcher? Er ließ nicht locker.

»Seine Exzellenz erwartet Sie heute abend zu einem zwanglosen Dinner. Nur Desmond, Sie und ich und die Familie. Ich möchte gern, daß Sie die Kopien der Korrespondenz zwischen den Kidnappern und Seiner Exzellenz sehen, bevor Sie ihn treffen. Ich habe sie an Bord und gebe sie Ihnen, ehe wir Sie bei Ihrem Konsulat absetzen. Dann sind Sie vollständig im Bilde, wenn wir uns heute abend wiedertreffen.«

Abelard gab einen Laut des Protestes von sich. »Mann, ich bin auf Urlaub, schlicht und einfach. Soll ich vielleicht in das Unglück von Janes Großmutter hineingezogen werden?«

Kim ließ es darauf ankommen. »Ja, das glaube ich. Sehen Sie, ich kann mir nicht vorstellen, daß Sie so schlicht und einfach – Urlaub machen. Ich habe den Verdacht, daß jemand ganz hoch oben es lieber hat, wenn Sie gerade jetzt nicht als Casino-Direktor zu Hause sind. Könnte dies nicht ein Urlaub aus strategischen Gründen sein?«

Abelards Kopf schoß so rasch empor, daß Kim erriet, er habe einen Nerv getroffen. Sofort hakte er nach.

»Wenn ich recht habe mit meiner Vermutung, müßte es doch jemand ganz hoch oben sein, stimmt's?«

»Wie die Regenmacherin, die Salzwasser aus dem kalten Meer braucht – so eiskalt, daß sich die Wolken zusammenkuscheln wie eine Herde Schafe, bis sie den heißbegehrten Regen über unser Weideland ausgießen.« Abelard lachte kurz auf, aber Kims Gesichtsausdruck war nun unergründlich.

»Ihre Regenmacherin braucht ihre magischen Zutaten. Sie sagen mir, Ihre einzige Aufgabe hier ist, das zu besorgen, was in Ihrem Land nicht zu bekommen ist, da es nicht am Meer liegt. Ich habe mir vorzustellen versucht, welche anderen Zutaten, die es in Nyangreela nicht gibt, sie wohl brauchen könnte – vielleicht für weitere geheimnisvolle Zeremonien.«

»Strapazieren Sie Ihre Phantasie nicht zu sehr?«

Abelard sprang auf die Füße, geschmeidig und gefährlich. Sein Blick glitt über die schützenden Klippen; er versuchte, seine Fassung wiederzuerlangen. Kim amüsierte sich darüber, wie rasch es Abelard gelang, von einem unangenehmen Thema auf ein neutrales überzuwechseln.

»Sehen Sie dort!« Er deutete in die Richtung. »Direkt über uns. Ich dachte, Sie sagten, unser Gespräch sei privat?«

Auf einem hohen, von der Sonne beschienenen Felsvorsprung saß einsam und beobachtend der größte Pavian, den sie je gesehen hatten. Die ganze Aufmerksamkeit des Tieres galt der Bucht.

»Das ist der Posten im Ausguck. Wenn wir ein Picknick gemacht hätten, hätte er ein Signal gegeben, und die ganze Truppe wäre herbeigestürzt. Es ist verboten, sie zu füttern, aber die Leute machen es trotzdem.«

»Tun Sie's auch?«

»Natürlich nicht. Ich respektiere Autorität, besonders wenn sie sich von der Vernunft leiten läßt.«

»Was Sie nicht sagen!«

»Die ganze Kapspitze ist Naturschutzgebiet. Paviane richten viel Schaden an und sind sehr gefräßig. Und dieses Rudel ist besonders frech. Aber sie sind auch eine große Attraktion. Diese Paviane benehmen sich wie schlaue, böse Kinder, sehr menschlich. Lustig, sie zu beobachten.«

»Lustig, bis sie gefährlich werden. Wirkliche Menschen sind noch immer die gefährlichsten aller . . . denkenden Tiere.«

Kim wandte sich Abelard zu. »Ich wünschte, ich hätte

eine Freundin, die mir ein Halsband mit einer geheimen Liebesbotschaft machen und mir einen Glücksbringer schenken würde, den man daranhängen kann.«

Abelard berührte die sonnenwarmen Perlen. Er zeigte seine weißen Zähne in einem breiten, stolzen Lächeln. »Sie ist sehr jung, eine großartige Person, lernt sehr rasch. Wir wollen in wenigen Wochen heiraten.«

»Wo werden Sie wohnen?«

»Wir haben ein hübsches Haus mit einem Garten ganz in der Nähe des Hydro-Casinos. Und wie ist es mit Ihnen? Bestimmt haben Sie irgendwo eine Frau und eine Familie?«

»Weder das eine noch das andere! Ich muß frei sein und kommen und gehen können, wie ich will. Nur keine Bindungen!«

Doch während er sprach, tauchte ein lebensvolles Zigeunerinnengesicht vor ihm auf, ließ ihn nicht los. Dunkles, von Wind verwehtes Haar, lachende Augen, in einem Augenblick vor Freude blitzend, im nächsten tiefbesorgt, ein geschmeidiger, begehrenswerter Körper. Dieser verdammte junge Desmond! Was trieb er gerade jetzt? Er ließ die Gelegenheit nicht ungenützt verstreichen, das war sicher.

»Nun?« Abelard grinste. »Sie waren gerade weit weg mit Ihren Gedanken, stimmt's?«

Kim wollte etwas Heftiges entgegnen, besann sich aber und ließ die Flamme der Eifersucht erlöschen.

»Im Gegenteil, ich war genau in dieser Bucht.« Er deutete zu der steilen Klippe empor. »Schauen Sie zu unserem Freund da hinauf. Der alte Beobachter hält uns noch immer unter strenger Kontrolle. Er hat sich nicht gerührt.«

»Er wird uns nicht belästigen, wenn wir ihn nicht stören. Paviane sind, wie Sie bemerkten, sehr menschlich. Neugierig, aber auf der Hut. Nur zwei Dinge machen ihnen wirklich angst. Eine Schlange und ein Leopard. Sie wissen, diese beiden sind Mörder.«

Kims Muskeln spannten sich. Gab Abelard ihm eine versteckte Warnung? Das konnte sehr gut sein. Er legte die Hand über die Augen, drehte sich um und sah aufs Meer hinaus. Während der letzten Stunde war der Wellenschlag sehr viel stärker geworden, und das Brausen des ansteigenden Wassers wurde von den felsigen Flanken der Bucht zurückgeworfen.

»Zeit, auf die ›Sea-Sprite‹ zurückzukehren«, sagte er. »Die beiden anderen sind schon wieder an Bord. Ich kann sie sehen. Beeilen wir uns, Abelard. Die Flut steigt rasch.«

Es war kühl und frisch auf der Terrasse. Elias hatte das Tablett mit dem Kaffeegeschirr mitgenommen und den sechs Menschen eine gute Nacht gewünscht.

»Wir brauchen dich nicht mehr«, hatte der Botschafter gesagt und sich dann an Abelard gewandt. »An den Samstagabenden trifft sich das Personal gern mit seinen Freunden. Deshalb sorgen wir dafür, daß an solchen Abenden keine Party stattfindet.«

Kirsty, die am Tag zuvor aus dem Zwinger zurückgekehrt war, lag mit ihrer Schnauze auf Janes Füßen. Plötzlich knurrte sie wie elektrisiert und fuhr hoch. Im nächsten Augenblick sauste sie wütend bellend über den Rasen.

Mabel Etheridge lachte.

»Wieder bei der Arbeit, unsere Kirsty! Der ›Argus‹ wird samstags immer sehr spät geliefert, frühestens um halb zehn Uhr abends, und Kirsty empfindet es als ihre Pflicht, den Zeitungsjungen wild zu verbellen, ehe er Zeit hat, auf sein Fahrrad zu klettern und zu fliehen.«

Yates zog Jane hoch. Sie war nach dem Tag auf der Jacht entspannt und angenehm müde.

»Komm, bevor du einschläfst! Wir wollen den Zeitungsjungen retten und die Zeitung aus dem Kasten holen.«

Abelard erhob sich halb, um ihnen zu folgen, besann sich aber dann anders, als die beiden hinter dem Hund herrannten.

Kim hatte sehr wohl bemerkt, daß Cain aufstehen wollte, und er konnte sich auch denken, weshalb er doch auf der Terrasse blieb: In seinem Gehirn leuchtete ein rotes Warnlicht auf.

Es dauerte einige Zeit, bis Jane und Desmond zurückkamen. Mabel suchte den Blick ihres Mannes, als wollte sie sagen: Siehst du!

Endlich tauchten sie auf, Arm in Arm. Sie schienen es nicht eilig zu haben, auf die Terrasse zurückzukehren. Der Hund sauste von Busch zu Busch, begeistert darüber, wieder auf vertrautem Grund und bei seinen Leuten zu sein und glücklich, daß er seine harmlosen Kämpfe mit dem Zeitungsjungen austragen konnte.

Der Botschafter streckte die Hand aus. »Laßt mal sehen, wer wen wo ermordet hat.«

Aber als Yates ihm schweigend den ›Argus‹ reichte, sah Sir Hugh, daß noch ein langer Umschlag dabei war. Er gab seiner Frau wortlos die Zeitung und wandte seine Aufmerksamkeit dem Umschlag zu. Er trug keine Briefmarke und war in der vertrauten Handschrift von Maud Carpenter adressiert. Er wog ihn auf der Hand, schätzte sein Gewicht ab und versuchte stirnrunzelnd, den Inhalt zu erraten. Er schien die fünf Augenpaare vergessen zu haben, die jede seiner Bewegungen verfolgten. Offensichtlich scheute er davor zurück, die Botschaft der Kidnapper zu öffnen, als ahne er, daß der Umschlag einen Gegenstand enthielt, der als unmittelbare Bedrohung wirkte.

Abelard brach das Schweigen. Er gab nicht vor, keine

Ahnung von der Bedeutung des dicken Umschlages zu haben, der offenbar durch Boten abgegeben worden war. Er erhob sich und sagte förmlich:

»Ich muß gehen, Exzellenz. Es war ein langer Tag an der frischen Luft.«

Sir Hugh hielt ihn mit einem unpersönlichen, aber sehr nachdenklichen Blick fest. Schließlich sagte er: »Sie müssen bleiben, Mr. Obito. Wir könnten Ihre Hilfe brauchen, um ein Leben zu retten.«

Es war das erstemal, daß er Abelards offiziellen Namen benützte.

Auch Kim hatte sich erhoben. Er war ebenso groß wie Abelard. Der Blick, mit dem sie sich maßen, war unverkennbar herausfordernd.

»Unmittelbar vor dem Dinner«, sagte er, »ging ich mit Jane zum Briefkasten, für den Fall, daß der ›Argus‹ ein wenig früher als üblich gebracht worden wäre. Aber der Kasten war leer.«

»Und . . .?« Abelards Stimme vibrierte leicht.

»Als wir ins Haus zurückkamen, waren Sie eben eingetroffen. Ihr Konsul hatte Sie auf der Straße abgesetzt. Auch Desmond war schon hier.«

»Und . . .?« wiederholte Abelard mit erhöhtem Interesse.

»Man könnte also annehmen, daß der Bote, der Mrs. Carpenters Brief abgeliefert hat – die Schrift auf dem Umschlag ist eindeutig die ihre – nur eine von zwei Personen sein konnte: der Zeitungsjunge . . .«

»Oder ich selbst.«

»Genau.«

Abelard lächelte grimmig. Er streckte die Hand aus und bat den Botschafter:

»Erlauben Sie, daß ich diesen Brief öffne, Exzellenz? Nur für den Fall, daß er Sprengstoff enthalten sollte.«

Der Botschafter legte den Umschlag in die ausgestreckte

Hand. Abelard stand unter der Lampe. Er holte ein winziges Messer aus der Tasche und zog es vorsichtig aus dem Futteral aus Schlangenhaut. Die Klinge funkelte, als er den Umschlag aufschlitzte.

»Hier ist ein Brief«, sagte er ruhig und reichte ihn Sir Hugh. »Und hier ist noch etwas.«

Er zog ein längliches Leinensäckchen aus dem Umschlag und spürte das geringe Gewicht eines schlaffen Gegenstandes auf seiner Handfläche.

Kim hielt den Atem an. Er sah, wie sich der Adamsapfel an Abelards Kehle bewegte, und ahnte den inneren Aufruhr, als er das von einem Gummiband zusammengehaltene Säckchen berührte. Kim hatte erlebt, daß man Schlangen auf diese Weise transportierte. Sie waren erstarrt, wenn man sie herausschüttelte, und erwachten allmählich zum Leben. Konnte ein Reptil die Bewacherin eines abgeschnittenen Fingers oder eines Ohres sein?

»Vorsicht!« flüsterte er.

Abelard stand da und starrte wie hypnotisiert auf die weiße Linie, die der Länge nach auf das schlaffe Leinensäckchen gemalt war, das ihm am Handgelenk baumelte. Das weiße Zeichen des Zauberers. Uralte Ängste wurden in ihm wach. Schweiß brach ihm auf Stirn und Oberlippe aus, als er das Gummiband löste und den Inhalt des Säckchens herausschüttelte.

O mein Gott, eine gelbe Kobra! dachte Kim, als das schimmernde, spitz zulaufende Ding aus dem Säckchen glitt und mit einem dumpfen Klatschen auf der Terrasse landete.

Alle wichen zurück – außer Jane.

Sie huschte unter Kims schützend ausgestrecktem Arm hindurch, bückte sich blitzschnell und hob den langen, silbrig-goldenen Zopf auf, der bewegungslos zu ihren Füßen lag.

»Einer von Grannys Zöpfen!« Sie hielt ihn an ihre Wange und wandte sich zu Mabel um, die blaß und wie erstarrt dastand. »Erinnere dich, manchmal hat sie ihr Haar in zwei Zöpfen getragen und sie um den Kopf gewunden wie eine Krone. Nur so zur Abwechslung machte sie das, einfach aus Spaß. Sie muß wohlauf sein. Und sie zeigt es uns auf diese Weise.«

Niemand antwortete, und Janes Augen weiteten sich langsam vor Entsetzen. Desmond legte den Arm um ihre Schultern. Die Flechte, die sie gegen ihre Wange hielt, war weich, schmiegsam und glänzend, aber ohne die Wärme des menschlichen Körpers.

11

»Sie sind kein Feigling . . .
aber dieser Zopf macht Ihnen angst!«

»Das ist sehr seltsam«, sagte der Botschafter. »Dieser undatierte Brief ist von Maud Carpenter an mich. Er scheint nicht diktiert worden zu sein und ist gewiß von ihr selbst geschrieben – mit fester Schrift wie immer –, aber irgendwie klingt er nicht ganz echt.«

Er nahm seine Brille ab und blickte hinaus in den Garten unterm Sternenhimmel, als suche er dort eine Antwort oder einen Feind. Die Brauen über den vorstehenden Augen waren zusammengezogen.

Die gleiche Szene, die gleiche Gesellschaft, dachte Kim. Aber diesmal war die Botschaft ohne Gewaltanwendung überbracht worden. Ein sehr zivilisierter Bote hatte den Leoparden-Mann ersetzt! Doch Kim war sicher, daß das Entsetzen Abelards über das schlangengleiche Ding in dem Umschlag nicht gespielt gewesen war. Er hatte es nervös und angeekelt und sichtlich überrascht berührt.

Desmond lehnte an der Terrassenbrüstung und zündete für sich und für Kim eine Zigarette an. Jane hatte den Zopf auf den Tisch gelegt und sich auf die Armlehne des Sessels ihrer Stiefmutter gekauert. Sir Hugh, den geöffneten Brief auf dem Schoß, beugte sich nach vorn unter das Licht. Seine halbgerauchte Havanna brannte auf der Ablage eines großen Keramikaschenbechers auf dem runden Glastisch an seiner Seite weiter. Er streckte seine Hand nach dem Whisky-Soda mit Eis aus, den Yates ihm eingeschenkt hatte. Der klagende Ruf eines Nachtvogels und entferntes Hundegebell waren die einzigen Geräusche, die die Stille durchbrachen.

Der Botschafter stellte das Glas ab, setzte seine Brille wieder auf und nahm die beiden engbeschriebenen Seiten des billigen linierten Papiers wieder in die Hand.

»Maud Carpenter schlägt folgendes vor. Ich habe keine andere Wahl, als ihre Wünsche, soweit mir dies möglich ist, auszuführen. Die Anweisungen sind in offensichtlichem Einvernehmen mit den Entführern gegeben.«

Er las den Brief mit der ihm eigenen Bedachtsamkeit:

»Mein lieber Hugh,
in Deiner Mitteilung, die die erste Rate des Lösegeldes begleitete, hast Du mich gebeten, einen ›legalen Weg‹ vorzuschlagen, wie man den Rest des Lösegeldes ohne Verzögerung auftreiben könnte. Du hast außerdem angeboten, jeden Vorschlag, den ich machen könnte, sofort auszuführen.

Nachfolgend gebe ich meine Anweisungen, auf deren Ausführung in äußerster Eile und Diskretion mein Bewacher besteht.

Du mußt nach Genf fliegen und unseren guten Freund Baron X aufsuchen. Ich bin sicher – wenn er erfährt, daß es um Leben oder Tod für mich geht, wird er die Überweisung meines gesamten Vermögens, das auf einem Nummernkonto liegt, auf ein anderes Schweizer Konto veranlassen, das meinem Bewacher zugänglich ist. Der Betrag, den ich auf meinem Konto habe, sollte in etwa die fehlende Summe decken. Da die Überschreibungsdokumente meiner Unterschrift bedürfen, muß man sie mir persönlich hierher bringen. Wie Du weißt, gilt bei meinen Lebzeiten nur meine eigene Unterschrift.

Mein Bewacher und ich wünschen deshalb, daß Du auf Deiner Reise von einem vertrauenswürdigen und sachkundigen jungen Mann begleitet wirst, der sich mit Dir bekannt machen wird. (Er ist *mir* im Augenblick noch unbekannt.) Er wird im Namen meines Bewachers handeln und mir die notwendigen Papiere zur Unterschrift bringen. Wenn dies erledigt ist, wird er die Transaktion in Genf vollenden.

All dies muß vor Dienstag in einer Woche ausgeführt sein. Dies ist das letzte Ultimatum für die Bezahlung.

Am Mittwoch in einer Woche, um Mitternacht, müssen Desmond Yates und sein Hubschrauberpilot *zusammen* zu dem gleichen Baobab-Baum wie schon einmal kommen, wo ich ihnen, wie mein Bewacher versprochen hat, übergeben werde.

Herzlich Maud C.«

Jane war die erste, die sprach, als der Botschafter den Brief zusammengefaltet und auf den Glastisch neben sich gelegt hatte. Ihre Augen leuchteten vor Aufregung und Hoffnung.

»Der Brief ist echt! Wie kannst du nur daran zweifeln, Daddy? Er ist klar und knapp, typisch Granny. Und da ist noch was . . .«

Sie brach plötzlich ab, als hätten diese paar Worte ihr etwas bewußt gemacht.

»Gott sei Dank hat sie ihre Energie nicht verloren«, sagte Mabel. »Endlich dürfen wir das Gefühl haben, daß wirklich etwas geschieht, um Maud zu befreien.«

Hoffnung und Erleichterung schlugen wie eine Woge über Desmond zusammen. Er machte einen Schritt auf Abelard zu.

»Gehe ich recht in der Annahme, daß der ›vertrauenswürdige und sachkundige junge Mann‹ in diesem Augenblick hier unter uns ist?«

Abelard lächelte plötzlich, der finstere Ausdruck wich von seinem Gesicht. Er machte eine kleine Verbeugung vor dem Botschafter. »Exzellenz, Sie wissen nun durch Mrs. Carpenters Brief, wer ich bin. Man hat mich dazu auserwählt, Sie nach Genf zu begleiten. Unsere Flugtickets sind bereits für morgen gebucht, und Ihr Freund, Baron Weber, ist verständigt. Er hofft, daß Sie während Ihres Aufenthaltes in Genf sein Gast sein werden.«

Kim bemerkte das gefährliche Aufleuchten in Sir Hughs Augen, als er ruhig sagte: »Routineaufgaben dieser Art werden für gewöhnlich von meinen eigenen Mitarbeitern ausgeführt.«

»Könnten Sie mich für einen Augenblick als diesen Mitarbeitern zugeteilt betrachten, Sir?«

»Durch die Regierung Ihres Landes, Mr. Obito?«

»Durch mein eigenes Ministerium, Exzellenz.«

Der Botschafter erhob sich und maß Obito. Was sind sie doch für großartige Schauspieler, dachte Kim. Der selbstbewußte junge Afrikaner und der in den dubiosen Spielregeln der Diplomatie so vielerfahrene englische Aristokrat.

»Dann haben Sie wohl die Liebenswürdigkeit, eine dritte Buchung für meinen Zweiten Sekretär vorzunehmen. Und machen Sie eine Aufstellung der für die nächsten Tage vorgesehenen Maßnahmen – und für die Tage danach.«

Er machte eine verabschiedende Handbewegung. Da sagte seine Frau:

»Hugh! Sollten wir nicht Colonel Storr anrufen und ihn von dieser neuen Entwicklung unterrichten?«

»Nein«, antwortete der Botschafter entschieden. »Von dem, was heute abend geschehen ist, erfährt auch die Presse nichts. Es darf nichts verlauten, bis ich dazu die Erlaubnis gebe. Ist das klar, Kim?«

»Selbstverständlich, Sir.«

Sir Hugh sah Abelard mit einem eisigen Blick an.

»Beim gegenwärtigen Stand der Dinge sind Colonel

Storr tatsächlich die Hände gebunden. Selbst wenn er unseren Gast hier als den Entführer verdächtigte – Mrs. Carpenter spricht in ihrem Brief von ihm als ›meinem Bewacher‹ –, er könnte ihn nicht festnehmen, ohne das Leben der Geisel in Gefahr zu bringen. Das gleiche gilt für jeden, der im Auftrag des unbekannten ›Bewachers‹ handelt.«

»Ersetzen Sie ›in Gefahr bringen‹ durch ›beenden‹, dann ist die Einschätzung der Lage durch Seine Exzellenz richtig«, sagte Abelard. Er wandte sich an seine Gastgeberin. »Wenn Sie uns jetzt entschuldigen wollen, Lady Etheridge. Desmond und ich müssen uns über die Vorbereitungen unterhalten. Die Aufgabe Seiner Exzellenz ist wichtig – nein, entscheidend –, und unsere Zeit ist knapp bemessen.«

Jane sprang auf.

Was soll das nun wieder! wunderte sich Kim, als sie den Zopf vom Tisch nahm und Abelard hinhielt.

»Sie und Desmond werden dies für Ihre Carpenter-Akte brauchen.«

Er zuckte zusammen und wich zurück.

»Ich habe keine Akte. Geben Sie das Desmond!«

Seine Stimme war schrill geworden. Jane schaute ihn einen Augenblick an, als erwarte sie, daß ihm wieder der Schweiß auf Stirn und Oberlippe ausbrechen würde. Dann sagte sie ruhig:

»Sie sind kein Feigling, Abelard, aber dieser Zopf macht Ihnen angst! Ich möchte wissen, warum?«

Der frühe Sonntagmorgen war kühl und sonnig. Aber für Jane war es ein verwirrender Tag voll nervöser Spannung. Sie fühlte sich ausgeschlossen und unnütz. Ihr Vater war mit Des und Abelard im Arbeitszimmer. Sie arbeiteten eine Reiseroute aus, die es ihnen ermöglichte, ihre Schweizer Mission so rasch wie möglich abzuwikkeln. Sie wollten noch am Sonntagnachmittag abreisen. Kim schrieb im Büro seine endlosen Berichte über den Carpenter-Fall.

»Es gibt da einige Dinge, die ich in den Archiven der Botschaft nachsehen möchte«, hatte er am Morgen beim Frühstück angekündigt. »Ich werde in der Bibliothek arbeiten.«

»Der Bibliothekar hat frei«, sagte Lady Etheridge, aber er hatte nur gelächelt.

»Danke für den Hinweis, aber ich kenne mich im Archiv überall aus. Wir tragen gerade jetzt allerhand Material dafür zusammen.«

Sie hatte genickt und sich bald darauf an die langweilige, aber unumgängliche Arbeit gemacht, letzte Anweisungen für die Übersiedlung des Haushaltes nach Pretoria zu geben. Dadurch blieb Jane sich selbst überlassen. Sie beschloß, den Morgen mit Maud Carpenters ›Persönlichen Problemen‹ zu verbringen.

Mit Kirsty im Gefolge ging sie durch den Garten zu ihrem Lieblingsplatz unter dem breiten Geäst einer Sumpfeiche und ließ sich dort auf einem Liegestuhl nieder, neben dem ein Gartentisch stand.

Sie fühlte sich sehr müde. Das war die Reaktion auf die Ereignisse der letzten Wochen. Zuviel war mit ihrer Großmutter geschehen, und damit auch ihr und ihrem Vater. Der Arme sah grau vor Sorge aus.

Eine ganze Weile blieb sie ruhig liegen und blickte hinauf in das Blätterwerk, das der Frühherbst bereits rötlich gefärbt hatte. Als sie vor kaum zwei Monaten angekommen war, hatten diese schlanken Zweige einen tiefgrünen Baldachin gebildet. Und nun schwebten bereits die ersten fahlen, pergamentenen Blätter sanft ins Gras, so gewichtslos, daß selbst Kirsty sich nicht rührte, wenn ein oder zwei auf ihrem Fell landeten.

Jane schloß die Augen. Dahinter liefen die Bilder wie ein

Fernsehfilm ab. Ihre Ankunft auf dem D.-F.-Malan-Flugplatz fiel ihr ein.

Desmond hatte sie abgeholt. Von diesem Augenblick an betrachtete er sie mit anderen Augen, nicht mehr als die kleine Tochter seines Chefs, sondern als eine junge Frau mit eigenem Beruf und eigener Persönlichkeit. Seine grünen Augen, die so unschuldsvoll blicken konnten, hatten sich noch weiter geöffnet. Sein Benehmen ihr gegenüber hatte sich fast unmerklich verändert. Er hatte sich bisher auf scherzhafte Weise immer etwas schulmeisterlich benommen, doch nun fiel ihr ein gewisser Besitzerstolz in seinem Benehmen auf.

Er war es gewesen, der sie an jenem Nachmittag, als ihr Vater von der Entführung erfahren hatte, vom Tennisplatz abholte. Sie hatte in einem Damendoppel gespielt und mußte es unvermittelt abbrechen.

»Jane, du wirst im Arbeitszimmer verlangt. Seine Exzellenz hat dir etwas Wichtiges mitzuteilen.«

Eine der beiden Ersatzspielerinnen hatte ihren Platz eingenommen, und sie war mit Des ins Arbeitszimmer geeilt. Ihr Vater und Mabel erwarteten sie.

Das Gesicht ihres Vaters war besorgt und ernst gewesen.

»Ich bin soeben von der Polizeistation in Marula angerufen worden. Deine Großmutter ist verschwunden. Möglicherweise entführt. Colonel Storr, der Chef des Raub- und Morddezernates von Peninsula, ist schon auf dem Weg hierher.«

Ihr war ganz schlecht geworden. Ihr Tennisschläger fiel klappernd auf den gebohnerten Boden zwischen Perserteppich und Schreibtisch. Des hatte ihn aufgehoben, und Mabel hatte gesagt:

»Ist dir nicht gut, Jane?«

Des hatte ihr einen Stuhl hingeschoben, aber sie hatte den Kopf geschüttelt. Sie reagierte empfindlich auf jeden

Laut. Das Scharren des Stuhles brachte sie wieder zu sich. Es war sehr seltsam. Sie hörte ganz deutlich Maud Carpenters Stimme:

›Die Polizei wird in meinen Papieren herumwühlen. Laß nicht zu, daß sie meine vertraulichen Aufzeichnungen erwischen. Versteck sie, Janie! Versteck sie!‹

»Jane!« hatte Mabel wiederholt. »Ist dir nicht gut?«

»Doch«, hatte sie geantwortet. »Ich gehe nur schnell ins Bad. In einer Minute bin ich wieder da.«

Sie war in den ersten Stock gerannt, und zu ihrer Erleichterung war Mabel ihr nicht gefolgt. Sie kannte die Schmierhefte ihrer Großmutter und die Aktenordner, die zum Platzen voll waren mit Zeitungsausschnitten und Handlungsentwürfen für ihre Thriller. Seit Jane ein Schulmädchen war, hatte Maud Carpenter mit ihr darüber gesprochen, als sei sie ein gleichwertiger Partner.

»Wir machen ein Spiel«, hatte sie gesagt. »Die beflügelte Phantasie. Wir werfen einander die Ideen zu, da haben wir beide etwas davon.« Ein Heft jedoch gab es, das nicht einmal Jane anzufassen wagte. Es war betitelt: ›Persönliche Probleme‹. Ein einziges Mal hatte sie es hervorgeholt und eine Seite umgeblättert, aber die Großmutter hatte es ihr weggenommen.

»Nicht dies hier, Janie! Das geht nur mich allein an.« Sanfter und ein wenig traurig hatte sie hinzugefügt: »Eines Tages geht es, wenigstens teilweise, vielleicht auch dich an. Doch jetzt noch nicht, mein Kind.«

»Wann denn?«

»Wenn ich nicht mehr in der Lage bin, dich am Lesen zu hindern. An diesem Tag gehört es dir, vergiß das nicht! Dein Gefühl wird es dir sagen, wann dieser Tag gekommen ist.«

›Dieser Tag‹ war nun gekommen, und das Tagebuchheft gehörte ihr. Sie hatte es gierig gelesen. Mehr als einmal.

Sie seufzte, als sie darin herumblätterte, neue Antworten suchte, einen Ausweg.

Die Aufzeichnungen reichten weit zurück, bis in jene Tage, als ihr Großvater John Carpenter Bürgermeister des Dorfes in Sussex gewesen war, das den Schauplatz so vieler Carpenter-Thriller bildete. Jane war nach dem Tod ihrer Mutter bei ihren Großeltern aufgewachsen, und später war das ›große Haus‹ ihr Heim während der Schulferien gewesen. Noch immer hatte sie die Schreie der Pfauen in dem mauerumfriedeten Garten des georgianischen Hauses im Ohr und die vielfältigen Vogelrufe in der Dämmerung.

Es gab zwei Eintragungen in dem Heft, die sie magisch anzogen. Dies war es, das erkannte Jane, was ›sie anging‹.

Die erste Eintragung war bald nach ihrer Geburt im Heim ihrer Eltern in Athen geschrieben worden. Ann Carpenter war außerordentlich sprachbegabt und hatte klassische Literatur studiert. Vor ihrer überstürzten Heirat mit Hugh Carpenter hatte sie als Schreibkraft in der britischen Botschaft gearbeitet. Bald nach Janes Geburt war Maud Carpenter nach Athen geflogen.

». . . Ich kam zu spät, das Baby war früher da! Jane sollte im Juli geboren werden, aber sie kam schon im Mai zur Welt. Vierzehn Tage nachdem mich Hugh angerufen hatte, flog ich nach Griechenland. Er sagte, Ann und dem Kind gehe es blendend, obwohl Jane natürlich eine Frühgeburt und daher winzig sei. Es wäre das Beste, sagte er, wenn ich käme, nachdem Anne und Jane das Krankenhaus verlassen hätten. Dann würden sie mich brauchen.

Es war reizend von John, daß er mich fortließ, und die alten Betschwestern im Dorf haben versprochen, sich um ihn zu kümmern. Ich werde hier ohnehin nicht lange gebraucht, denn Anne und Hugh haben ein ausgezeichnetes griechisches Ehepaar, das sich bis zur Selbstaufgabe der jungen Familie annimmt. Es gilt vermutlich als ›chic‹, wenn man einen Diplomatenhaushalt führt, vorausgesetzt, man verdient genug dabei. Zum Glück ist dies der Fall, da Hugh über ein ansehnliches Privatvermögen verfügt, das sich noch beträchtlich erhöhen wird, wenn sein Vater stirbt und er ›The Ridge‹ in Cumberland und den Titel eines Baronets übernimmt. Er ist der einzige Erbe.

Ich habe meinen Schwiegersohn zum erstenmal zu Gesicht bekommen, als er mich vorgestern abholte. Er sieht sehr vornehm aus, ein schlanker, junger Mann, glattrasiert, blond, mit grauen Augen, die einen festhalten, und wirklich wunderschönen Händen – ich achte immer auf die Hände –, und ich kann mir vorstellen, daß diese Hände die Zügel eines Pferdes mit sehr viel Einfühlungsvermögen handhaben. Und natürlich eine Frau auch! Er ist ein guter Sportler, spielt auch ein bißchen, wie ich hörte, und doch wirkt er unerhört zurückhaltend – ›bis hierher und nicht weiter‹.

Er ist offensichtlich sehr in Ann verliebt. Und sie liebt ihn auch. Und doch ist da ein Unterschied. Sie sieht blühend aus und ist entzückend, zusammen mit ihrem Baby.

›Unser Leben wird uns um die ganze Welt führen‹, sagte sie heute morgen zu mir, als wir im Patio saßen. Jane lag in ihrem Kinderwagen. ›Unsere Tochter wird uns überallhin begleiten und da, wo wir gerade sind, die Schule besuchen. Es ist soviel einfacher als bei einem Jungen.‹

Ich sah mein erstes Enkelkind an und fragte: ›War Hugh denn nicht enttäuscht, daß es kein Sohn war? Ich meine, er ist der letzte eines alten Geschlechts – der vierzehnte Baronet . . .‹

›Nein‹, unterbrach sie mich rasch. ›Für Söhne ist noch Zeit genug.‹

›Nun, mit diesem Kind ist es ja ziemlich schnell gegangen.‹

Sie hob den Kopf mit dem schimmernden Blondhaar und warf mir einen eigenartigen Blick zu.

›Darauf habe ich gewartet, daß du das sagst.‹

Janes Kinderwagen stand neben mir, und ich hob eines der winzigen molligen Patschhändchen hoch, so daß die kräftige griechische Sonne die vollendet geformten Nägelchen beschien.

›Wenn das eine Frühgeburt ist, dann bin ich keinen Tag älter als dreißig.‹

Sie lachte in ihrer ansteckenden unwiderstehlichen Art, und ihre Augen blitzten.

›Dann hast du also das Geheimnis unseres kleinen frühen Vögelchens gelüftet. Schlaue alte Mum! Ich dachte schon, daß man uns diese Frühgeburtsgeschichte nicht so ohne weiteres abnimmt.‹

›Du bist ein unverschämtes Frauenzimmer!‹

›Nur schlecht erzogen und ziemlich unwissend. Dein Fehler!‹

›Mach mir nichts vor! Da steckt noch was anderes dahinter‹, sagte ich. Sie hob die Augenbrauen.

›Sag's schon!‹

›Hugh – ich habe ihn erst vor zwei Tagen kennengelernt, er ist ein blendend aussehender Mann, aber ich kann ihn mir nicht als Verführer vorstellen.‹

›Verführer? Du liebe Zeit, Mum, jetzt halt aber die Luft an! So etwas gibt es doch schon seit dem Viktorianischen Zeitalter nicht mehr. Und Hugh ist alles andere als ein Schürzenjäger.‹

›Also gut, was ist dann passiert?‹

›Mußt du das wissen?‹ Anns Gesicht glänzte noch immer vor Vergnügen. Aber ganz plötzlich bekam sie Mitleid mit mir. ›Es war – bleiben wir mal im Viktorianischen Zeitalter – Liebe auf den ersten Blick bei Hugh. Er sah mich mit einem enorm langen Blick an, als man mich zum erstenmal aus dem Haufen Tippsen aussuchte, um für ihn zu arbeiten. Danach richtete er es so ein, daß ich ihm für alle Schreibarbeiten zugeteilt wurde. Wir verbrachten in diesem Frühjahr die meiste Zeit zusammen – beruflich oder privat –, und am Ende des Sommers fragte er mich, ob ich ihn heiraten wolle. Aber ich war mir über meine Gefühle noch nicht ganz klar. Ich mußte mir Gewißheit verschaffen. Und dafür gibt es nur eine Möglichkeit, oder?‹

›Ich kann nur sagen, du warst sehr unvorsichtig.‹ Ungenügende Aufklärung, gab ich innerlich zu. Ja, vielleicht war es wirklich mein Fehler!

›Tut es dir leid?‹ Anns Augen hingen an ihrem Baby.

›Das Kind ist ein Schatz. Weshalb sollte es mir leid tun?‹«

Der nächste Eintrag, der Jane unmittelbar betraf, war bedeutungsvoller.

Drei Jahre lang waren ihre Eltern im Ausland gewesen, daher hatten John und Maud Carpenter sehr wenig von Ann und ihrer Enkelin gesehen. Als Jane drei Jahre alt war, nahm Hugh einen viermonatigen Urlaub, um sich um den Familiensitz zu kümmern, den er nach dem Tod seines Vaters, seines einzigen Verwandten, geerbt hatte.

Maud Carpenter hatte das Ereignis mit all seinen Folgen in ihrem Heft aufgezeichnet.

». . . John und ich wohnten mit dem jungen Paar und der Kleinen auf ›The Ridge‹ inmitten der grünen Hügel und schimmernden Seen von Cumberland. Das Kind ist hinreißend, intelligent und liebenswürdig. Manchmal kriegt sie Wutanfälle, ist aber rasch bereit, wieder zu lachen.

›Sie gleicht ihren Eltern gar nicht‹, sagte ich zu John. ›Sie ist eine Zigeunerin. Das dunkle, glatte Haar und diese beweglichen braunen Augen.‹

›Sie hat Anns Temperament und Hughs feingeschnittene Gesichtszüge, soweit man das in diesem Alter schon beurteilen kann‹, sagte John. ›Aber das ist dir wohl nicht exotisch genug? Für dich müßte ein bißchen Flamenco dabeisein.‹

Ich glaube, mein lieber Mann fand meine überhitzte Phantasie zeitweise recht ermüdend. Er und sein Schwiegersohn waren sich in vielen Dingen einig. Nur eines paßte John nicht, der ein ausgeprägtes Gefühl für die Verpflichtungen des Landbesitzers besaß. Jeder gute Bürgermeister hat das.

›Zuviel Auslandsdienst‹, sagte er eines Abends zu mir. ›Hugh weiß diesen wundervollen Seendistrikt nicht wirklich zu schätzen und sein eigenes, wundervolles Erbe auch nicht.‹

›Vielleicht hat er Angst, er könne ‚The Ridge’ zu sehr lieben‹, gab ich zu bedenken.

Zu meiner Überraschung schloß John diese Möglichkeit nicht aus.

›Er ist der letzte Baronet Etheridge. Es ist an Ann, für einen Erben zu sorgen.‹

›Sie will nicht. Ihr genügt Jane.‹

Er runzelte die Brauen. ›Aber es ist ihre Pflicht, einen Jungen zur Welt zu bringen. Du mußt sie davon überzeugen!‹

›Das ist Hughs Aufgabe, nicht meine.‹ Aber ich mische mich von Natur aus gern in alles ein; also biß ich eines Tages, als wir allein waren, in den sauren Apfel. Jane hielt ihr Mittagsschläfchen im Kinderzimmer, das auf eine kleine gedeckte Veranda und auf einen Garten hinausging, der zum Wasser hin abfiel. John und Hugh spielten eine Runde Golf.

Ich holte tief Atem, bevor ich die Sache anging. Ann mochte Kritik nicht, hatte sie nie gemocht, auch wenn sie noch so gut gemeint war.

›Wann soll Jane denn ein Brüderchen bekommen?‹

Es schien mir endlos zu dauern, ehe sie antwortete, so daß ich von der Stickerei aufblickte, an der ich arbeitete. Sie überlegte: sollte sie mir die Wahrheit sagen, oder eine Geschichte erfinden? Ich glaube, damals erkannte ich, wie jämmerlich es mir mißlungen war, ihr volles Vertrauen zu gewinnen. Es wird einem selten freiwillig geschenkt. Vielleicht hatte sie ihr ganzes Leben darunter gelitten, daß ich so ganz in meiner Arbeit aufging, in meiner Phantasiewelt, aus der sie ausgeschlossen war. Sie stellte eine Art Ausgleich her, indem sie mir die Realitäten ihres Lebens verweigerte. Endlich sagte sie: ›Hugh und ich werden keine Kinder mehr haben.‹ Es klang endgültig.

›Aber warum denn nicht? Du hattest eine leichte Entbindung, und Jane ist ein gesundes, reizendes Kind.‹

Sie wandte sich mir mit einem leichten Seufzer zu.

›Dann sollst du's also genau wissen, wenn du unbedingt willst. Die Fliege in der Suppe einer glücklichen Ehe. Hugh hat sich einige Wochen vor Janes Geburt sterilisieren lassen. Das bedeutet, daß er zwar lieben kann – oh, was das anbelangt, ist unsere Ehe vollkommen in Ordnung –, aber er kann keine Kinder mehr zeugen.‹

›Aber warum? Warum um alles in der Welt hat er das gemacht?‹

›Aus gutem Grund. In der Familie Etheridge gibt es eine Erbkrankheit. Sie kann einige Generationen überspringen, aber sie ist da. Hast du schon von der Crouzonschen Krankheit gehört?‹

›Ja. Kinder werden mit Mißbildungen im Gesicht, mög-

licherweise auch anderswo, geboren und sehen ...
ziemlich schrecklich aus.‹

›Sie werden zu Ausgestoßenen, armen, kleinen Seelchen,
und sie sind oftmals sehr intelligent und empfindsam, so
daß ihr Leiden doppelt schlimm ist. Heutzutage können
sie sich einer Schönheitsoperation unterziehen. Nach
Jahren der Hoffnung und der Leiden und nach vielen
Operationen können sie vielleicht einigermaßen an-
nehmbar aussehen, aber das hängt von tausend Zufällen
ab. Das Leben ist schon hart genug für normale Menschen ohne Gebrechen in einer übervölkerten Welt. Du
wirst also verstehen, daß ich Hughs Handlungsweise
voll und ganz billige.‹

›Hat er dir von diesem ... Fehler in seiner Familienge-
schichte erzählt, bevor ...‹

Ann unterbrach mich sofort, hochrot im Gesicht. ›Jane,
das war ein Mißgeschick, wie du weißt. Als ich merkte,
daß ich schwanger war, sagte ich es Hugh. Er war sehr
verständnisvoll, sehr lieb ...‹ Ihre Stimme bebte ein
wenig, als sie fortfuhr: ›Er hat mir dann alles gesagt. Und
er ließ mir die Wahl: ihn zu heiraten und mein Baby zu
bekommen. Oder das Kind abtreiben zu lassen, dann
wäre ich wieder frei gewesen. Die Abtreibung hätte
einiges Geld gekostet, aber Hugh hatte ja die Mittel
dazu.‹

›Und warum hast du nicht diese Möglichkeit gewählt?‹

›Ich bin eine normale Frau. Ich wollte unbedingt mein
Baby ... und ich liebte Hugh. Ich wollte auch ihn.‹

›Du hast es also darauf ankommen lassen?‹

›Ich ging kein großes Risiko ein, und ich spürte – nein,
ich wußte –, das Kind, das ich trug, hatte ein Recht zu
leben.‹

Sie sprang auf, als wollte sie damit jede weitere Frage
unterbinden. ›Jane wird aufgewacht sein. Ich gehe ins
Kinderzimmer.‹

Sie ließ mich auf der Veranda zurück, starr vor Schreck. Nicht wegen Ann oder Hugh, sondern wegen Jane. Eines Tages würde sie vor der gleichen Wahl stehen: Entweder eine kinderlose Ehe oder das ›minimale Risiko‹, das hinterher eine Tragödie für ein menschliches·Wesen bedeutete, dessen ›Recht zu leben‹ von ihrer Entscheidung abhing . . .«

Jane ließ den Kopf gegen das gepolsterte Oberteil des Liegestuhls fallen. Das Heft glitt von ihrem Schoß ins Gras. Wie schon sooft, seit sie dieses Tagebuch gelesen und immer wieder gelesen hatte, fand sie es äußerst verwirrend, die Gestalt der Mutter zu analysieren, die sie ihr Leben lang verehrt hatte und nun einer so erbarmungslosen Kritik zu unterziehen begann.

Erst gestern hatte Des ihr in der Bucht, die sie als die ihre betrachteten, gesagt, daß er sie heiraten wolle. ». . . für immer, Janie. Es genügt nicht, nur ein Liebespaar zu sein. Sicher, es ist wundervoll, aber verstehst du denn nicht, daß du und ich zueinandergehören, wie Mann und Frau eben zusammengehören?«

»Ja, gehören wir denn nicht zueinander?« hatte sie fast flehend gefragt. »Ich liebe dich.« Mach es nicht kaputt, hatte sie gedacht. Laß uns wenigstens dies!

Aber er hatte nicht lockergelassen. »Dann heirate mich und teile mein Leben ganz, jede Minute, alles, soweit es menschenmöglich ist! Ein eigenes Heim und eines Tages eine Familie.«

»Noch nicht!« Sie war aufgesprungen und hinunter zum Meer gerannt. Er hatte sie eingefangen und an sich gedrückt. Wieder war das Verlangen erwacht und hatte alles andere ausgelöscht. Dann schwammen sie zur ›Sea-Sprite‹ zurück.

Sie war sich selbst wie eine Betrügerin vorgekommen, weil sie ihm nicht die Wahrheit gesagt hatte. Später, hatte sie gedacht, später werde ich es tun. Wir werden irgendeinen Ausweg finden. Wenn man heute ein Baby bekommt und Grund zu der Annahme hat, daß es nicht normal wird, können einem die Spezialisten Gewißheit verschaffen und es wegmachen . . . Und nach einer Zeit, vielleicht nach Jahrhunderten, verschwinden diese schlechten Erbanlagen, das glaube ich sicher. Vielleicht sind die unseren schon verschwunden. Verwirrt suchte sie nach einer Lösung, und die ganze Zeit über beklagte sie bitter, daß man sie so lange in Unwissenheit gelassen hatte. Es wäre die Pflicht ihres Vaters gewesen, ihr das zu sagen, anstatt es darauf ankommen zu lassen, daß sie zufällig aus Maud Carpenters Aufzeichnungen davon erfuhr.

»Wenn er aus der Schweiz nach Hause kommt, werde ich ihm aber die Leviten lesen«, flüsterte sie. »Warte nur, Daddy, warte nur!«

12

»Die alten Kulte
breiten sich wieder aus ...«

Jane bestand darauf, an diesem Nachmittag ihren Vater und Desmond und Abelard zum Flugplatz zu bringen. Der Botschafter wollte am Flugplatz keinerlei offizielle Verabschiedung. Nicht einmal Kim sollte dasein.

»Du rufst mich morgen abend aus der Schweiz an!« bat Jane.

»Natürlich«, versprach Sir Hugh. »Des oder ich werden sich mit dir in Verbindung setzen.«

In der Zwischenzeit erholten sich Mabel Etheridge und Kim am Swimming-pool.

»Das war wunderbar erfrischend«, sagte sie. »Aber ich habe das Gefühl, es zieht ein Sturm auf. Vielleicht kommt's auch nur von der Nervenanspannung und dem Gefühl, daß man nichts tun kann.«

Sie nahm die Badekappe ab und schüttelte das schimmernde braune Haar. Ein gutsitzender Badeanzug formte geschickt die üppige Figur. Eine recht gut aussehende, Dame mittleren Alters, dachte Kim. Aber völlig anders als das junge Füllen! Nun, sie sind ja nicht blutsverwandt. Ob Jane jemals dieses zigeunerhafte Aussehen verliert? Vielleicht, wenn sie einmal ein paar Kinder hat. Ich bezweifle es allerdings. Er antwortete seiner Gastgeberin: »Es ist die Spannung, Lady Etheridge. Wir stehen schon eine ziemliche Weile unter Druck.«

»Haben Sie eine Pressemeldung hinausgegeben?«

»Ja. Kurz und irreführend, aber notwendig. Der Botschafter kann nicht einfach nach Europa fliegen, ohne daß die Gerüchte sprießen. Also haben wir folgendes beschlossen. Ich zitiere: ›Der britische Botschafter, Sir Hugh Etheridge, fliegt in Begleitung seines Zweiten Sekretärs, Mr. Desmond Yates, nach London, um Anordnungen für die Überweisung der von den Entführern geforderten vollen Lösegeldsumme zu treffen. Der Aufenthaltsort von Maud Carpenter und die Identität ihrer Entführer ist noch immer unbekannt, aber es wird angenommen, daß Mrs. Carpenter bei guter Gesundheit ist und gut behandelt wird.‹«

Grinsend fügte er hinzu: »Der Artikel wird erst erscheinen, wenn sie schon alle miteinander in Genf sind.«

»Aha! London soll also als Operationsbasis genannt werden. Abelard wird nicht erwähnt?«

»Nein. Wir wollen Nyangreela nicht mit hineinziehen.«

»Und Colonel Storr? Wieviel weiß er?«

»Wir haben ihm vertraulich mitgeteilt, daß der Botschafter nach Genf fliegt. ›Eine Vorsichtsmaßnahme‹, hat Sir Hugh gesagt. ›Um sicherzugehen, daß wir die nächste Forderung erfüllen können.‹«

Mabel seufzte. »Wir wissen ja selbst so wenig. Wie ist es Ihnen denn heute morgen bei Ihren Nachforschungen in der Bibliothek ergangen?«

»Ausgezeichnet. Es gibt da eine Menge alter Aktenbündel, die ich mir einmal ansehen wollte.«

»Und Sie haben sie gefunden?«

»Ohne jede Mühe. Sie standen alle beisammen – und sie sind erst kürzlich durchgesehen worden. Ich habe gemerkt, daß sich der Botschafter für dieselben Dinge interessiert wie ich. Aber vielleicht wissen Sie schon davon?«

Der Ausdruck ihrer Augen hinter der dunklen Brille war nicht zu erkennen.

»Hugh ist sehr zurückhaltend bei der Verbreitung von

Nachrichten. Sie haben ja selbst manchmal darüber ge-
klagt. Bitte erzählen Sie mir doch ein wenig von dem,
was *Sie* herausgefunden haben.«

»Ich bin sicher, Sie behalten das für sich, was ich Ihnen
sage. Unter keinen Umständen darf Jane davon erfahren. Sie bekäme Alpträume.«

Mabel nahm ihre Brille ab und schaute ihn an. Er war
verwirrt und ein wenig gerührt von der Dankbarkeit in
ihrem Blick. Er hatte schon die ganze Zeit gespürt, daß
sie irgendwie nicht ganz zur Familie gehörte. Das geschah vielleicht unbewußt, mußte ihr aber nicht weniger
weh tun.

»Bitte, sagen Sie mir so viel, wie Sie glauben, verantwor-
ten zu können. Und Jane – nun, sie liebt Maud sehr. Sie
sind sich sehr ähnlich: beide gefühlsbetont, dabei starrköpfig. Ich würde niemals etwas an Jane weitergeben,
was ihr Kummer machen könnte.«

»Was mich und Sir Hugh interessierte, waren in erster
Linie Dokumente: Gerichtsurteile, die Schlagzeilen
machten, als Nyangreela nach dem Krieg unter britischer Verwaltung stand. Und natürlich Informationen
über König Solomon.«

»Was haben Sie über den König gefunden? Soviel ich
weiß, ist er ein richtiger Autokrat, aber schlau und von
seinem eigenen Volk und seinen Nachbarn geschätzt.«

»Ein Dossier zum Einrahmen«, sagte Kim. »Zuerst ein
wunderschöner Bericht aus seiner Soldatenzeit im
Krieg, da war er noch ganz jung, keine zwanzig. Dann
ein eindrucksvoller Bericht aus Cambridge. Dort erwarb
er einen akademischen Grad, kehrte anschließend nach
Afrika zurück und trat die Nachfolge seines Vaters als
Stammesfürst an. Seit das Land unabhängig ist, hat er
sich als kluger Herrscher erwiesen, der zudem beliebt
ist. Aber die gegenwärtigen Zeiten sind schwierig für
Afrika. Es gibt Gebiete, in denen Terrorismus und

Mord an der Tagesordnung sind. Die alten Kulte breiten sich wieder aus, Lady Etheridge.«

Mabel rauchte selten, aber jetzt nahm sie die Zigarette, die Kim ihr anbot, und sog den Rauch tief ein.

»Zauberei, meinen Sie?«

»Wären Sie überrascht darüber?«

»Auf diesem Kontinent überrascht mich nichts mehr. Weder die als Autounfälle getarnten Morde an Geistlichen und ihren Frauen noch die Erschießungen von Nonnen in Missionsschulen und Krankenhäusern, noch die Massenverschleppungen von Schulkindern zu Trainingscamps der Terroristen . . .« Sie hob hilflos die Schultern.

»Das marxistische Terrorcamp ist das moderne Gegenstück zu den traditionellen Beschneidungsriten – das Erreichen der Mannbarkeit«, sagte Kim. »Heutzutage ist ein Junge erst dann ein Mann, wenn er gelernt hat, kaltblütig zu töten oder zu jagen – keine Tiere, sondern Menschen.«

»Ja, das verstehe ich. Und natürlich ist es viel interessanter, Menschen zu jagen und zu fangen. Tiere kann man nicht zum Sprechen bringen, nicht einmal durch Folter.«

Kim sah sie nachdenklich an. »Dann gehen Sie nur niemals in ein Forschungszentrum, in dem Tierversuche gemacht werden. Nicht nur menschliche Zungen können sprechen. Hundeaugen, ein leises Winseln . . . Aber wir wollen nicht abschweifen. Es gab zwei Verbrechen, deren Aufklärung der britischen Verwaltung in Nyangreela nicht gelang. Das eine war Viehdiebstahl . . .«

»Viehdiebstahl wird es immer geben in einem Land, in dem es Vieh gibt.« Sie lächelte. »Ich weiß das aus dem Kino und aus den Westernfilmen im Fernsehen.«

»Na, dann kennen Sie sich ja aus! Das zweite war ›diretlo‹ – Medizinmord. Nach britischem Recht steht darauf die Todesstrafe. Häuptlinge, Zauberer und Medizinmänner wurden gehenkt, wenn sie für schuldig befunden wurden, aber die Härte der Strafe erwies sich nicht als Abschreckungsmittel. In einem Fall, in dem das Opfer ermordet und verstümmelt worden war, um Medizin zur Kräftigung eines schwachen jungen Häuptlings zu gewinnen, hatte der Richter sogar gesagt: ›Wie immer zivilisierte Menschen über diese Sache denken mögen: Die Tat geschah, um dem Häuptling und somit dem ganzen Gebiet Gutes zu erweisen. Von ihrem Standpunkt aus waren die Absichten der Mörder nicht böswillig.‹«

Mabel schauderte. »Und trotzdem mußte er die Todesstrafe aussprechen?«

»Von diesem Gericht wurden der Zauberdoktor und seine Helfershelfer schuldig gesprochen. Mühsam zusammengetragene Beweise – denn natürlich wollte keiner den Mund auftun – machten deutlich, daß der junge Häuptling mit der Sache nichts hatte zu tun haben wollen. Er hatte im Gegenteil protestiert, aber er wurde überredet, beinahe gezwungen, an dem Ritual teilzunehmen. Der Knabe selbst hat dem Opfer nichts angetan, aber er war der Nutznießer der ›muti‹, der Medizin.«

»Hat sie ihm denn geholfen? Hat sie sein Image verbessert – um im Jargon unserer Tage zu sprechen?«

»Die Leute fanden es. Ein ganzes Dorf war in die Sache verwickelt. Sie hatten einen ebenso gewichtigen wie schwer zu definierenden Umstand zum Bundesgenossen – den Glauben. Die Saaten gediehen, und später wurde auch der Häuptling gesund und kräftig.«

Mabel schüttelte den Kopf. Dann drückte sie ihre Zigarette aus und wandte sich an Kim.

»Wer war das Opfer?«

Er sah sie offen an. »Das Opfer war eine alte weiße Farmerin, die allein lebte und das Land und seine Menschen liebte. Ihre eigenen Äcker waren so fruchtbar, und das Vieh, das sie züchtete, so ausgezeichnet, daß man sie in der ganzen Gegend aufs höchste achtete.«

»Wer hat die Macht, das Opfer auszusuchen?«

»Der Zauberer.«

Sie seufzte. »Ein Glück, daß unsere Ärzte keinen Mord begehen müssen, um einen auserwählten Patienten zu retten.«

Kim antwortete langsam: »Ich frage mich, ob das nicht nur eine Frage der Interpretation ist. Ich habe Abelard Cain gegenüber diesen Vergleich benutzt. Da wurde er sehr ungehalten. Er sagte: ›Eure Ärzte beatmen einen Toten künstlich, damit sie sein lebendiges Herz herausschneiden und es dazu zwingen können, in der Brust eines Kranken weiterzuschlagen. Sie schneiden auch seine Nieren heraus, wenn sie gesund sind und ein anderer sie braucht. Und seine Augen? Sie legen sie in eine Augenbank, so daß der arme Teufel verstümmelt und unkenntlich zu seinen Ahnen zurückkehrt. Er kann sich nicht einmal mit der Ehre brüsten, Spender für einen König oder einen Häuptling gewesen zu sein, dessen Leben und Gesundheit einem ganzen Volk nützt. Er ist nur ein Teil eines weiteren Experimentes bei der menschlichen Organverpflanzung. Und das alles in einer Welt, von der die weißen Wissenschaftler sagen, daß sie übervölkert ist!‹«

»Sie würden einen guten Verteidiger abgeben«, sagte Mabel. »Aber wenn ein ganzes Dorf in die Sache verwikkelt war und beharrlich schwieg, wie fand die Polizei heraus, was geschah?«

»Es ist sonderbar. Aber bei diesen ›diretlo‹-Morden mußte jeder auf irgendeine Weise erfahren, was wirklich geschah. So war es wenigstens vor ein paar Jahrzehnten.«

»Nach dem Prinzip: Eine gerechte Sache muß nicht nur ausgeführt werden, man muß auch sehen können, daß sie ausgeführt wurde.«

»Sehr richtig. Deshalb wurde die Leiche des Opfers immer an einen Ort gelegt, wo man sie mit Bestimmtheit entdeckte, so daß jeder sofort davon erfuhr.«

»Einschließlich der Polizei?«

»Genau.«

»Aber wie konnte sie von einer schweigenden Gemeinschaft Beweise erhalten?«

»Weil sie den Distrikt, seine Bevölkerung und seine Probleme kannte. Wenn eine Person dazu gebracht werden konnte, einen Hinweis zu geben, war die Katze aus dem Sack. Nun, diese Dinge gehen uns glücklicherweise nichts mehr an.«

»Vielleicht ist ›diretlo‹ unmodern geworden. Ein symbolisches Opfer, eine Ziege oder eine Kuh, könnte seinen Platz eingenommen haben.«

»Möglich.«

Sie fröstelte, als sie sich erhob und nach ihrem Bademantel griff. Er sprang auf, um ihr zu helfen.

»Sie haben mir eine Menge Stoff zum Nachdenken gegeben, Kim – und manches macht mir richtig angst. Aber danke für Ihr Vertrauen. Ich gehe jetzt hinein.«

»Gut«, sagte er. »Ich komme bald nach. Der Wind wird kalt.«

». . . danke für Ihr Vertrauen.« Es hatte geklungen, als sei Mabel schon lange Zeit nicht mehr ins Vertrauen gezogen worden. Doch heute morgen waren Jane und ihre Stiefmutter zusammen in die Frühmesse gegangen, als fühlten sie beide, daß in dieser Zeit seelischer Belastung göttlicher Beistand vonnöten sei. Sie hatten die heilige Kommunion genommen, den ›Leib und das Blut‹, und sie waren ruhiger zurückgekehrt, gestärkt durch die Religion. Es kommt darauf an, wie man die Dinge betrachtet, dachte er. Man zieht ein wenig an der Kordel einer Jalousie, um den Abstand der Holzstäbe zu ändern, und das Licht, das von draußen kommt, wirkt plötzlich nicht mehr so grell. Und doch ist es dasselbe Licht.

Er schlenderte zum Haus hinauf. Jane kam ihm entgegengelaufen.

»Oh, Kim, ich habe ihnen nachgesehen, bis ich das Flugzeug nicht mehr erkennen konnte. Dieser Plan muß doch funktionieren, oder? Er muß!«

»Unter den gegebenen Umständen bin ich sicher, daß er das tut. Ihr Vater ist ja sehr einflußreich. Abelard handelt offensichtlich auf Anweisung. Ich wette, der junge Mann hat selbst ein dickes Konto in der Schweiz für den Fall, daß der afrikanische Kessel überkocht. Und was Des anbetrifft: Er hat ja ein helles Köpfchen.«

»Aber es wird Verzögerungen geben. Sie werden Grannys Unterschrift brauchen.«

»Damit ihr Linsengericht futsch ist? Keine Sorge, Mrs. Carpenter wird mitspielen. Schließlich hat sie diese Lösung vorgeschlagen, weil sie wußte, daß Sie es so wollen. Und wenn sie wieder an ihrem Schreibtisch sitzt, wird sie uns allen eine selbsterlebte Bombenstory liefern, und die wird verfilmt und im Fernsehen gesendet, und der Zaster wird fließen und das Lösegeld-Loch auffüllen.«

Sie schob ihren Arm in den seinen. »Sie sind wirklich ein Trost, Kim. Trotzdem bin ich den ganzen Tag schon voller Zweifel und Befürchtungen. Gerade, weil es so aussieht, als sollte Granny wirklich zurückkommen. Dumm, nicht wahr?«

Er drückte ihren Arm ein wenig, als sie die Stufen zur Terrasse hinaufstiegen.

»Ich hole Ihnen einen Gin-Tonic und für mich einen Scotch. Elias hat den Servierwagen mit den Drinks herausgefahren, um uns in Versuchung zu führen. Jetzt setzen Sie sich, Janie, und versuchen Sie, mir einmal zu erzählen, was Sie so besonders bedrückt.«

»Es ist Grannys Brief. Daddy sagte, er klingt nicht ganz echt. Er hat recht. Es ist völlig ungereimt, daß sie die Entführer auch noch unterstützt, damit die das gesamte Lösegeld bekommen. Das widerspricht ihren Prinzipien – ihrem Glaubensbekenntnis, wenn Sie so wollen.«

»Absatz fünf.« Er stellte ihr einen Gin-Tonic hin. »›Entführung‹, ich zitiere, ›kann nur dadurch unterbunden werden, daß sich die Erpreßten weigern, Lösegeld zu zahlen.‹ Ende des Zitats.«

»Was noch wichtiger ist: Granny fügte hinzu, daß die Geiseln sich weigern sollten, als Mittel zur Erpressung benutzt zu werden.«

»Nur wenn diese Geiseln sich selbst als ersetzbar betrachten. Glücklicherweise haben Sie Ihre Großmutter davon überzeugt, daß sie unersetzlich ist. Ihre Handschrift war diesmal sogar noch energischer als in ihrem ersten Brief. Sie wird also offensichtlich anständig behandelt.«

»Ich habe darüber nachgedacht«, sagte sie. »Zum Glück ist Granny außerordentlich gesund. Sie ist über sechzig, aber sie hat nicht einmal Rheumatismus, und sie nimmt niemals Schlaftabletten. Ich habe also nicht mit einem schnellen Zusammenbruch gerechnet. Aber die vielen Wochen . . . ich habe immer wieder versucht, mir ihre Umgebung und ihr Gefängnis vorzustellen. Es ist mir nicht gelungen. Manchmal träume ich, daß sie in einer Art Einzelhaft mit grausamen Wächtern sitzt. Und der Chef der Entführer, der Anführer der Bande, wenn es überhaupt eine Bande ist, was für ein Mensch ist das? Ich kann mir einfach kein Bild machen, Kim.«

»Und nun erscheint Abelard auf der Bildfläche, um die Kapitulation Ihrer Großmutter in die Tat umzusetzen. Wo gehört er eigentlich hin? Leoparden-Männer und

Abelard, Barbarei und feinste Bildung direkt nebeneinander?«

»Unzählige Fragen und keine Antwort.«

Kim, der sich in dem Korbstuhl räkelte, der für gewöhnlich dem Botschafter vorbehalten war, beugte sich nieder, um Kirsty zu streicheln, die ihnen auf die Terrasse gefolgt war und nun friedlich zwischen ihnen lag. Sie zuckte und winselte, als erwache sie soeben aus einem Hundetraum.

»Kirsty könnte ebenso zutreffende Antworten geben wie ich. Aber ich glaube ehrlich, wenn Abelard in diese Geschichte verwickelt ist – und das ist zweifellos der Fall –, wird Mrs. Carpenter in keiner Weise schlecht behandelt.«

»Sie finden ihn sympathisch, nicht wahr?«

»Was kann man dagegen machen? Er hat einen so guten Geschmack, und er ist ein ausgezeichneter Gesellschafter. Aber ich bin nicht so dumm, mir einzubilden, ich könnte seine Gedankengänge wirklich nachvollziehen. Sein Denkapparat arbeitet möglicherweise ganz anders als Ihrer und meiner. Das ist alles eine Frage der Erziehung und der Umgebung. Seine Vorstellungen müssen nicht unseren gleichen! Er ist ein Fremder, Janie. Könnte man direkt in sein Gehirn eindringen, käme man vielleicht in ein Labyrinth. Überall gäbe es Hindernisse und Überraschungen, und dazu ein paar hübsche Fallen, um den Eindringlingen die Lust zu nehmen.«

»Sie sind wie Granny. Sie haben Spaß daran, die Menschen zu analysieren.«

»Viel einfacher! Wir haben schlicht Freude an den Menschen. Sie sind wundervolle Studienobjekte, wenn man sie so akzeptiert, wie sie sind. Analyse ist wieder etwas anderes: das objektive Auseinandernehmen durch eine unbeteiligte Intelligenz. Das stelle ich mir jedenfalls darunter vor.«

»Nun, wenn Sie Granny so akzeptieren, wie sie ist, wie erklären Sie sich dann diese . . . Inkonsequenz in ihrem Verhalten?«

»Sehen Sie das doch einmal mit ihren Augen. Um ein abgenutztes Klischee zu gebrauchen: Der Zweck heiligt die Mittel. Dieses sogenannte ›Glaubensbekenntnis‹ war nur eine Art Entwurf von allgemeiner Gültigkeit – wie man sich verhalten sollte in einer Welt der Gewalt und der zunehmenden Übervölkerung. Es kann aber sehr gut sein, daß sie nun spürt, sie hat noch mehr – und Wichtigeres – mitzuteilen und daß sie ihre Freiheit braucht, damit sie ihre Meinung dazu sagen kann. Vielleicht hat sie aber auch genug von der Langenweile dieser Gefangenschaft, ganz gleich, wie das Gefängnis aussieht.«

»Besonders, wenn man ihr weder Feder noch Papier gibt und sie kein Tagebuch führen kann. Und sie braucht das doch für ihre schriftstellerische Arbeit!«

»Tagebuchführen würden sie ihr nie erlauben. Sie wird nur die Möglichkeit haben, auf Befehl ihres Bewachers . . .«

»Bewacher? Anführer, Oberhaupt, König . . .«

»Jane!« unterbrach sie Kim. »König! Wäre das möglich? Nein, es ist ausgeschlossen . . .«

Jane starrte ihn mit weitgeöffneten Augen an.

»Wirklich? Das frag ich mich. Sie kannte ihn schon, als er Stammeshäuptling war.«

»Wie denn das?«

»Ende der fünfziger Jahre wohnten meine Großeltern beim Regierungschef. König Solomon war kurz zuvor nach dem Tod seines Vaters Häuptling geworden. Granny und der Häuptling fingen sofort füreinander Feuer. Sie bewunderte ihn grenzenlos. Es ist noch nicht lange her, da erzählte sie mir, er sei ein sehr aufgeklärter Traditionalist und entschlossen, die alten Stammesbräuche zu bewahren und trotzdem mit der Zeit zu gehen. Aber sie fragte sich, ob er diese vollkommene Autokratie in die Welt von heute herüberretten könne.«

»In einen afrikanischen Kochtopf paßt das Neue und das Alte«, sagte Kim. »Leoparden-Männer und gescheite Harvard-Absolventen wie Abelard.«

»Wenn dieser unbekannte Bewacher der König ist, wird sie gut behandelt«, sagte Jane zuversichtlich. Als Kim nicht antwortete, wurde sie unsicher. »Glauben Sie das etwa nicht?«

Sie wünschte so sehr, daß er ihr zustimmte. Er sah es an ihren dunklen Augen, die ihn hoffnungsvoll anblickten.

»Natürlich, Jane. Aber wir dürfen uns nicht zuviel erhoffen. Könige sind öfter Gekidnappte als Kidnapper. Wir haben keinen handfesten Grund für die Annahme, daß König Solomon mit der Entführung zu tun hat. Nur eine Vermutung . . .«

»Sie sind plötzlich so weit weg«, sagte sie, als er unvermittelt schwieg. »Wo sind Sie denn mit Ihren Gedanken, Kim?«

Er stand auf und strich über ihr weiches, seidiges Haar in einer Geste unbewußter Zärtlichkeit. Aber in Gedanken war er in der Bibliothek der Botschaft.

»Ich bin bei Ihnen«, sagte er, »und bei Maud Carpenter und der Phantomgestalt eines afrikanischen Königs.«

Während der Botschafter und Yates in Genf waren, kümmerte sich Mabel Etheridge um den Umzug von Kapstadt nach Pretoria, soweit er sie betraf.

Kim war bereits abgereist. Er war am Montag so rechtzeitig nach Johannesburg geflogen, daß er mit Abelard in Janes Penthouse den Lunch nehmen konnte.

Abelard war bester Stimmung. Er sah sich anerkennend um.

»Hübsches kleines Fleckchen hier, und Ihre . . . hm . . .
Quelle hat einen Lunch für zwei vorbereitet und eine
Flasche Wein in den Kühlschrank gestellt. Was wissen
Sie?«

»Nicht genug.« Kims Tonfall war kühl, und Abelard
zog die Brauen hoch. »Wir sind zu einem Privatgespräch
hier. Nachdem Sie in der Carpenter-Sache drinstecken,
möchte ich eines definitiv wissen!«

Abelard betrachtete den Gin in seiner Hand und hielt
das Glas so, daß sich das Sonnenlicht, das durch das geöffnete Fenster hereinströmte, in dem gestoßenen Eis
brach. »Und was ist dieses eine?«

»Wenn die finanziellen Angelegenheiten geregelt sind
und sich die Summe in der Tasche der Entführer befindet: Können wir dann hundertprozentig sicher sein, daß
Maud Carpenter freigelassen wird?«

»Natürlich«, sagte Abelard.

»Und wenn die Sache wider Erwarten einen Haken
hat?«

»Das wäre natürlich nicht schön. Aber ich kann selbstverständlich nicht im Namen meines Chefs Zusagen
machen – wenn wirklich etwas schiefgehen sollte.«

»Seine Exzellenz und Desmond sind heute nachmittag
in Genf, Sie morgen früh. Wir tun, was wir können, damit Nyangreela nicht hineingezogen wird. Und daran
halten wir uns auch in Genf, vor allem, wenn es sich um
neugierige Journalisten handelt.«

»Ich werde dafür sorgen, daß jedes Zusammentreffen
geheim bleibt«, betonte Abelard. »Ich bin ja nicht gerade
ein Neuling in diesem Geschäft.«

»Ich weiß. Und ich rechne damit, daß meine Geschichte,
wenn ich sie groß rausbringe, dann ein Happy-End
hat!«

Abelard hob sein Glas.

»Auf das Happy-End.«

Am Dienstagabend rief der Botschafter seine Frau über eine Privatleitung aus dem luxuriösen, am Seeufer gelegenen Haus seines Gastgebers, Baron Hans Weber, an. Yates war bei ihm.

»Sie können ganz offen sprechen, Hugh«, hatte Weber gesagt. »Niemand wird diese Leitung anzapfen. Ich lasse Sie jetzt allein.«

»Mabel?«

»Ja, Hugh. Ich bin hier, und Jane ist auch da.«

»Das ist schön. Ich habe ausgezeichnete Nachrichten! Alle Schwierigkeiten sind beseitigt – durch die Mithilfe meines Gastgebers. Abelard ist bereits auf dem Heimweg mit den Dokumenten, die Maud unterschreiben muß. Am Donnerstagabend sollte er wieder hier sein.«

Jane, die ihre Stiefmutter beobachtete, sah die Erleichterung auf ihrem Gesicht. Ihr Herz begann heftig zu schlagen. Sie hockte auf einer Schreibtischecke, direkt neben dem Telefon, und spitzte die Ohren, um mitzubekommen, was ihr Vater sagte.

»Das ist ja großartig«, sagte Mabel. »Wann dürfen wir dich also zurückerwarten?«

»Des und ich bleiben hier, bis die Dokumente unterzeichnet sind und die ganze Transaktion ordnungsgemäß abgewickelt ist. Freitag nacht oder spätestens Samstag müßte das der Fall sein. Wann reist du nun eigentlich nach Pretoria?«

»Morgen mit der Mittagsmaschine. Elias und das Personal sind bereits dort. Nur Salima ist noch hier. Sie fliegt zusammen mit Jane und mir.«

»Ausgezeichnet. Ich hoffe, es war nicht zu anstrengend für dich, soviel noch in letzter Minute zu erledigen.«

»Nein, nein! Jane hat mir geholfen. Und alle anderen auch. Eigentlich ganz gut, daß alle voll beschäftigt waren.«

»Und nun gib mir bitte Jane, Liebling. Ich möchte ein paar Worte mit ihr reden.«

»Also, gute Nacht, Hugh. Du rufst uns morgen abend in der Botschaft in Pretoria an? Ich weiß, Neues wird's bis dahin nicht geben. Aber wir möchten gern von dir hören. Paß auf dich auf, und übernimm dich um Gottes willen nicht! Und jetzt gebe ich dir Jane.« Mabel reichte Jane den Hörer.

Jane war atemlos vor Aufregung. »Daddy, ich habe das meiste mitbekommen, was du gesagt hast! Das ist ja wunderbar . . .«

»Ich hoffe. Wenn alles glattgegangen ist, werden wir die Wiedervereinigung der Familie in Pretoria feiern. Des' möchte mit dir sprechen. Er hat meine ausdrückliche Erlaubnis.« Jane merkte an der Stimme ihres Vaters, daß er lächelte. »Hier ist er also . . .«

»Janie! Die Welt ist heute ein großartiger Ort . . .«

»Ich weiß! Es ist fast zu schön, um wahr zu sein.«

»Hör zu, Janie, es gibt noch etwas Schöneres! Ich habe deinem Vater heute abend gesagt, daß ich dich heiraten möchte . . .«

»Des! Warum, um alles . . .? Ist Daddy noch bei dir?«

»Er hat mir taktvollerweise das Telefon mit einer großzügigen Handbewegung übergeben und ist durch die Terrassentür verschwunden.«

»Aber, Liebling, warum hast du mit Daddy über uns gesprochen? Heutzutage macht man das doch nicht mehr. Ich bin schließlich volljährig!«

»Das bist du natürlich. Hör mal, Janie, ich arbeite mit deinem Vater zusammen, und in gewisser Weise kenne ich ihn, glaube ich, besser als du. Außerdem bewundere ich ihn enorm. Ich wollte einfach, daß er weiß, daß ich Heiratsabsichten habe.«

»Aber vielleicht habe ich gar keine!«

»Wenn du nur in dieser herrlichen Stadt wärst, würde

ich dich schon davon überzeugen. Auf den Bergen liegt noch tiefer Schnee, aber die Luft riecht nach Frühling. Und wenn dieses Hangen und Bangen vorbei ist, machen wir unsere Hochzeitsreise hierher.«

»Du bist verrückt!« Sie lachte laut auf. »Und ich liebe dich. Aber wir müssen noch eine Menge besprechen. Die Ehe ist keine Sache, in die man einfach so hineinrennt . . .«

»Pst . . . dein Vater hat mir das alles schon vorgebetet . . . und noch eine ganze Menge mehr. Vor einer halben Stunde. Mein einziger Kummer ist, daß du nicht hier bist und daß ich dich haben will – und wenn's dir genauso geht, dann ist es einfach schwachsinnig, wenn wir für den Rest unseres Lebens nicht jede Minute zusammen verbringen.«

Als sie schließlich den Hörer aus der Hand legte, tat sie das so sanft und vorsichtig, als sei er sehr zerbrechlich und kostbar. Sie fühlte sich schwach und erleichtert, und an ihren Wimpern hingen Tränen. Als sie aufblickte, merkte sie, daß Mabel das Zimmer verlassen hatte.

»Dein Vater hat mir das alles schon vorgebetet . . . und eine ganze Menge mehr«, hatte Des gesagt. Ja, Daddy wird ihm alles gesagt haben, dachte sie. Er ist viel zu ehrlich, als daß er Des nicht reinen Wein einschenken würde.

Sie kniete neben dem Hund auf den Kaminvorleger nieder, streichelte sein rauhes Fell und flüsterte ihm zärtlich ins Ohr: »Ich würde dich niemals sterilisieren lassen, Kirsty, ohne daß du vorher wenigstens einmal Junge gehabt hast! Also darf ich meine Mutter doch auch nicht verurteilen, oder?

Und jetzt geht es um Des und mich. Ich hab' kein Geld mehr, und ein Kind darf ich auch keins bekommen. Aber er will mich noch immer. Und das glaub ich ihm auch. Er scheint alles zu wissen, aber er schert sich nicht drum.

Und wenn wir gar nichts haben, so haben wir wenigstens uns. Granny wird sich für mich freuen. Sie hat sich mein ›persönliches Problem‹ so sehr zu Herzen genommen und Ann verurteilt und um mich Angst gehabt, denn sie wußte, eines Tages würde ich vor der gleichen Entscheidung stehen. In gewisser Weise versuchte sie, in Absatz eins ihres ›Glaubensbekenntnisses‹ einen Verzicht auf Kinder als Opfer zur Rettung kommender Generationen hinzustellen. Was sollen Des und ich tun? Ich überlege bereits, ob's nicht doch einen Ausweg gibt, um dieser verrotteten, bösen, wunderbaren, herrlichen alten Welt ein neues Leben zu schenken.«

13

»Dies ist ein großes Geschäft.
Wer gewinnt, bekommt alles.«

Kim wartete neben dem Bücherstand, als am Mittwochmorgen die Passagiere der Swissair die Zollkontrolle passierten und in die Haupthalle des Jan-Smuts-Flughafens strömten.

Abelard blieb stehen, um eine Zeitung zu kaufen. Er zögerte ein wenig, ehe er ein Taschenbuch aussuchte – einen Carpenter-Thriller. Er zog den Reißverschluß seiner Reisetasche auf, Kim stieß versehentlich gegen seinen Ellbogen, so daß das Buch zu Boden fiel.

»Oh, Entschuldigung«, sagte er. »Wie ungeschickt von mir!«

Er hob das Taschenbuch auf und reichte es Abelard. Dieser nickte, lächelte und setzte seinen Weg zum Hangar fort, wo ihn sein Privathubschrauber erwartete.

Kim ging in die Kaffeebar und bestellte einen schwarzen Kaffee. Dann verbarg er sich hinter einer Zeitung und entfaltete den Zettel, der ihm in die Hand gesteckt worden war.

»Alles erledigt. Nur noch Unterschrift erforderlich. Hoffe, morgen den Tagesflug von J. S. nehmen zu können.«

Kim wartete, bis er einen Hubschrauber sah, der steil sich hochschraubte in das harte Blau des Himmels über dem Rollfeld. Wo würde er landen? Zwischen den Bergen von Nyangreela oder am grünen Ufer des Big River?

Vermutlich in den Bergen, sonst hätte Abelard seine Cessna genommen. Aber im Gebirge war es nach Sonnenuntergang riskant, wegen des Nebels, der in dieser Jahreszeit oftmals die Berggipfel einhüllte. Oder hatte Mr. August Obito Erfahrung im Blindflug? So war es wohl, dachte Kim. Er sah auf die Uhr: beinahe Mittag. Er würde in die ›Southern Sun‹ gehen und Judy zum Lunch einladen. Sie hatte ihm im Fall Abelard sehr geholfen. Auch im Fall Jane. Ach, Jane! Besser, man dachte nicht daran . . .

Am späten Nachmittag setzte Abelard den Hubschrauber auf einem kleinen Granitplateau auf. Es war von König Solomons Kral mit dem Pferd in einer halben Stunde zu erreichen.

Der Landeplatz war abgelegen, ein natürlicher Altar, der den alten Stammesgöttern für Riten von besonderer Bedeutung errichtet worden war. Wilden Tieren diente er als Salzlecke, den Eingeborenen für bestimmte rituelle Handlungen, die nie wieder erwähnt wurden, wenn sie ihren Zweck erfüllt hatten. Der Opferfelsen war von Wäldern eingeschlossen. Er lag inmitten ansteigender Rasenflächen, und weiter unten schoß ein Wildbach, der sich tief ins Gestein gegraben hatte, dem Big River und der fruchtbaren Ebene entgegen.

Ein gefährlicher steiniger Pfad führte an dieser Schlucht entlang. Hier und da stürzte ein Wasserfall herab und bildete tiefe ruhige Teiche, die von Farnen und Orchideen umsäumt waren.

Als Abelard aus dem Hubschrauber kletterte, sang er: aus Lebenslust, aus Vorfreude auf sein Mädchen und weil er stolz war, ein wichtiges Geschäft und eine, wie er hoffte, ebenso wichtige Befreiungsaktion vorbereitet zu haben.

Er sah sich erwartungsvoll um.

Eine hohe Gestalt auf einem Falben löste sich vom Waldrand und kam ins Licht der Nachmittagssonne. Sie trug den weißen Mantel des Zauberers und den Turban aus Pavianpelz sowie den gesamten traditionellen Schmuck des Medizinmanns.

Dicht hinter dem Zauberer folgte ein junger Reitknecht, der drei Pferde führte. Einen Schecken für das Oberhaupt der Intelligenz von Nyangreela, einen kräftigen Rappen für sich selbst und ein Packpferd.

Ohne Zögern band der Reitknecht seine Tiere an den Ast eines Baumes und sicherte dann die Rotorblätter des Hubschraubers.

Samuel Santekul blieb auf dem Pferd sitzen, als Abelard zu ihm trat. Er sah wohlwollend auf seinen Neffen herab.

»Willkommen, Verwandter!«

Als der junge Mann seinen Kopf grüßend neigte, berührte Doktor Santekul leicht das schwarze Kraushaar, das erst neulich von dem französischen Haarstylisten im Hydro-Casino geglättet worden war, sich aber im scharfen Bergwind bereits wieder lockte.

»Es scheint, du hast gute Arbeit geleistet. Ist alles in Ordnung? Sind die Dokumente ordentlich abgefaßt? Dies ist ein großes Geschäft. Wer gewinnt, bekommt alles.«

Abelard lachte. »Du wirst zufrieden sein, Onkel. Wir brauchen nur noch die vor Zeugen gegebene Unterschrift der Geisel.«

Der Zauberer runzelte die Stirn.

»Die Gefangene des Königs ist verschlagen und eigensinnig. Ich traue ihr nicht.«

»Traut sie denn dir?«

Auf Santekuls scharfen Gesichtszügen erschien ein kleines Lächeln. Die Unverfrorenheit des jungen Mannes amüsierte ihn.

»Wir müssen los«, sagte er. »Du mußt vor Einbruch der Nacht wieder zurückfliegen.«

»Dann mißtraust du entweder dem Wetter oder meinen Fähigkeiten als Nachtflieger.«

»Dein Erfolg ist dir zu Kopf gestiegen. Du warst immer vorlaut, schon in Solinjes Alter.«

»Ach, Solinje! Er ist ein Kind nach meinem Herzen.«

»Und nach dem der Gefangenen. Sie liebt Solinje.«

»Und er?«

»Er liebt sie auch. Es ist da etwas, was sie aneinanderbindet, ein Band so mächtig wie Blutsverwandtschaft.«

Hintereinandergehend machten sie sich auf den Weg, den schmalen steinigen Pfad entlang, Santekul voran; dann Abelard, als nächstes kam das Packpferd, und den Schluß bildete der Rappe des Reitknechts. Das Packpferd brauchte keinen Zügel, es folgte einfach dem Schecken. Die Tiere waren alle trittsicher und an Bergpfade gewöhnt. Wo immer sich der Weg weitete oder flacher wurde, verfielen sie in den charakteristischen schnellen Trab der Barrito-Rasse.

»Wartet!« rief Santekul plötzlich. »Mein Pferd wiehert, der Wind wehklagt, das Wasser gurgelt, und weiter unten am Weg singt eine Frau, so süß wie ein Vogel bei Tagesanbruch.«

Er lenkte seinen Falben zu einem Rasenfleck neben dem Weg und gab seinem Neffen einen Wink.

»Reit zu, Abelard, und begrüße die Sängerin.«

Abelard spornte den Schecken mit den Fersen an. Als er um eine Biegung kam, sah er Dawn auf dem Weg zum Kral, ein Bündel Feuerholz auf ihrem breiten Turban balancierend. Er zügelte sein Pferd, so daß er sie beobachten und sich an ihrer Anmut erfreuen konnte. Einen Arm hatte sie emporgehoben, um die Last zu stützen, die glatten, geschmeidigen Oberschenkel und die kräftigen Waden bewegten sich mühelos unter dem kurzen handgewebten Rock. Sie kehrte ihm den Rücken zu, aber er wußte, wie weich ihr Perlenhalsschmuck zwischen den hüpfenden nackten Brüsten lag. Sie würde ihm viele Kinder gebären, sie war nicht wie ihre Schwester, die sich nach Solinjes Geburt mit den Pillen der weißen Frau unfruchtbar gemacht hatte. Seine Frau durfte niemals etwas so Unnatürliches tun!

Dawn blieb stehen und wandte vorsichtig den Kopf, als sie das Hufgeklapper hörte. Ihr Geliebter winkte ihr einen Gruß zu. Sie hörte auf zu singen und schrie entzückt auf. Dann hob sie den Kopf, um seinen Gruß zu erwidern, achtete aber sorgsam darauf, daß die Last nicht ins Rutschen geriet.

Abelard hielt den Atem an. Diese Grazie der Haltung, dieses strahlende Gesicht, diese großen, sanften Augen – in ganz Genf gab es nicht so viel Schönheit!

Er las die Botschaft des Perlenhalsbands zwischen den Brüsten, die zu liebkosen er kaum erwarten konnte. Er stieg ab und warf die Zügel dem Reitknecht zu, der inzwischen nachgekommen war.

Doktor Santekul und der Reitknecht verbeugten sich vor Dawn, als sie das junge Paar erreicht hatten, und setzten ihren Weg zum Kral fort. Dawn rief ihnen einen Gruß nach, und Abelard wartete ungeduldig darauf, daß die beiden um die nächste Biegung verschwanden. Dann klatschte er in die Hände und nahm ihr das Holzbündel vom Kopf. Er legte es auf den Boden und umarmte sie.

Endlich flüsterte sie ihm in ihrer eigenen Sprache zu: »Ich hörte das Dröhnen deines Großen Vogels und sah, wie er zur Landung auf dem Opferfelsen ansetzte. Ich sagte den anderen Holzsammlern, sie sollten sich beeilen und dem König mitteilen, daß du bald bei ihm sein würdest. Wir wußten, daß der Flußdoktor beim Felsen auf dich wartete, und König Sol war schon hier im Kral. Er kam um die Mittagszeit auf seinem goldenen Pferd. Hier herrscht heute große Aufregung.«

»Das ist auch in Ordnung! Aber die Zeit, die wir füreinander haben, ist zu kurz, Dawn. Ich muß heute abend nach Johannesburg zurückfliegen und für morgen einen internationalen Flug buchen.«

»International?« Ihre Augen weiteten sich. »Wohin?«

»Das darf ich nicht sagen. Jedenfalls hängt viel vom Ergebnis der nächsten paar Stunden ab. Das erinnert mich an etwas.«

Abelard zog ein Taschenbuch aus der geräumigen Tasche seines Safarianzugs.

»Das ist ein Geschenk für dich. Schau, einer von Maud Carpenters Kriminalromanen.«

»Das ist ja herrlich!« rief sie. »Ich werde sie bitten, mir das Buch zu signieren.«

»Tu das! Sofort, wenn du zurückkommst. Ehe ich sie zu Gesicht bekomme. Ich möchte mir diese Unterschrift genau ansehen. Okay?«

»Okay. Und danke. Aber jetzt müssen wir weiter! Heb mir das Bündel auf den Kopf. Es ist Zeit, daß ich gehe.«

Hier, wo man hintereinander gehen mußte, war es Brauch, daß die Frau die Lasten trug und der Mann, um sie zu schützen, voranging, sein ›knopkierie‹, das Jagdmesser, immer griffbereit.

»Wie geht es Mrs. Carpenter?« fragte Abelard über die Schulter. Er kannte Maud Carpenter nicht und war neugierig auf sie. Er hatte Filme und Theaterstücke nach ihren Büchern gesehen und Fotos von ihr in den Zeitungen, und er wußte, daß man sie im Kral ›die Weise‹ nannte, eine hohe Ehre.

»Körperlich ist sie gesund«, sagte Dawn mit sorgenvoller Stimme. »Aber seit Doktor Santekul ihr Haar abschneiden ließ, verschließt sie sich wie eine Auster in ihrer Schale. Sie redet mit mir nicht mehr so wie früher. Nicht einmal für Solinje zeigt sie Anteilnahme, wenn er ihr beizubringen versucht, wie man auf einer Schilfpfeife Musik macht. Es ist so, als suche ihr Geist im Innern der Austernschale nach einem stillen Platz, wo er mit ihren Ahnen sprechen kann. Aber bis jetzt hat sie ihr Gesicht noch nicht zur Wand gekehrt.«

»Weshalb sollte sie? Sie braucht nur ihren Namen unter ein paar Dokumente zu setzen, und dann kann sie sicher sein, daß das Lösegeld, der Preis für ihre Freiheit, an König Sol ausbezahlt wird. Darüber sollte sie sich doch freuen.«

Dawn antwortete nicht, und Abelard rief ungeduldig: »Meinst du nicht auch?«

Der Pfad war breiter geworden, so daß sie neben ihm gehen konnte.

»Unsere afrikanische Erde hat sie hervorgebracht, und als Kind lebte sie im Territorium eines Stammes. Solche Kinder verstehen unser Volk und unsere Bräuche. Die Weise hat dieses Verständnis nie verloren. An jenem Tag, als dein Verwandter vom Big River ihr die Zöpfe abschneiden ließ, wußte sie, daß er jetzt Macht über sie besaß.«

Einen Augenblick lang sah Abelards zufriedenes Gesicht unglücklich aus. Dann erhellten sich seine Züge, als ein Junge, einen Hund dicht auf den Fersen, auf ihn zustürmte.

Abelard lief Solinje entgegen, und der stürzte sich in seine ausgebreiteten Arme. Der Hund sprang, fröhlich mit dem Schwanz wedelnd, um sie herum und wollte ebenfalls beachtet werden. Die ganz Alten und die ganz Jungen drängten sich lärmend durch den Dornenzaun, um Abelard zu begrüßen. Als sie jedoch den Kral betraten, sah Dawn, daß Mrs. Carpenter nicht unter den Leuten war und auch nicht vor ihrer Hütte in der Sonne saß.

Dawn erinnerte sich, daß sie nicht einmal bei der Ankunft König Sols herausgekommen war.

»Wo ist die Weise?« fragte sie Solinje.

Die Augen des Jungen blickten trübe, als er zu Abelard und Dawn aufsah.

»Sie ist in ihrer Hütte«, sagte er. »Sie, die die Menschen und die Sonne liebt, will jetzt allein im Schatten bleiben.«

Abelard und Dawn bemerkten, daß Doktor Sandekul auf der anderen Seite des dürftigen Rasenplatzes mit der Regenmacherin sprach. Abelard hatte die Regenmacherin noch nie gemocht, war aber klug genug, es sich mit der Zauberin nicht zu verderben, und versäumte auch nicht, ihr kleine Dienste zu erweisen.

»Dort kommen dein Vater, der König, und deine Mutter, die Kleine Königin«, sagte er zu dem Jungen. »Wir müssen sofort zu ihnen. Heute bringe ich gute Nachrichten, da bin ich hochwillkommen!«

Dawn betrat Mrs. Carpenters Hütte. Ein paar Augenblicke lang blieb sie stehen, geblendet von den gleißenden Lichtbündeln der tiefstehenden Nachmittagssonne, die durch das winzige quadratische Fenster auf die Gestalt in dem ›riempie‹-Sessel fielen. Mrs. Carpenter war in so tiefes Nachdenken versunken, daß sie die Gestalt des Mädchens in der Türöffnung nicht zu bemerken schien.

Selbst jetzt, da die Zöpfe abgeschnitten waren, bildete das silbrige Haar einen hellen Fleck im Dämmer der Hütte. Dawn unterdrückte den Impuls, dieses Haar zu streicheln.

Sie trat leichtfüßig zum Tisch und legte einen Flaschenkürbis darauf. Mrs. Carpenters Augen öffneten sich beim Anblick der rosigen Frucht und füllten sich mit träumerischer Freude.

»>Er labt mich mit Äpfeln . . .‹«, zitierte sie.

»Nein«, sagte Dawn. »Diese Frucht stammt nicht von einem Apfelbaum.«

»Natürlich nicht, meine Liebe. Sie kommt aus einem Garten voller Granatäpfel. Vielleicht lehren die Missionare ihren Schülern das ›Hohelied Salomos‹ nicht. Es ist sehr musikalisch und sehr erotisch – pastorale Liebeslyrik.«

Dawn sagte: »Diese . . . Granatäpfel . . . schmecken nicht so gut, wie sie aussehen. Aber sie sind hübsch. Darum dachte ich, sie würden Ihnen Freude machen. Sie wachsen auf Bäumen in der Nähe des Flusses.«

»Du hast sie sogar auf ein Papierdeckchen gelegt!«

Das Mädchen lächelte. »Die Missionare zeigen den Kindern im Kindergarten, wie man solche Papierdeckchen macht.«

»Du hast dir also gedacht, das würde mich aufheitern? Nun, es ist dir gelungen. Mehr als du dir vorstellen kannst. Danke, meine Liebe.«

Dawn setzte sich Mrs. Carpenter gegenüber.

»Würden Sie etwas für mich tun, bitte?«

»Natürlich . . . wenn ich kann.«

»Sehen Sie, mein Freund hat mir ein Geschenk mitgebracht.«

Sie zog das Buch aus der Stofftasche, die sie in der Hand trug.

»Ich wäre sehr glücklich, wenn Sie mir Ihren Namen hineinschreiben würden.«

»Du lieber Himmel! Eine Verehrerin am Ende der Welt! Ich würde es dir nur zu gern signieren, aber unser König Solomon ist hier der einzige, der schreiben darf, und er verweigert mir Papier und Federhalter – außer ich schreibe nach seinem Diktat.«

»Ich habe etwas zum Schreiben.« Sie suchte in ihrer Tasche herum. »Hier ist es.«

Mrs. Carpenter hielt den Kugelschreiber, als sei er aus purem Gold.

»Ich habe ganz vergessen, wie ich unterschreibe.« Sie lächelte. »Dies wird eine gute Übung sein.«

Sie schlug die Titelseite auf.

»Aha: ›Maud Carpenter, Die Füchsin‹. Ich werde quer über den gedruckten Namen unterschreiben.«

Sie schrieb »Maud Carpenter« mit den kühn geneigten Buchstaben, die ihre Verehrer so gut kannten. Und sie fügte hinzu: »Für Dawn in Dankbarkeit und Liebe. Ende der Welt.«

»Danke«, sagte das Mädchen lächelnd. »Sie sind sehr freundlich, Weise. Aber warum schreiben Sie ›Ende der Welt‹?«

»Das ist gegenwärtig meine Adresse; hier oben in den Bergen ist man schon halbwegs im Himmel.«

Dawn schüttelte den Kopf, als Mrs. Carpenter ihr den Kugelschreiber hinhielt.

»Behalten Sie ihn bitte. Sie werden ihn bald brauchen. Mein Freund hat Papiere für Sie zum Unterschreiben mitgebracht. Der König und der Zauberer vom Big River, Doktor Santekul, werden mit ihm hierher kommen und bezeugen, daß Sie selbst unterschrieben haben.«

»Du hast mir eine Frucht und einen Kugelschreiber gegeben, und jetzt bitte ich dich noch um ein anderes Geschenk.«

»Sagen Sie mir, was Sie haben möchten.«

»Ich hätte so schrecklich gern eine kleine, flache Perlentasche, wie du sie manchmal an einer langen Perlenkette trägst. Vielleicht ist es mir eines Tages möglich, sie meiner Enkelin zu schenken. Sie würde ihr ebensoviel bedeuten wie mir.«

»Ich gebe Ihnen meine«, sagte Dawn. »Später, wenn ich Ihnen das Essen bringe. Aber bitte essen Sie heute abend, was aus dem Kochtopf der Kleinen Königin kommt. Sie waren in letzter Zeit nicht mehr draußen, deshalb sind Sie nicht hungrig, und das ist schlecht.«

Als Dawn gegangen war, wickelte sich Mrs. Carpenter den Turban um den Kopf. Sie war darin schon ganz geschickt. Als sie in den Handspiegel blickte, den die Kleine Königin ihr gegeben hatte, stellte sie fest, daß ihr Kopf großartig aussah. Aber ihr Gesicht war mager und ihre Haut nicht mehr geschmeidig. Sie spannte über den Knochen, gelblich wie Sandelholz. Herbstlich, dachte sie. Sie verbarg den Kugelschreiber in der Tasche ihres Umhangs aus Kuhhaut. Dann nahm sie das Papierdeckchen, faltete es sorgfältig und steckte es zu dem Kugelschreiber. Und nun bereitete sie sich darauf vor, ihre Gäste zu empfangen.

Sie bildeten einen Halbkreis um sie. Mrs. Carpenter saß am Tisch, den Stoß Papiere mit der leeren Zeile am unteren Ende vor sich. Diese Zeile wartete auf ihre Unterschrift und auf die der Zeugen. Mit ein paar Federstrichen konnte sie den Menschen, den sie am meisten liebte, um ein Vermögen bringen.

Noch konnte sie ihre Meinung ändern. Andererseits, dachte sie mit einem traurigen kleinen Lächeln, ein Opfer bedeutete es auf jeden Fall.

Fünf Menschen beobachteten sie gespannt: der König in einem gewöhnlichen Straßenanzug, die eine Hand auf der nackten Schulter seines Sohnes; der war mit Perlen und mit Armringen geschmückt und trug einen Lendenschurz sowie Streifen aus Schaffell um die Knöchel; Abelard, der Dawn an seiner Seite überragte, und – etwas abseits von den andern – der Zauberdoktor mit seinem scharfgeschnittenem Gesicht, den mageren Händen und dem wunderlichen Aufputz, den sein Stand erforderte. Geometrische weiße Zeichen verwandelten sein Gesicht in eine Maske.

Gott sei Dank haben sie die Regenmacherin draußengelassen, dachte Mrs. Carpenter. In meiner Hütte ist nicht genug Raum für diesen Haufen Leute. Ich bekomme auch so schon Platzangst!

Der Filzstift, den sie in der Hand hielt, stammte von Abelard. Sie mochte diesen Stift nicht. Ihr wäre der Kugelschreiber in ihrer Tasche lieber gewesen. Sie blickte die Anwesenden gereizt an.

»Ich will nicht unterschreiben«, sagte sie, als sei es noch nicht zu spät, sich zu weigern.

Abelard wurde nervös. Er war für diesen Teil des Geschäfts verantwortlich. Er zwang sich zu einem Lächeln.

»Aber Mrs. Carpenter! Sie unterzeichnen doch nicht Ihr Todesurteil. Ganz im Gegenteil!«

Sie sah ihn an, dann gingen ihre Blicke über Dawn zum König. Sein Gesichtsausdruck war finster; das bewies, daß er ihr Vorhaben mißbilligte. Samuel Santekul, dessen Aufmachung sie widerwärtig fand, streifte sie kurz – dieser mitleidlose, fürchterliche Clown – dann blieb ihr Blick an Solinje hängen und dem kleinen erdbeerfarbenen Mal über seinem Herzen.

»Mein Todesurteil wurde vom Schicksal unterzeichnet«, sagte sie. »Vor etwa sieben Jahren.«

Der schöngefaltete Turban senkte sich nach vorn, als sie den Kopf neigte und die linke Hand auf das Papier legte, um es festzuhalten. Einen Augenblick schwebte der Filzstift in der Luft, dann zierte die kräftige, schwungvolle Unterschrift, die Dawn schon auf dem Titelblatt ihres Buches gesehen hatte, das Dokument.

Mrs. Carpenter erhob sich, damit Dawn und Abelard ebenfalls unterschreiben konnten. Dann, mit einer leichten Verbeugung vor König Sol und einem Kopfnikken zu den anderen hin, wandte sie sich ab.

Die Hütte wirkte heller, als sie wieder allein war und das

Licht ungehindert durch die winzige Türöffnung eindringen konnte.

Doch war sie nicht ganz allein. Dieses eine Mal war Solinjes Hund seinem Herrn nicht unmittelbar auf den Fersen gefolgt. Sie spürte seine nasse Zunge auf ihrer rechten Hand, und mit einem plötzlich zufriedenen Lächeln blickte sie zu ihm hinunter.

»Hund«, sagte sie. »Danke für die Wohltat.«

14

»Die Beweggründe können seltsam und unergründlich sein.«

Baron Hans Weber war ein Finanzmann mittleren Alters von untersetzter Gestalt und mit frischem Gesicht, und er war immer vergnügt, trotz der weltweiten Rezession. Sein persönliches Vermögen hatte er in weiser Voraussicht so angelegt, daß praktisch nichts passieren konnte. Er war Witwer, hatte einen Sohn in Gordonstoun, eine Tochter, die in Florenz Kunstgeschichte studierte, und war ständig von einem Schwarm reizender mehr oder weniger junger Frauen umgeben, die sich eifrig bemühten, ihm im Bett die Zeit zu vertreiben und beim Geldausgeben zu helfen.

Er lud gern Gäste von gleicher Gemütsart in sein Haus, lehnte es aber ab, ein englisches Frühstück mit ihnen einzunehmen, eine Mahlzeit, die er barbarisch fand. Er las die Morgenzeitungen und die Börsenberichte allein bei einem leichten ›petit déjeuner‹ auf dem Balkon seines Schlafzimmers. Die Wälder und die schneebedeckten Alpen spiegelten sich im See, die Luft war erfüllt mit süßen Düften und den Lauten des späten Frühjahrs an der Schwelle zum Sommer.

Als Baron Weber mit Sir Hugh und Yates auf der Terrasse zusammentraf, hatte er Neuigkeiten für sie.

»Ihr Vermittler, Mr. Cain, ist letzte Nacht zurückgekehrt. Er hat mich soeben angerufen. Er kommt vom Hotel aus hierher, bevor wir zur Bank gehen.«

Sir Hugh, nach ein paar Tagen Ruhe in der Bergluft wieder gut in Form, meinte: »Das heiße ich schnelle Arbeit.

Dienstag nacht von hier weg, Donnerstag nacht zurück! Hat er Mauds Unterschrift bekommen?«

»Er sagte, Maud habe auf der punktierten Linie unterschrieben – ohne große Begeisterung –, und er sei einer der beiden Zeugen.«

»Ist er darüber glücklich?« fragte Yates.

»Er schien zu jubilieren.«

In Sir Hughs Stimme schwang Zweifel, als er sagte: »Ich möchte diese Unterschrift erst prüfen, ehe wir zur Bank gehen.«

»Natürlich. Ich habe Schriftproben von Maud in meiner Bibliothek. Fälschungen sind immer möglich, und in diesem Falle steht ja eine Menge auf dem Spiel.«

»Besonders bei ihrem ungewöhnlichen Verhalten! Da ist noch etwas, Hans. Dieses ›Glaubensbekenntnis‹ – ich habe es Ihnen gezeigt – geht mir nicht aus dem Kopf. Irgendwo ist da eine Ungereimtheit. Sie wissen, wie starrköpfig sie ist, wenn es um ihre Prinzipien geht.«

»Sie meinen diesen Absatz fünf: ›Geiseln sollen sich weigern, als Mittel zur Erpressung benutzt zu werden‹, oder etwas Derartiges?«

»Offen gesagt, ja.«

»Mein lieber Junge, es ist recht einfach, solch eine Theorie aufzustellen, aber wenn sie in die Praxis umgesetzt werden soll, wären wohl die wenigsten normalen, gesunden Menschen – und zu ihnen gehört ja auch Maud – bereit, sich umbringen zu lassen, nur um zu ihrer Theorie zu stehen. Zu Maud paßt es viel eher, sich ans Leben zu klammern, damit sie hinterher einen Erlebnisbericht darüber schreiben kann, wie sie von Leoparden-Männern gekidnappt und gefangengehalten wurde bei . . .«

Der Baron brach ab und machte eine vage Handbewegung, um die unglaublichen Möglichkeiten anzudeuten. Desmond nützte die entstandene Pause.

»Das ist ja die Schwierigkeit, Sir. Wir können uns nicht vorstellen, wer Mrs. Carpenter entführt hat und wo sie sich jetzt befindet, und noch viel weniger die Umstände, unter denen sie gefangengehalten wird. Natürlich sind wir ziemlich sicher, daß der Ort ihrer Gefangenschaft in Nyangreela liegt und daß die Entführer Macht und Einfluß besitzen, die Entführung aber keinen politischen Hintergrund hat. Da aber sind wir mit unserem Latein schon am Ende.«

»Wir haben keinen Grund zu der Annahme, daß sie schlecht behandelt wird«, fügte Sir Hugh hinzu. »Und ich glaube, daß sie körperlich gesund ist, sonst hätte man Medikamente verlangt. Auch geistig muß sie völlig in Ordnung sein. Ihr letzter Brief an mich war völlig verständlich und die Schrift normal. Sie haben das alles ja selbst gesehen.«

»Vielleicht kann uns unser Vermittler etwas mehr erzählen, nachdem er jetzt mit seinem sogenannten Chef und mit der Geisel Kontakt aufgenommen hat. Ah, die Türglocke! O Wunder, o Wunder! Unsere schwarzen Klienten zeigen für gewöhnlich selten Respekt vor der Uhr oder der Zeit. Sie kaufen zwar unsere vortrefflichen Schweizer Uhren – nur die teuersten natürlich –, benützen sie aber als Schmuckstücke. Richten tun sie sich nach der Sonne. Gehen wir in die Bibliothek!«

Die Bibliothek, in die der maltesische Butler Abelard führte, war weitläufig und hoch und mit zahlreichen Tischen und Stühlen möbliert, damit jeder, der dort arbeitete, genügend Platz hatte. Aus den hohen gotischen Fenstern sah man auf einen gepflegten englischen Rasen hinaus, der von Bäumen und Büschen in voller Blüte eingefaßt war.

Während Abelard wartete, betrachtete er eingehend die vielen Bücherregale. Schöngebundene seltene Bände nahmen eine Wand ein, Lexika eine andere; in eine dritte Wand teilten sich moderne Romane und historische, wissenschaftliche und biographische Werke. Auf einem antiken Mahagonitisch stapelten sich Zeitschriften. Der große lederbezogene Schreibtisch war leer bis auf ein Schreibzeug. Ein herrlicher türkischer Teppich bedeckte das Parkett.

Abelard ließ den Blick durch diesen Raum schweifen, der verriet, wie weitgespannt die Interessen des Hausherrn waren, und er dachte, daß er eines Tages einen ebensolchen Raum haben wolle, einen Ort, an dem er nachdenken konnte, ungestört vom Trubel der großen Familie, für die Dawn zweifellos sorgen würde.

Er wandte sich von den französischen, deutschen, italienischen und englischen Büchern ab, als Baron Weber mit Sir Hugh Etheridge und Desmond Yates eintrat. Sein Herz klopfte schneller in Erwartung des bevorstehenden Höhepunktes dieses großen Geschäftes, das einen ansehnlichen Profit für ihn selbst und einen noch größeren für seinen Onkel Samuel Santekul abwerfen würde.

»Sie sehen aus, als hätten Sie einen angenehmen Flug gehabt, Mr. Cain«, sagte der Baron lächelnd. »Und ich hoffe, Ihre Mission war erfolgreich.«

Abelard begrüßte die drei Männer und öffnete sodann mit Schwung seine Aktentasche.

»Die Papiere!« sagte er triumphierend. »Unterzeichnet und beglaubigt. Es wird Sie freuen zu erfahren, daß sich die Geisel bei guter Gesundheit befindet und sich auf eine baldige Rückkehr zu ihrer Familie freut.«

Sir Hughs graue Augen fixierten Abelard noch eisiger als sonst.

»Hat sie das selbst gesagt? Oder sind das Ihre Worte?«

Einen Augenblick lang war Abelard aus dem Konzept gebracht. Die Geisel hatte bemerkenswert wenig gesagt und keinerlei Bemerkungen über ihre Gesundheit oder ihre Familie gemacht. Der Baron ergriff das Wort, ehe Abelard eine Antwort stammeln konnte.

»Nun, Mr. Cain, lassen Sie uns keine Zeit verlieren. Bitte, geben Sie mir die Dokumente.«

Er setzte sich hinter den Schreibtisch, deutete auf die drei Stühle davor und streckte die Hand nach den Papieren aus, die Abelard aus seiner Aktentasche genommen hatte.

Sir Hugh, der selten vor dem Abend rauchte, zündete sich eine Havanna an und tat einen tiefen Zug. Yates nahm sich eine Zigarette und bot auch Abelard an, doch dieser lehnte ab.

Baron Weber studierte die Dokumente mit einem leichten Stirnrunzeln. Abelard spürte etwas wie eine böse Vorahnung. Es konnte doch nichts schiefgegangen sein? Unmöglich. Der Baron schloß eine Schublade seines Schreibtisches auf und nahm einen Aktenordner heraus. Er öffnete ihn und sah nach ein paar Minuten auf.

»Sie waren selbst Zeuge, als diese Dokumente unterzeichnet wurden, Mr. Cain? Sie haben tatsächlich gesehen, wie Maud Carpenter ihren Namenszug schrieb?«

»Natürlich. Wir alle. Fünf Leute.«

»Und Sie sind sicher, daß Mrs. Carpenter im Vollbesitz ihrer geistigen Kräfte war? Sie handelte mit Sicherheit nicht unter Zwang?«

»Auf keinen Fall! Schließlich war sie es ja, die diesen Plan ausgedacht hatte. Seine Exzellenz weiß das. Und Mr. Yates ebenfalls.«

Abelard sprang auf und ging zu dem Regal mit den Romanen. Er hatte bemerkt, daß die Erstausgaben von Maud Carpenters Thrillern einen Ehrenplatz einnahmen. Aufs Geratewohl zog er ein Buch heraus und deutete auf das Titelblatt.

»Hier!« Er legte das Buch auf den Schreibtisch. Der kühne Schriftzug, quer über dem gedruckten Autorennamen, sprang ihnen förmlich entgegen. »Es ist der gleiche, sehen Sie! Wie es die Lösegeldforderung vorschreibt. Es kann keinen Fehler geben.« Er hatte mit erhöhter Stimme gesprochen.

Baron Weber fuhr sich über die hohe Stirn und glättete sein spärliches Haar. Seine gescheiten blauen Augen registrierten, wie überrascht Yates' Gesicht war und daß sich auf Abelards Gesicht plötzliches Erschrecken zeigte und seine stolze Erregung auslöschte.

»Was ist denn los?« fragte Abelard schließlich. Sein ängstlicher Blick glitt von einem zum andern und blieb endlich an dem Gesicht des Botschafters hängen: Er schien in den letzten Minuten gealtert, als habe ihn ein längst erwarteter Schicksalsschlag getroffen.

»Sagen Sie es ihm, Hugh«, bat der Baron. »Sie sind Mauds Testamentsvollstrecker und kennen ihre Wünsche. Ihr ›Glaubensbekenntnis‹ und die Lösegeldforderungen – wenn auch teilweise diktiert, aber als Geheimbotschaft für Sie persönlich bestimmt – müssen Sie ja auf etwas Ähnliches vorbereitet haben. Sie allein dürften am ehesten das ganze Ausmaß des Dilemmas erkennen, in dem wir uns jetzt befinden.«

Sir Hugh legte die Havanna vorsichtig auf dem Aschenbecher ab. Hellgraues Rauchgekräusel stieg in die Luft. Der Blick des Botschafters schien magisch angezogen von der Unterschrift in dem aufgeschlagenen Roman. Er räusperte sich, ehe er zu sprechen begann.

»Als diese letzte Lösegeldforderung von Maud kam, mit diesem Schweizer Vorschlag, da fühlte ich, daß die Sache irgendwie nicht stimmte. Ich habe das damals auch geäußert, Desmond wird es bestätigen. Aber ich wußte nicht, wo der Haken bei der Geschichte war. Jetzt glaube ich zu begreifen.«

Er drehte sich langsam zu Desmond um. Dessen klare grüne Augen sahen ihn fragend an.

»Dieses ganze komplizierte Spiel hatte den einzigen Zweck, Sie zu prüfen, Desmond: Ihre Standhaftigkeit und die Aufrichtigkeit Ihrer Liebe zu Jane. Sie haben die Prüfung mit Auszeichnung bestanden.«

Abelard, der stehengeblieben war, beugte sich wütend und ungeduldig vor.

»Baron Weber, ich habe Ihnen ein sehr wichtiges Dokument vorgelegt. Es wurde vor Zeugen ordnungsgemäß unterzeichnet. Und was wird nun daraus? Ein Witz! Eine Liebesprobe! Das ist ungeheuerlich und phantastisch, und ich muß um eine einleuchtende Erklärung bitten. Wir sind hier, um eine äußerst ernsthafte Transaktion zu Ende zu bringen. Wenn sie nicht zum Abschluß kommt, wird die Geisel getötet. Wir entscheiden nicht über Liebe, sondern über Leben und Tod.«

Als sein Zorn wie ein Gewitter über sie hereinbrach, wußte Yates, daß Abelard recht hatte. Ein Leben hing an einem seidenen Faden. Jane hätte ihr Erbe leichten Herzens gegeben, um Maud Carpenter zu retten, und Desmond liebte sie deswegen nur um so mehr. Aber was war mit diesem ›Glaubensbekenntnis‹? Wollte Maud wirklich nur sich selbst bestätigen?

Der Baron war ebenfalls der Ansicht, daß dies nicht die richtige Zeit für Gefühle sei. Die Lage war für alle Beteiligten ernst.

Er wandte sich direkt an Abelard.

»Mr. Cain«, sagte er, »es tut mir leid, Ihnen, Seiner Exzellenz und Mr. Yates mitteilen zu müssen, daß wir gänzlich außerstande sind, diese Unterschrift anzuerkennen, gleichgültig, ob Maud Carpenter sie nun geschrieben hat oder nicht. Ich persönlich glaube, daß dies ihre Unterschrift ist und daß sie damit einen bestimmten Zweck verfolgte, auch wenn wir im Augenblick ihre Absichten nicht zu durchschauen vermögen.«

Er deutete auf den offenen Aktenordner neben dem

Dokument, das Abelard auf den Schreibtisch gelegt hatte.

»Hier sind verschiedene Unterschriftsproben von Mrs. Carpenter aus mehreren Jahren. Diese Fotokopien sprechen wohl für sich selbst.«

Er drehte den Ordner seinen Besuchern zu. Da stand es: *Maud Jane Carpenter.*

Die drei Wörter waren ineinander verschlungen, und sie sahen völlig anders aus als die aus zwei Namen bestehende Unterschrift, mit der Maud Carpenter ihre Privatkorrespondenz und die Verehrerpost zu unterzeichnen pflegte.

Baron Weber fuhr fort:

»Es ist uns unmöglich, Anweisungen auszuführen, die nicht mit der von uns anerkannten Unterschrift ›Maud Jane Carpenter‹ unterzeichnet sind. Leute, die im öffentlichen Leben stehen und ständig um Autogramme gebeten werden, schützen sich für gewöhnlich auf diese Weise. Uns ist das nur recht. Ich verstehe, daß das für Sie ein großer Schock ist. Vielleicht hat Mrs. Carpenter, wie Sir Hugh vermutet, ihre Gründe, wenn sie eine solche Menge unnützer Aufregungen verursacht. Im Augenblick kann ich Ihnen nur mitteilen, daß eine Überweisung nicht stattfinden wird.«

Zu Abelard gewandt fügte er hinzu:

»Ich hoffe nur, Mr. Cain, daß Sie Ihren Auftraggeber dazu bewegen können, Mrs. Carpenter so bald wie möglich freizulassen und die Erpressung als fehlgeschlagenen Versuch zu betrachten. Dann wird die Sache von uns nicht weiter verfolgt. Die Angelegenheit ist erledigt.«

Kim und Jane spielten Tennis, als Mabel Etheridge am Nachmittag desselben Tages zum Tennisplatz hinüberschlenderte. Sie lachten und riefen ihr zu, ihren Schläger zu holen, aber sie sagte: »Laßt euch nicht stören. Ich möchte nur zuschauen und mich ausruhen.«

Sie war alles andere als ausgeruht oder entspannt – betäubt wäre richtiger gewesen – und völlig außerstande, Jane Nachrichten zu überbringen, die sie aufregen mußten. Sollte sie doch ihre Bälle schmettern und versuchen, Kim zu besiegen. Wenigstens waren die beiden vorderhand noch vergnügt. Es würde ohnehin nicht mehr lange dauern, bis sie zurück mußten in die Hölle banger Erwartung. Hier, auf der Höhe von Bryntireon, wo in gepflegten Gärten herrliche Villen standen, versuchte Mabel vergebens, das Bild von Maud Carpenters Gefängnis heraufzubeschwören und sich den seelischen Zustand der Gefangenen vorzustellen. Es gelang ihr nicht. Vielleicht war es gut so! Sie zwang sich, ihre Aufmerksamkeit den Spielern zuzuwenden.

Jane lief wieselflink über den Platz. Sie schien nur aus hüpfenden Füßen, langen Beinen und gespannten Muskeln zu bestehen, ihr Schläger traf den Ball haarscharf und im richtigen Augenblick, ihr dunkles Haar schimmerte in der Sonne des Spätnachmittags. Aber so sehr sie sich auch anstrengte, mit Kim konnte sie es nicht aufnehmen. Er war einfach schneller als sie und hatte mehr Kraft. Gegen seine Schmetter- und Flugbälle war sie machtlos.

Er ist wie ein schwarzer Blitz, dachte Mabel. Wenn ich in Janes Alter wäre, o Gott – aber ich bin es nicht, und das ist auch ganz gut so!

»Ich geb's auf«, sagte Jane nach dem Spiel zu Mabel. »Selbst mit einem geborgten Schläger und einer Vorgabe von fünfzehn zu null für mich steckt er mich in die Tasche.«

Mabel erhob sich und legte ihrer Stieftochter eine Jacke über die Schulter.

»Es wird kühl. Habt ihr beide jetzt genug?«

»Ich könnte den Schläger nicht mehr halten! Und außerdem komme ich um vor Durst«, sagte Jane und sank in einen Sessel.

»Zitronensaft und Gerstenwasser?« fragte Kim.

Sie nickte.

»Und für Sie, Lady Etheridge?«

»Das gleiche.«

Er füllte ihre Gläser aus einem Krug mit selbst ausgepreßtem Zitronensaft und Gerstenwasser und goß sich selbst ein helles Bier ein. Dann fiel ihm Mabels Gesichtsausdruck auf. Sofort war er ganz da. Er roch geradezu, daß es Neuigkeiten gab.

»Ich glaube, Sie verheimlichen uns etwas! Haben Sie Nachricht aus Genf?«

Sie blickte ihn traurig an. Als sie sich Jane zuwandte, sah sie, wie das erhitzte Gesicht vor Angst geradezu verfiel.

»Hat Daddy telefoniert, Mabel?«

»Ja. Eben, als ich weggehen wollte. Anscheinend hat die Sache einen Haken.«

»Bitte, sagen Sie uns alles, was der Botschafter Ihnen mitgeteilt hat.«

Kim setzte sich neben sie. Seine tiefe Stimme und seine Nähe beruhigten sie. Sie wiederholte den Bericht ihres Mannes von dem morgendlichen Treffen in der Bibliothek des Barons. Wie gewöhnlich hatte er sich klar und knapp ausgedrückt.

Mabel berichtete: »Ich fragte Hugh, ob seiner Meinung nach Maud nicht irrtümlich falsch unterschrieben haben könnte. Man macht doch manchmal aus Nervosität einen Fehler. Und sie ist so daran gewöhnt, Bücher zu signieren, daß sie einen Augenblick lang nicht mehr daran gedacht hat und ganz automatisch unterschrieb.«

Jane wollte protestieren, aber Kim schüttelte leicht den Kopf, als wolle er sie bitten zu schweigen.

Mabel fuhr fort:

»Hugh besteht mit Nachdruck darauf, daß es kein Fehler war. Er sagte, ein solches Versehen könnte nur vorkommen, wenn sie unter Drogeneinfluß gestanden hätte. Dann setzte er mir geduldig und logisch auseinander, daß dies das Letzte sei, was die Kidnapper wünschen könnten: eine undeutliche Unterschrift, die so aussah, als sei sie unter Zwang zustande gekommen. Schließlich ist es ja Mauds Idee gewesen, und nun . . .«, sie seufzte hilflos, »scheint alles wie eine Seifenblase geplatzt zu sein.«

»Erzählen Sie weiter«, drängte Kim.

»Hugh meint, Maud hat ihnen entweder absichtlich diesen Streich gespielt, um Zeit zu gewinnen, oder aus ganz persönlichen Gründen. Ungewöhnliche Motive sind schließlich ihr Geschäftskapital als Schriftstellerin.«

»Es könnte noch einfacher sein«, überlegte Kim. »Vielleicht hat sie in letzter Sekunde ihre Meinung geändert und beschlossen, standhaft zu bleiben.«

»Und was nun?« Janes Stimme war sehr leise.

»Dein Vater und Desmond nehmen morgen das erste Flugzeug. Man soll sie auf dem Jan-Smuts-Flughafen abholen. In weniger als vierundzwanzig Stunden sind sie wieder bei uns.«

»Und Abelard?« fragte Kim.

Mabels Brauen zogen sich zusammen. »Hugh sagt, Abelard war ehrlich entsetzt und überrascht von der Wendung der Dinge. Anscheinend versucht er nun verzweifelt, noch heute nacht aus der Schweiz abzufliegen. Mein Mann und Des kehren morgen nachmittag zurück.«

Sie erhob sich, und Kim sah, daß sie zitterte.

»In dem Augenblick, in dem die Sonne untergegangen ist, wird es kalt. Gehen wir hinein. Übrigens, Kim, Sie sollen hierbleiben, weil gegen neun Uhr abends ein Anruf aus Genf für Sie kommt. In der Zwischenzeit kein

Wort an die Presse! Es besteht noch immer die Chance, daß Abelard seinen Auftraggeber zu neuerlichen Verhandlungen überredet. Das ist unsere einzige Hoffnung.«

Der Anruf war kurz und unbefriedigend. Der Botschafter wechselte ein paar Worte mit seiner Frau und seiner Tochter, wollte aber in erster Linie Kim sprechen.
»Abelard ist außer sich und läßt sich das auch anmerken. Er kann nicht eher fliegen als wir. Sobald er in Johannesburg ankommt, will er in seinen Hubschrauber steigen und abfliegen nach . . . weiß Gott wohin! Würden Sie dafür sorgen, daß er für ihn bereitsteht?«
»Natürlich, Sir. Aber kann er sich denn nicht vorher mit seinem Chef in Verbindung setzen? Telefonisch oder per Telex?«
»Er weigert sich. Natürlich hat er Angst davor, er könne Interpol damit auf eine Spur setzen. Doch noch mehr fürchtet er, daß der Kidnapper seine Drohung wahr macht und nicht mehr weiterverhandelt, wenn er mit Sicherheit weiß, daß die Geisel nicht mehr mittut.«
»Dann müssen wir Abelards Entscheidung akzeptieren. Er ist der einzige, der weiß, mit welchen Typen er es zu tun hat.«
»Aber wir kennen die Geisel. Und es könnte sehr gut sein, daß sie sich weigert, bei der Beschaffung des Lösegeldes mitzuwirken.«
»Dann sieht die Sache allerdings übel aus.«
»Unsere Maschine aus Genf soll morgen nachmittag ankommen. Desmond weiß die Einzelheiten. Ich übergebe jetzt an ihn.«
Desmond sprach mit Kim und dann mit Jane. Als sie den Hörer auflegte, war sie blaß.
»Er hat sich so bemüht, Zuversicht zur Schau zu tragen«, sagte sie.

»Wir müssen hoffen, Janie.« Mabel legte ihren Arm um die schlanke Taille des Mädchens. »Sicher werden die Kidnapper auf Abelard warten. Eine Million ist eine Menge Geld. Sie werden niemals aus Ärger oder Ungeduld die Flinte ins Korn werfen. Das Motiv ist bestimmt Habgier.«

Sie wandte sich an Kim; ihre Augen flehten um Bestätigung.

»Es hat den Anschein«, sagte er. »Aber ist das Motiv wirklich reine Habgier? Wenn ja, dann werden wir Mrs. Carpenter gesund und munter wiedersehen.«

»Wir wissen, daß ein politisches Motiv ausscheidet. Was bleibt dann noch übrig als Habgier?«

Jane wandte sich mit fragendem Blick an Kim. Er zwang sich zu einem ermutigenden Lächeln, als er sagte:

»Was sonst, Janie?«

Aber Mabel erinnerte sich an ihre Unterhaltung mit ihm am Swimming-pool angesichts des Devil's Peak.

Doch sie sagte ruhig:

»Motive können seltsam und unglaublich sein. Hoffen wir, dieses hier ist so erbärmlich und simpel, wie es den Anschein hat: Geldgier. Und ein gieriger Mensch wird so lange feilschen, bis die letzte Hoffnung auf Gewinn dahin ist. Es liegt an uns, diese letzte Hoffnung am Leben zu erhalten.«

». . . jenseits des dunklen Vorhangs, der den Tag von der langen Nacht trennt.«

Seit sie den letzten Brief an Hugh Etheridge geschrieben und die Dokumente falsch unterzeichnet hatte, benahm sich Mrs. Carpenter haargenau wie ein Mensch, der von einem afrikanischen Zauberer verhext worden ist.

Sie hatte ihr Gesicht zur Wand gedreht.

Man begriff im Kral sehr gut, warum. Trotzdem machte sich die Kleine Königin Sorgen. Etwa zu der Zeit, als Kim den Anruf des Botschafters aus Genf erhielt, lag die Kleine Königin mit König Sol im Bett. Aber ihr Bettgeflüster war an diesem Abend ernst.

»Wenn das Geld für dich auf ein Schweizer Nummernkonto überwiesen wird – und das erwartet sie doch –, weshalb freut sie sich nicht darüber? Sie glaubt doch sicher, daß sie ihre Freiheit wiederbekommt, wenn der Handel abgeschlossen ist.«

»Sie heißt nicht umsonst ›die Weise‹«, sagte Sol, der seit der Unterzeichnung schlechter Laune war. »Als die Regenmacherin ihr die Zöpfe abschnitt, wußte sie, was das zu bedeuten hatte. Sie war auserwählt worden.«

»Das ist doch schon einige Zeit her. Damals hat sie ihr Gesicht nicht zur Wand gekehrt.«

»Aber sie ist inzwischen anders geworden. Weil sie erkannt hat, daß es nicht mehr um ›Geld oder Leben‹ ging, sondern daß es nun hieß: ›Geld *und* Leben‹.«

»Wann erwartest du Santekul und seine Männer?«

»Wenn der halbe Mond über den Horizont heraufsteigt.«

»Also in einer Stunde.«

»Ein wenig mehr. Wir sollten die Zeit nutzen.«

»Noch einmal . . .?« Sie lachte.

»Ich bin noch keine hundert Jahre alt!«

Solinje hatte die Hütte seiner Eltern schon früher verlassen. Wie die meisten Kinder fand er es ziemlich beängstigend, wenn sein Vater und seine Mutter ›kämpften‹. Sein Vater gewann immer. Es war recht, daß der Mann der Gewinner war, besonders ein König, aber er wollte die Niederlage seiner Mutter lieber nicht mit ansehen. Mrs. Carpenter hatte ihr Feuer niederbrennen lassen, obwohl die Herbstnächte bereits frostig waren, besonders hier in den Bergen. Im Winter waren die Gipfel schneebedeckt und der Kral verlassen.

Mrs. Carpenter lag auf ihrem Diwan, das Gesicht zur Wand gekehrt und mit ihrer Flugzeugdecke und dem Schakalfell zugedeckt. Seltsamerweise empfand sie die Kälte, die ihr bis ins Mark kroch, gar nicht. Für sie war das nur ein weiteres Stadium des sich hinauszögernden Abschieds vom Leben. Dazu gehörte ihrer Meinung nach auch, daß man alles geduldig hinnahm, was ›jenseits des dunklen Vorhangs liegen mochte, der den Tag von der langen Nacht trennt‹.

Sie hatte keine Angst, nur seltsam flüchtige Gedanken huschten ihr durch den Kopf, nahmen Gestalt an und zerflossen wieder.

Ihre Glieder waren empfindungslos und ihr Nacken eiskalt ohne die Mähne dichten Haares, die ihr einst bis auf die Taille gefallen war.

»Samson«, murmelte sie, »dieser kraftvolle Büffel, mußte dasselbe Gefühl gehabt haben, als Delila das Geheimnis seiner Kraft verraten und ihn seiner Locken beraubt hatte. Was für ein Trottel war er doch! Der größte Angeber in der Bibel, verwöhnt von seiner Mutter, vergafft in seine treulose Frau – nur Muskeln, kein Hirn, ein gewisses Maß an Bauernschläue, eine Witzfigur ...«

Sie zog sich die Decke höher über die Schulter hinauf und rollte sich zusammen – ein wärmesuchendes menschliches Knäuel. Aber selbst in dieser Embryohaltung fühlte sie sich wie von Eis eingeschlossen.

Sie drehte sich nicht um, als sich die Hüttentür öffnete und sie leichte, vertraute Schritte auf dem Lehmboden tappen hörte. Ein Kind und ein Hund. Zu dieser Nachtzeit? Sicher nicht! Es war ja schon lange dunkel, mußte neun Uhr vorbei sein. Um diese Zeit schlief und träumte alt und jung, und das Vieh stand ruhig im Stall, wenn nicht das Bellen der Hunde vor einem Räuber warnte.

Solinjes Hund winselte und legte ihr die Pfote auf den Rücken. Der Junge fragte: »Warum liegst du so, Weise – ganz zusammengerollt?«

Seine Stimme war nahe. Sie wußte, daß er hinter ihr kauerte, den schmalen Körper in das Leopardenfell gehüllt.

»Ich kehre in den Schoß zurück«, antwortete sie, verwundert darüber, daß sie diese Antwort belustigte. Damit wußte der Junge wohl nichts anzufangen. Der Hund war auf den Diwan gesprungen und legte sich über ihre eisigen Füße.

»Schoß?« wiederholte Solinje. »Ich weiß nicht, was das ist.«

»Sagen wir so: Damit sind die Zeit und der Ort gemeint, wo ich war, ehe ich die Luft dieser grünen Erde atmete, ehe ich die Jahreszeiten kannte und die Lust am Leben und an der Liebe, ehe ich wußte, was es bedeutet, einen Mann zu haben und ein Kind zu gebären ... und beides zu verlieren.« Sie schwieg und hing ihren trüben Gedanken nach.

Er zögerte eine Weile. Weshalb nur sprach sie so zu ihm, abgewandt, als rede sie mit jemand anderem? Er verstand das nicht ganz, erfaßte aber instinktiv den Sinn ihrer Worte.

»Ich verstehe«, sagte er nach einer Weile. »Aber die Zeit ist noch nicht gekommen. Es ist zu früh.«

»Zu früh wofür?«

»Um zu deinen Ahnen zurückzukehren.«

Der Hund hatte sich höher geschoben und lag jetzt in der Nähe ihres Gesichts. Sie konnte seinen Atem riechen.

»Hund«, klagte sie, »du hast schon wieder Reh gefressen, und eines, das schon stank!«

Er stieß ein um Verzeihung bittendes Winseln aus, atmete ihr heftig ins Gesicht und fuhr mit seiner freundlichen Zunge darüber hin.

»O Gott!« stöhnte Mrs. Carpenter. »Der Kuß des Lebens!« Sie drehte sich überraschend um und sah die Silhouette von Solinjes zusammengekauerter Gestalt gegen den sternenübersäten tiefblauen Nachthimmel vor dem winzigen Fenster.

Sie legte ihre kalte Hand auf den runden warmen Kopf mit den hübschen, dicht anliegenden Ohren, die für seinen Stamm charakteristisch waren, und spürte, daß er rasch den Kopf hob, wie ein Böckchen, das spielerisch zustoßen will. Er sprang auf und holte ihren langen Mantel aus Kuhhaut von einem Wandbrett und legte ihn ihr um die Schultern. Sie setzte sich auf und legte sich den Fellmantel über die Knie. Der Hund rollte sich rasch in der Vertiefung zusammen, die ihr Körper hinterlassen hatte.

»Wie um alles in der Welt kommt es, daß du jetzt hier bist, Solinje? Der Kral schläft.«

»Mein Vater, der König, ›kämpft‹ mit meiner Mutter. Nach dem Kampf schlafen sie. Das ist immer so.«

Sie lächelte. Er war noch immer ein Kind, trotz seines frühreifen Wissens.

»Du bist vorher noch niemals zu mir gekommen, wenn es Nacht war.«

»Heute nacht hörten wir, daß du uns gerufen hast – mein Hund und ich.«

»Was wird geschehen, wenn deine Mutter aufwacht und entdeckt, daß du weg bist?«

»Sie wird denken, ich bin bei Dawn, und wird wieder einschlafen.«

»Warst du bei Dawn?«

»Ja. Sie gab mir dies hier für dich.« Er öffnete die Tasche aus Leopardenhaut, die er über der Schulter trug, und nahm eine Perlenkette heraus, an der eine kleine, flache Tasche hing. »Dawn sagte zu mir: ›Ich höre auch, wie die Weise dich ruft. Geh zu ihr, Solinje. Sage ihr, ich wünsche ihr alles Gute.‹«

Mrs. Carpenter sah die kleine Perlentasche verwundert an.

»Sie ist ganz besonders hübsch! Kein Geschenk könnte mir mehr Freude machen. Du bist heute abend der Bote. Überbring Dawn meinen Dank.«

»Wenn sie dir morgen dein Essen bringt, kannst du ihr selbst danken.«

»Ich glaube nicht, Solinje. Heute nacht muß ich mit meinen Ahnen und mit unseren Nachkommen sprechen. Sie sind alle bei mir.«

»Ich weiß. Du möchtest allein mit ihnen sein.« Er stand auf. Nun war er ebenso groß wie sie, die auf dem Bett neben dem Hund saß, der winselte und japste und von Jagdabenteuern träumte. »Aber ehe ich gehe, muß ich neues Leben in dein Feuer blasen.«

»Tu das, Hüter der Flamme!«

Ihre Stimme war während des Gesprächs lauter und kräftiger geworden. Sie streckte die Hände nach der Wärme aus, die das frisch angefachte Feuer verströmte. Sie hörte das Knacken des Holzes und sah die roten, blauen und goldenen Flammen wie Gras aus dem Feuerloch im Lehmboden emporwachsen.

»So! Jetzt ist es besser.«

Solinje klatschte in die Hände und rief seinen Hund.

»Dein Hund hat mein Bett gewärmt«, sagte Mrs. Carpenter. »Und du hast meine Hütte und mein Herz gewärmt. Geh in Frieden.«

»Bleib in Frieden«, antwortete Solinje in der Sprache seines Landes.

Als sich die Tür hinter ihm geschlossen hatte, griff Mrs. Carpenter in die Tasche ihres Mantels und fand das Papierdeckchen, das Dawns Granatäpfel geschmückt, und den Kugelschreiber, mit dem sie selbst das Taschenbuch signiert hatte.

Sie würde an Jane schreiben und den Brief in das kleine Perlentäschchen stecken.

Es mußte ein kurzer Brief sein, aber das war unwichtig. Sie ahnte, daß auch ihre Zeit nur noch kurz bemessen war.

Als König Sol eine Stunde später Mrs. Carpenters Hütte betrat, stieg der Halbmond soeben über den Horizont empor. Die Nacht war von ungewöhnlicher Schönheit, silberglänzend und windstill, und außer den Geräuschen der Nachttiere und dem Murmeln des Baches war nichts zu hören.

Der König war von Mrs. Carpenters Anblick überrascht. Sie lag nicht mit dem Gesicht zur Wand, wie er gefürchtet und erwartet hatte. Im Gegenteil, sie war angetan wie zu einem Fest, und auf sein Klopfen hatte sie die niedere Tür geöffnet und gleichzeitig das Knie vor ihm gebeugt. Ihr Gesicht, das in letzter Zeit mager und verhärmt ausgesehen hatte, schien jetzt weich und heiter und hatte im Feuerschein einen beinahe spitzbübischen Ausdruck. Sie verbarg ihr kurzes gebürstetes und schimmerndes Haar nicht mehr unter einem strengen Turban, sondern hatte es mit einem breiten Stirnband aus Perlen geschmückt, das vom Haaransatz bis zu den Augenbrauen reichte. Außer ihrem Perlenkragen trug sie eine lange Kette mit einem flachen Täschchen, das ihr wie ein Medaillon über dem Herzen hing. Die Decke hatte sie sich wie einen Sari um den Körper geschlungen, und ihr Mantel aus Kuhhaut lag auf dem Diwan bereit. Sie war prächtig gekleidet – für eine besondere Gelegenheit.

Er stand verwundert und bestürzt da. Sie lächelte.

»Sogar Schuhe aus Schaffell.« Sie zeigte darauf. »Eleganter als die üblichen wollenen Socken. Meinst du nicht auch?«

Sie wies auf einen der Sessel.

»Bitte, setz dich, König Sol. Dann kann auch ich mich setzen. Wird Solinje uns einen Freundschaftsbecher mit Maisbier bringen?«

»Möchtest du das?«

»Sehr gern.«

»Ich werde Solinje rufen.« Er trat auf die Türschwelle, steckte die beiden kleinen Finger in die Mundwinkel und stieß einen schrillen Pfiff aus.

»Das könnte ja Tote aufwecken!« bemerkte sie.

Nachdem er seinem Sohn seine Befehle entgegengerufen hatte, kehrte er zurück, setzte sich und stopfte seine geschnitzte Pfeife. Der Tabak erfüllte die Hütte mit seinem angenehmen Duft. Er trug seinen perlenverzierten kurzen Rock und einen Umhang aus Leopardenfell. Als er sich vorbeugte, um die Pfeife anzuzünden, die sie so gut kannte, sah sie die Flamingofedern in seinem dichten, bereits ergrauenden Haar.

»Was geht heute nacht vor?« fragte sie. »Der Kral ist verlassen. Vor einer Weile gab es einen Tumult, als würden alle Leute weggehen.«

»Sie sind zum Opferfelsen gegangen«, sagte er. »Die Zeit ist gekommen für die Zeremonien der Regenmacherin, damit die Ernte unten in der Ebene gut ausfällt.«

»Wo ist dieser Felsen, von dem du sprichst?«

»Höher dem Gipfel zu, wenn man den Weg am Bach entlanggeht.«

»Und das Opfer?«

»Die Ziege.«

»Die Ziege? Die ist mir eine richtige Freundin geworden. Es tut mir leid, daß ich ihre Gesellschaft verliere. Sie war für gewöhnlich in der Nähe meiner Hütte angebunden.«

»Sie werden ihre Gesellschaft nicht verlieren, Mrs. Carpenter.«

Draußen, in der Stille des fast leeren Krals, verkündete ein Trompetensignal die Ankunft Solinjes mit der Kalebasse voll Bier.

Der Junge kauerte sich zwischen ihnen nieder, wie üblich, wenn er seinem Vater und der Weisen den Freundschaftsbecher kredenzt und seinen Teil an dem Gebräu genossen hatte. Mrs. Carpenter bemerkte, daß er wie Sol die Flamingofedern der königlichen Sippe im Haar trug. Es war das erstemal, daß sie ihn so sah.

»Sicher wirst du heute nacht bei der Zeremonie zugegen sein?« sagte sie zum König.

»Natürlich. Und du auch.«

»Ist es weit zu gehen?«

»Du wirst von meinen königlichen Sänftenträgern getragen. Der Pfad ist steil und steinig, aber der Sessel ist leicht und bequem. Zwei Stangen sind an den Armlehnen befestigt, und vier Träger, einer an jeder Ecke, nehmen diese Stangen auf die Schulter und bringen dich sicher die Steigung hinauf.«

»Ich verstehe. Und du, König Sol?«

»Ich werde mein goldenes Pferd reiten, und mein Sohn wird den Sattel mit mir teilen. Der Reitknecht folgt auf seinem Rappen.«

»Dann bin ich in guter Gesellschaft. Wann brechen wir auf?«

»Bald. Mittlerweile werden sich die Leute versammelt haben. Der Mond geht auf, um Mitternacht wird er den Zenit seiner Bahn erreicht haben. Dann muß das Opfer dargebracht werden.«

»Danach wird sich der Himmel mit Wolken beziehen?«

»Morgen donnert und blitzt es. Gegen Abend wird der erste Regen das Land segnen.«

Er reichte ihr nochmals die Kalebasse. Dann sagte er zu Solinje:

»Geh jetzt! Sag meinen Sänftenträgern, sie sollen sich bereithalten, und dem Reitknecht, er soll mein goldenes Pferd bringen. Dann warte mit ihnen vor dieser Hütte, bis die Weise und ich bereit sind, zu euch zu kommen.«

Der Junge eilte davon, um zu tun, was ihm befohlen worden war. Aber König Sol schien keine Eile zu haben.

»Sag mir«, begann er schließlich, »weshalb liebst du Solinje?«

»Das ist einfach, König Sol. Er ist ein tapferes Kind mit einer glücklichen Veranlagung und von großer Intelligenz.«

»Das kann man von vielen meiner Söhne und von anderen Kindern auch sagen.«

»Aber dieses Kind denkt nicht nur mit seinem raschen Verstand. Es denkt auch mit dem Herzen.«

»Das ist dir aufgefallen?«

»Ich hatte allen Grund dazu. Ich gehöre weder seiner Familie noch seinem Volk an, trotzdem liest er meine Gedanken, als sei ich seine eigene Großmutter, und wenn sie traurig sind, tröstet er mich. Heute abend waren sie sehr traurig.«

»Du hattest dein Gesicht zur Wand gekehrt?«

»Die Kälte des Todes war in meinen Knochen, als Solinje mit seinem Hund zu mir kam. Er sagte, sie hätten mich rufen gehört. Er sagte: ›Die Zeit ist noch nicht gekommen, um zu deinen Ahnen zurückzukehren.‹ Er gab mir Lebenskraft und Mut. Nur noch ein einziger Mensch hätte das gleiche für mich tun können.«

»Wer, Mrs. Carpenter?«

»Meine Enkelin, Jane Etheridge.«

»Abelard hat mir gesagt, daß sie eine großartige junge Frau ist.«

Er öffnete seine Tasche aus Leopardenfell und verstaute die Pfeife darin, die er zuerst über der heißen Asche ausgeklopft und dann hatte auskühlen lassen. Als er die Hand wieder herauszog, hatte er eine Art Unkraut und ein kleines Fläschchen mit einer dunklen Flüssigkeit in den Fingern. »Kennst du diese Pflanze?« fragte er.

Mrs. Carpenter nahm sie ihm aus der Hand und untersuchte sie interessiert.

»Es sieht aus wie eine große Abart des englischen Schafkerbels«, sagte sie schließlich. »Aber der Stengel ist anders – ziemlich dunkel, so weich und purpurn gesprenkelt. Wo hast du das gefunden?«

»Es wächst in der Nähe des Big River im Garten des Kräuterdoktors.«

»Tatsächlich!« Sie zog die Brauen hoch. »Was heilt es dann? Oder tötet es?«

»Es ergibt einen wirkungsvollen Trank«, sagte er. »Oder eine ebenso wirkungsvolle Arznei. Die Pflanze hat viele Verwendungsmöglichkeiten.«

Sie sah ihn mit einem langen, prüfenden Blick an und dann auf das kleine Fläschchen, das er ihr entgegenhielt. Ihm kam es so vor, als lese sie seine Gedanken. Plötzlich erschien auf ihrem Gesicht das vertraute, halb amüsierte Lächeln, mit dem sie oft versucht hatte, das Grauen ins Spaßhafte zu ziehen.

»Warte!« rief sie. »Ich glaube gar, du bietest mir da ein Vorbeugungsmittel an, König Sol. Ein sehr wirkungsvolles.«

Erleichtert nahm er ihre Deutung hin. Seine Stimme klang wärmer. »Wir nennen dich nicht umsonst ›die Weise‹.«

»Es ist schon sonderbar«, sagte sie. »Da habe ich ein Leben lang als Schriftstellerin wie eine Gottheit meine Marionetten nach meiner Pfeife tanzen lassen, habe sie sorglos getötet – Opfer oder Täter – und ihre Leichen zu Hunderten irgendwo liegen gelassen. Und nicht einmal habe ich ernsthaft über das Phänomen des Todes nachgedacht und seinen tieferen Sinn. Er war nichts weiter als eine Karte in meinem Kartenspiel oder ein Teil eines Puzzle. Und nun überkommt mich die große Neugier: Habe ich Angst? . . . Nein, nicht vor dem Tod selbst, nur vor der Art meines Sterbens. Deshalb danke ich dir, mein Freund, für dieses kostbare Geschenk.«

Sie steckte die kleine Pflanze in ihr Stirnband.

»Übrigens – was ist es eigentlich?« fragte sie.

»Schierling.«

»Das Gift, das die alten Griechen für die zum Tode Verurteilten verwendeten. Sokrates mußte den Schierlingsbecher trinken, weil er seinen Schülern erklärt hatte, daß ihre der Fleischeslust ergebenen, zänkischen, vergnügungssüchtigen Olympier nicht das Richtige seien. Der wahre Gott sei ein einziger göttlicher Geist mit ewigem Leben.«

»Und davon sprach er zu ihnen, bis er schließlich in Schlaf fiel.«

»Es braucht also einige Zeit, um zu wirken? Was sagt Keats in seiner ›Ode an eine Nachtigall‹? ›Mich schmerzt mein Herz, und eine schlaftrunkene Starre quält meinen Geist, als hätte Schierling ich getrunken oder vor kurzem betäubendes Gift bis zur Neige geleert und wäre lethewärts gesunken . . .‹«

»Man hat mir gesagt, es schmeckt nicht allzu schlecht. Der Kräuterdoktor ist geschickt darin, üble Medizin einigermaßen wohlschmeckend zu machen.«

»Ist er als Chirurg ebensogut wie als Drogenhersteller und Arzt?«

»Er ist Jäger. Und wie alle Jäger versteht er, geschickt mit dem Messer umzugehen.«

»Aber er operiert ohne Narkose. Wenn ein Organ – vielleicht das Herz – einem Spender entnommen werden muß, dann muß dieser Spender am Leben sein. Habe ich recht?«

König Sol fröstelte trotz der Wärme in der Hütte. Ratlosigkeit und Verwirrung machten ihn reizbar gegenüber seinem Opfer, das sich unversehens in eine Fragestellerin verwandelt hatte und den Finger auf eben die Punkte legte, die er so gern aus dem Bewußtsein verdrängt hätte.

»Die Menschen unterziehen sich dauernd Operationen, die sie nicht wünschen und vor denen sie Angst haben«, sagte er finster. »Ich habe Ihnen auf die mir einzig mögliche Weise geholfen. Trinken Sie das Gift auf einmal aus, wenn Sie wissen, daß das Unvermeidliche geschehen wird.«

»Ehe Santekul meine Hände binden oder meine Lippen verschließen kann.«

»Genug! Aaah . . .« Er schrie auf, als leide er selbst unerträgliche Schmerzen. Er wußte, daß auch er Santekuls Opfer war – den alten Kulten verpflichtet. Die Tradition war stärker.

Mrs. Carpenter erhob sich entschlossen. Ihre Augen unter dem perlenbesetzten Stirnband waren voll Mitleid.

»König Sol, du bist ein Gefangener zwischen zwei Welten – der alten und der neuen. Du brichst die alten Gesetze aus Freundschaft für mich. Ich bin dir dankbar für diesen Schierlingsbecher. Da ist noch eine Gunst, die ich erflehe. Wenn die Halskette, die ich trage, und die perlenbestickte Tasche ihren Weg in die Hände meiner Enkelin Jane Etheridge fänden, dann würde ich die Rechnung zwischen uns als ausgeglichen betrachten. Es gab Betrug auf beiden Seiten. Dieses Geschenk aus der Welt hinter dem dunklen Vorhang könnte die Kluft schließen, und mein Geist würde dich niemals verfolgen. Er würde dir Kraft verleihen. Ich hoffe, daß Solinjes Generation stolz und aufgeklärt aufwachsen wird.«

Er führte sie hinaus in die frische, dünne Bergluft. In der Nähe ihrer Hütte bestieg er sein goldenes Pferd, und einer der Träger hob Solinje vor ihm in den Sattel. Gefolgt von dem Reitknecht auf seinem Rappen, ritten sie durch die Dorneneinfriedung hinaus; der Hund lief voraus. Mrs. Carpenter nahm ihren Platz im Sessel ein.

Als die vier Träger die Stangen hoben, verließ sie das Gefühl, daß sich etwas Besonderes ereigne. Sie umklammerte das Fläschchen fest mit ihren kalten Händen. König Sol hatte bestimmt einen hohen Preis für diesen Schierling bezahlt. Einen Augenblick schloß sie die Augen und wiederholte im Geist die letzten Worte des griechischen Philosophen: ›Der Tod ist die Erlösung vom Fieber des Lebens.‹ Weshalb war er eigentlich so sicher? fragte sie sich. Bald würde sie es wissen. In der Zwischenzeit konnte sie nur hoffen, daß Sokrates recht hatte. Die lederbeschuhten Füße der Träger trotteten im Gleichschritt den gewundenen Pfad bergan. Als sie die Augen wieder öffnete, sah sie zwischen den fast kahlen herbstlichen Zweigen die silberne Reinheit des Mondes nahe dem Zenit zwischen Aufgang und Untergang.

16

»Der Mond stand hoch am Himmel.
Die Trommeln dröhnten ...«

Mabel, Jane und Kim holten den Botschafter, Desmond und Abelard kurz nach drei Uhr am Samstagnachmittag auf dem Jan-Smuts-Flughafen ab.
Die Ankömmlinge sahen sorgenvoll und müde aus, und Abelard war ängstlich darauf bedacht, keinen Augenblick zu verlieren und sofort weiterzureisen.
»Ich kann wirklich nichts dazu sagen«, erklärte er Kim, »bis ich Gelegenheit hatte, mit dem Bewacher zu sprechen. In der Zwischenzeit halten Sie um Himmels willen die Presse aus allem heraus, bis Sie wieder von mir hören! Ist der Hubschrauber startklar?«
»Ja. Vielleicht kann ich Sie noch einmal sehen, ehe Sie abfliegen. Wenn nicht, setzen Sie sich heute abend mit mir über Judys Wohnung in Verbindung.«
»Mache ich«, versprach Abelard.
»Er war so stolz, als er die Unterschrift vorwies«, erzählte Desmond Jane. »Es war ein Triumph ohnegleichen. Und nun ist Unglück daraus geworden.«
»Unglück für uns alle«, sagte Jane. »Ich bin übrigens mit deinem Wagen von Pretoria hierher gekommen; wir können also allein zurückfahren.«
»Das hast du gut gemacht!« Er lächelte erleichtert. »Jetzt wollen wir uns von deinem Vater und Lady Etheridge verabschieden. Es war für Seine Exzellenz nicht einfach, nachdem sich wegen dieser mysteriösen Unterschrift alle unsere Hoffnungen zerschlagen hatten. Der Flug war nicht angenehm, und er braucht Ruhe.«

Kim und der Botschafter näherten sich, ins Gespräch vertieft. Sie schienen sich ganz ausgezeichnet zu verstehen.

»Fahren Sie jetzt mit uns in die Botschaft zurück, Kim?«

»Wenn Sie gestatten, Sir, würde ich lieber hierbleiben. Ich möchte herausbringen, welche Nachrichten im Umlauf sind. Ihr Flug und Abelards Aktivitäten sind von den schlauen Jungens in Verbindung gebracht worden. Ich muß die wilden Gerüchte ein bißchen zurechtrükken.«

»Und wie wollen Sie das machen?«

»Das weiß ich noch nicht. Man entwickelt einen sechsten Sinn dafür. Vielleicht fliege ich sogar selbst zum Hydro-Casino. In diesem Fall weiß meine Nachrichtenquelle Judy Bescheid und wird sich sofort mit Jane in Verbindung setzen. Zumindest können Sie sicher sein, Sir, daß ich ständig auf irgendeine Weise mit Ihnen in Verbindung bleiben werde.«

»Ich verlasse mich da ganz auf Ihre Diskretion. Wir bleiben in Verbindung.«

Man hatte bekanntgegeben, daß Sir Hugh persönlicher Angelegenheiten halber in London gewesen sei. So hatte sich auf Mabels Bitte hin nicht einmal der britische Gesandte auf dem Flugplatz eingefunden, um seinen Vorgesetzten zu begrüßen.

Sobald Yates Sir Hugh und Lady Etheridge im Wagen der Botschaft hatte wegfahren sehen, machten er und Jane sich in seinem Mercedes-Kabrio auf den Weg.

»Janie, Liebes«, sagte er, als sie sich auf der Main Pretoria Road befanden, »ehe wir nichts von Abelard oder Kim gehört haben, können wir jetzt nichts mehr für deine Großmutter tun. Reden wir also von uns! Willst du mich zum glücklichsten Mann der Welt machen und mich so schnell wie möglich heiraten?«

»Darling, ich liebe dich. Ich will dich haben. Aber wieviel hat Daddy dir erzählt?«

»Ich denke, alles. Ich weiß, daß du deine ganze Erbschaft verlierst, wenn die Wiederaufnahme der Verhandlungen klappt und Mrs. Carpenter mit ihrer richtigen Unterschrift zeichnet. Das kümmert mich nicht so viel! Ich kann für dich sorgen, wenn unser Lebensstil vielleicht auch nicht so großzügig sein wird, wie du's gewohnt bist. Ich weiß auch von der anderen Sache, die ein Hindernis bilden könnte. Aber das wird sie nicht – ich wüßte auch nicht, warum. Dein Vater ist allerdings der Meinung, es sei sein Recht und seine Pflicht, dir die ganze Wahrheit zu sagen. Er ist tapfer und ritterlich, und ich respektiere seine Haltung. Und deshalb fand ich auch, er müsse wissen, daß es mir mit dir ernst ist. Und zwar sollte er es in dem Augenblick erfahren, als wir alle glaubten, der Preis für Mrs. Carpenters Leben sei dein Erbe. Jedenfalls wird er heute abend mit dir sprechen, sobald er sich etwas ausgeruht hat. Das alles hat ihn ziemlich mitgenommen.«

Jane war tief bewegt. Eine Weile herrschte Schweigen zwischen ihnen, während sie über die Autobahn der Hauptstadt entgegenrasten.

»Also gut, Des«, meinte sie schließlich. »Sag mir nur noch eines: Hat Daddy erraten, daß wir schon ein Liebespaar sind?«

Er antwortete nicht sofort und dann nur zögernd: »Nein, Janie, das hat er nicht. Ich hätte es auch nie gewollt, es war dein Wunsch. Mein Gott, ich wollte dich, und ich will dich auch jetzt . . . in guten und in schlechten Tagen und so weiter und so weiter. Nicht nur als eine Freundin auf Zeit. Aber du bist ja schon bei dem Gedanken an eine Heirat kopfscheu geworden. Ich wollte nicht, daß dein Vater glaubt, mir würde es genügen, mit dir einfach zusammenzuleben. Ich habe das nie gewollt, und jetzt will ich's erst recht nicht. Wenn du mit ihm gesprochen hast, bitte ich dich um eine klare Antwort. Ausflüchte lasse ich nicht mehr gelten.«

Er fuhr den Hügel hinauf zur Botschaft. Sie konnte seinem Profil ansehen, daß er eisern entschlossen war.

»Du meinst das ganz ernst, Des?«

»Mit Kopf, Herz, Leib und Seele. Entweder du sagst mir, daß ich für alle Zeiten dein Mann bin, und läßt dir von mir einen goldenen Reif an den Finger stecken – oder ich verschwinde von der Bildfläche. Und wenn mich meine Eifersucht nicht trügt, wird dies das Zeichen für Kim sein, seinerseits auf der Bildfläche zu erscheinen. Er ist nicht so wild aufs Heiraten; vielleicht gefällt er dir besser.«

Ungefähr eine Stunde später, kurz vor Sonnenuntergang, setzte Abelard zu seiner gekonnten Landung auf dem Opferfelsen an.

Er sah schon alles, noch ehe seine Füße den besudelten Granit berührt hatten, und kaltes Entsetzen schüttelte ihn. Allerdings hatte er diese Überreste einer rituellen Feier halbwegs erwartet.

In den halbkreisförmigen, mit großen Steinen eingefaßten Feuerstellen, weit weg vom Opfertisch, fanden sich kaum erkaltete Asche und ein paar Knochen, die noch warm waren. Das Gras um den Felsen war niedergetrampelt von den Füßen der Tanzenden und Feiernden. Überall gab es Blutspuren, und als Abelard langsam umherwandelte, sah er Überreste von Fell, Hufen und Knochen – aber nicht das, was er am meisten zu finden fürchtete.

Da müssen viele vom Big River heraufgekommen sein, dachte er, um der Zeremonie des Regenmachens beizuwohnen. Und sie hatten bestimmt ein Opfertier mitgebracht, vielleicht eine von Sandekul ausgesuchte Kuh, aber selbstverständlich keine aus seiner eigenen großen Herde. Und hier war mit Sicherheit das Ohr der Ziege aus dem Bergkral.

Es gab noch etwas zu untersuchen: einen kleinen, ebenen Felsen. Während das große Biergelage an irgendeiner anderen Stelle im Gange war, konnte dieser Felsen sehr gut als zweiter Opferstein verwendet worden sein, verborgen vor den Singenden und Tanzenden.

Er betrat diese abgeschiedene Ecke nur widerstrebend und setzte den Fuß vorsichtig auf, wie auf geheiligten Boden.

Auch hier gab es Asche. Sie mußte allem Anschein nach vom Dreifuß der Regenmacherin stammen. Blut war verspritzt worden. Auf den Blutflecken lagen Perlen von dem wundervollen Halsband, das er an Maud Carpenter gesehen hatte, als sie die Dokumente unterzeichnete.

Abelard riß sich die gelbe Mütze herunter und kniete mit gesenktem Kopf nieder. Mit der rechten Hand warf er die Perlen in die Mütze, dann wickelte er sie vorsichtig zusammen, ehe er sie in die Tasche seines Anoraks steckte.

»So weißt du also nun, was geschehen ist.«

Die schrille Stimme des Hexendoktors ließ ihn erschrocken aufspringen.

Santekuls mageres Gesicht war noch immer mit den weißen geometrischen Mustern bedeckt. Die Ringelnatter um seinen Hals schimmerte in den letzten Strahlen der untergehenden Sonne wie Email. Abelard wußte, daß die Schlange harmlos war, aber jede Bewegung des Geschöpfs, das beständige Züngeln ließen sein Blut erstarren.

»Ich verstehe das alles nicht«, sagte er rauh. »Du solltest doch auf mein Okay warten! Dies hier sollte nur geschehen, wenn ich gemeldet hätte, daß etwas schiefgegangen ist. Das habe ich nicht getan.«

»Als wir uns zuletzt trafen, Neffe, sagte ich: ›Der Gewinner bekommt alles.‹«

»Das habe ich gehört. Aber ich wollte nicht glauben, daß unser König ebenso denkt.«

Santekul hob den Kopf, und die Schlange machte es ihm nach. Das Fell seines Turbans aus Affenhaar bewegte sich im leichten Abendwind. Er sagte:

»Ich hatte eine Vision, als du nach Genf zurückgeflogen warst. Ich sah dich in einem riesengroßen Zimmer voller Bücher, welche die Weisheit vieler Länder und Jahre enthielten. Du zeigtest die Unterschrift der Geisel einem Mann mit einem wohlgenährten Bauch und dünnem Haar, so hell wie mein Falbe. Er weigerte sich, die Unterschrift anzuerkennen, weil die Geisel zwei Namen geschrieben hatte anstatt der drei. Du sprangst mit einem Schrei auf. Und diesen Schrei habe ich gehört.«

»Na gut. Du hast also gehört und gesehen, was in Genf geschehen ist. Aber es wäre einfach deine Pflicht gewesen, auf mich zu warten und mir zu erlauben weiterzuverhandeln.«

»Das können wir noch immer tun. Der Gewinner kann sich noch immer alles nehmen.«

Abelard zog die Luft zischend durch die Zähne.

»Damit will ich nichts zu tun haben. Ich feilsche nicht um das Leben einer Toten! Ist der König hier im Bergkral?«

»Der König und Solinje sind in meinem Haus am Big River. Alle haben den Bergkral verlassen. Auch die Tiere. Die Regenmacherin ist zum Fluß gegangen. Nur Dawn ist noch im Kral.«

»Weshalb ist sie dort?«

»Ich sagte ihr, du würdest heute kommen.«

»Woher wußtest du das?«

»Weil ich das sehende Auge besitze, wie du sehr gut weißt.«

233

»Leihst du mir dein Pferd, damit ich hinunterreiten und sie holen kann?«

»Wenn du willst.«

Sie fanden den Falben angebunden und zufrieden zartes Gras rupfend. Der Rappe graste in seiner Nähe.

»Nimm beide Pferde. Das schwarze folgt wie ein Schatten.«

»Ist dein Reitknecht hier?«

»Ich bin allein. Ich werde auf dich warten. Aber bleib nicht zu lange! Bald wird der Donner über diese Gipfel rollen.«

Der Kral war tatsächlich verlassen; die Hütten geschlossen, die Ställe leer. Keine Hühner pickten im zertretenen Gras, keine Ziege meckerte Solinjes Hund bösartig an. Kein Geschrei und kein Lachen spielender Kinder waren zu hören, nicht das Brodeln in den Kochtöpfen, das Geschnatter der Frauen, das Schwatzen der alten Männer, die ihre Pfeife rauchten und hin und wieder eine Prise Schnupftabak nahmen.

Nur Dawn und die wilden Vögel waren hinter der Dornenhecke. Sie lief herbei, als sie den Klang der Hufe hörte, blieb aber stehen, als sie den Falben sah, auf dem Abelard ritt, und den Rappen dahinter. Abelard band beide Tiere an einen Pfosten und ging ihr mit ausgebreiteten Armen entgegen. Er fühlte die Kraft und die federnde Weichheit ihres Körpers an dem seinen.

Nachdem sie die Pferde getränkt hatten, gingen sie in Dawns Hütte, um ihr Gepäck zu holen.

»Ich soll mit Doktor Santekul in sein Haus am Big River gehen. Deshalb hat er den Rappen hierbehalten. Für mich. König Sols Auto wird uns weiter unten erwarten, wo die Straße breiter ist.«

»Du wirst nicht mit ihm gehen«, erklärte Abelard. »Du fliegst mit mir in meinem Hubschrauber zum Hydro-Casino, und dort werden wir heiraten.«

»Santekul wird ärgerlich sein. Meine Schwester vielleicht auch.« Sie sah ängstlich zu ihm auf. Aber eine unbekannte neue Kraft ging von ihm aus.

»Nicht einmal der König kann uns daran hindern. Wir werden ordnungsgemäß heiraten. Ich werde deinem Vater die ›lobola‹ geben – ganz gleich, wieviel er für dich verlangt. Denn du wirst meine einzige Frau sein. Ich will keine andere. Niemals.«

Ihre Augen lachten. »Das entspricht nicht dem Brauch unseres Volkes.«

»Aber es wird eines Tages Brauch sein. Viele Bräuche unseres Volkes werden sich ändern. Von heute an wirst du dein Haar wie die verheirateten Frauen hoch aufgetürmt tragen und deine Brüste mit einem Sari bedecken. Aber jetzt noch nicht, Liebste.«

Er nahm sie in den verlassenen Kral, auf der Matte unter dem Strohdach, wo ihr Schlafplatz war. Und als sie kleine Schreie ausstieß, zuerst vor Schmerz, dann in Ekstase, und auf der Matte eine Blutspur sichtbar wurde, da fühlte er den ganzen Stolz des Besitzenden und die tiefe Zärtlichkeit eines Mannes, der seine Gefährtin zur Frau gemacht hat.

Später, als sie zum Kultfelsen gingen, sprach sie zu ihm von der Weisen.

»Es geschah nach dem Ritual des Regenmachens, als die Leute zu tanzen und zu singen begannen und die Trommeln dröhnten. Da kam sie an die Reihe, und die Menge wußte nichts davon. Oder wenn sie es wußten, hat Santekul sie verjagt.«

»Was passierte nun eigentlich?«

»Es war sehr eigenartig. Sie wehrte sich nicht, und sie schrie nicht, nicht einmal, als Santekul und die Regenmacherin sie auf den harten, flachen Felsen legten. Sie protestierte auch nicht, als die Regenmacherin den perlenbestickten Halsschmuck zerriß. Aber sie bat darum, daß man dem König meine lange Perlenkette mit der kleinen Tasche gab. Das geschah . . .«

»Und dann?«

»Sie lag ganz still, als ob sie schliefe. Der König sagte: ›Laßt sie schlafen!‹ Und als sich ihre Augen schlossen und ihre Hände schlaff herabfielen, tat Santekul, was er zu tun hatte. Solinje verbarg sein Gesicht an meinem Körper. Aber nachher, als er sie so friedlich und bleich liegen sah, war er getröstet.«

»Und später . . .?«

»Da gab es die ›muti‹ – die Medizin aus dem Kochtopf der Regenmacherin –, und sie wurde von jenen eingenommen, die zugegen waren: dem König, Solinje, der Kleinen Königin, Santekul, der Regenmacherin . . . und mir. Der König und Solinje aßen von dem Opfer, damit sie von seiner Weisheit und von seinem denkenden Herzen bereichert würden.«

»Und danach?«

»Mehr weiß ich nicht. Sie wurde auf einer Bahre in die Wälder getragen. Der Mond stand hoch am Himmel. Die Trommeln dröhnten, es wurde gesungen und getanzt, und König Sol befahl uns, zu denen zu gehen, die den Ochsen und die Ziege gebraten hatten.«

»Und beim ersten Licht des Tages gingen dann alle ihrer Wege, auch die aus dem Kral des Königs?«

»Ja, Abelard. Du hast's ja gesehen. Aber schweig jetzt! Dort kommt Doktor Santekul.«

Der Zauberdoktor half Dawn von dem Rappen herunter und nahm die Zügel des Falben. Im gleichen Augenblick grollte Donner über den Bergen, und dann folgte Blitz auf Blitz. Befriedigt sagte Doktor Santekul:

»Heute nacht werden die Regenwolken bersten. Der Sturm ist unterwegs. Du mußt dich beeilen, Abelard! Dawn und ich müssen jetzt gehen, bevor der Regen fällt und der Pfad schlüpfrig und gefährlich wird.«

Die Sonne war untergegangen, aber der Himmel glühte noch immer in feurigem Rotgold. Abelard sah in das Leuchten und dachte, daß es gut war, wenn der Regen auf den Opferfelsen fiel und ihn von den Geschehnissen der Nacht reinigte. Er fühlte sich sehr stark, nachdem er seine Frau besessen und ihr Geliebter und Herr geworden war. Er war stark genug, um die Klingen mit einem so gefährlichen Zauberer wie Samuel Santekul zu kreuzen.

»Dawn wird nicht mit dir gehen, mein Onkel«, sagte er.

»Sie wird mit mir zum Hydro-Casino kommen, ins Haus ihrer Eltern.«

Er nahm ihren leichten Koffer, kletterte hinauf und stellte ihn in den Hubschrauber. Dann wandte er sich wieder dem Zauberer zu. Er war überrascht, keinerlei Widerstand zu begegnen.

»Dawn muß tun, was sie für richtig hält«, sagte Santekul.

»Ich werde mit Abelard gehen«, sagte sie. »Er ist mein Mann.«

»Dann geht bald. Der Sturm wird heftiger. Lebt wohl.«

Er sah ihnen zu, wie sie den Hubschrauber bestiegen, und als der sich kurz darauf in den drohenden Himmel erhob, blickte er ihm nach.

Wieder war Donnergrollen zu hören. Santekul faßte die Zügel seines Pferdes fester, weil es sich beim ersten Blitzschlag tänzelnd auf die Hinterbeine gestellt hatte.

»Lebt wohl!« wiederholte er. »Du weißt zuviel, mein Neffe. Und dein Mädchen war zu sehr in die Weise vernarrt. Es ist das beste, wenn sie in der stürmischen Dämmerung deinen Feuerwagen mit dir teilt.«

17

»Das Leben hier ist der Natur nahe und daher vielleicht auch der göttlichen Offenbarung.«

»Hugh«, sagte Mabel, als der Botschafter ihr und Jane später bei einer Tasse Tee eine Zusammenfassung der Ereignisse von Genf gegeben hatte. »Du mußt jetzt zu Bett gehen. Ich sage so was nicht gern – aber du siehst miserabel aus. Wo ist Des?«

»Er tippt einen Bericht über die Vorkommnisse, soweit das möglich ist. Wir können wirklich nichts tun, bis wir von Abelard hören.«

»Vertraust du ihm denn?« fragte Jane.

»Seltsamerweise ja. Auf jeden Fall ist er unsere einzige Hoffnung.«

Der Botschafter machte keine Anstalten, ein heißes Bad zu nehmen und dann ins Bett zu gehen, wie es ihm seine Frau empfohlen hatte. Statt dessen bat er sie liebevoll, aber entschlossen, ihn mit Jane allein zu lassen.

»Ich muß mit Jane reden, Mabel. Es gibt da Dinge, die hätten schon längst zwischen uns geklärt werden müssen. Wenn du erlaubst, gehen wir in ihr Wohnzimmer. Es ist jetzt fast sechs Uhr. Desmond kommt um acht Uhr zum Dinner. Sonst niemand.«

»Wie du willst, mein Lieber. Ich sage Elias, er soll dir einen Whisky-Soda in Janes Wohnzimmer bringen und außerdem Gin-Tonic und Zitrone. Dann könnt ihr euch selbst bedienen, wenn ihr wollt.«

Er lächelte sie dankbar an. Sie machte sich Sorgen um ihn, wußte, wann sie ihn in Ruhe lassen mußte, ohne viel Wesens zu machen. Es gab nichts, was er mehr verabscheute. Nur Flugreisen haßte er noch mehr. Er fand sie unerträglich langweilig.

Er folgte Jane in den ersten Stock und machte es sich in einem Sessel bequem. Ihm fiel auf, daß der Raum bereits den Stempel ihrer Persönlichkeit trug. Das sogenannte Wohnzimmer hatte einen kleinen Balkon, über dessen schmiedeeisernes Geländer eine Bougainvillea in dicken Büscheln hing.

Auf einem kleinen Schreibtisch sah er das vertraute Bild von Janes Mutter in einem weißen Rahmen. Wie grausam, daß sie auf dem Gipfelpunkt ihrer Schönheit hatte sterben müssen. Lungenkrebs. Heute könnte ihr die medizinische Wissenschaft vielleicht helfen.

»Sie wäre so stolz auf dich gewesen, Janie«, sagte er.

»Das frage ich mich, Daddy. Ich kann mich gar nicht mehr richtig an sie erinnern. Wir sind uns nicht sehr ähnlich, oder?«

»Du bist mehr wie Maud«, sagte er. »Aber du hast Annes reizende Nackenlinie, ihre Anmut und ihren Sinn für die Heiterkeit des Daseins. In Griechenland, wo ich sie kennenlernte, trat das Heidnische an ihr besonders hervor. Auch du hast das. Sie war eine Dryade, ein Geisterwesen der Wälder und der Erde, flüchtig und unberechenbar wie der Frühling.«

Er hielt inne. Seine schmalen Finger umfaßten die Fotografie so fest, als wolle er ihren Zauber aus dem Rahmen herausholen. Das Rot der untergehenden Sonne gab seinem müden Gesicht etwas Farbe. Zum erstenmal sah Jane ihn so, wie Maud Carpenter ihn vor mehr als zwanzig Jahren beschrieben hatte.

Jane nahm das Tagebuch aus einer verschlossenen Schublade. »Siehst du die Merkzeichen, Daddy? Ich glaube, du solltest diese Stellen allein lesen. Dann wirst du verstehen, daß sie ein Schock für mich waren. Ein sehr großer Schock.«

Er runzelte die Stirn.

»Aber was ist denn so Besonderes daran, Janie? Eines von Mauds vielen Tagebüchern? Sie hat sie immer unter Verschluß gehalten wie eine viktorianische alte Jungfer. Wie kommst du überhaupt dazu?«

»Es ist alles andere als das Tagebuch einer viktorianischen alten Jungfer, das wirst du schon sehen. Ich habe es an jenem Abend an mich genommen, als Colonel Storr uns mitteilte, daß sie gekidnappt worden ist. Sie hat mir immer gesagt, daß dieses Tagebuch für mich bestimmt sei. Es sollte niemals in andere Hände fallen. An dem Tag, an dem sie es nicht mehr selbst verwahrt halten könnte, sollte es mir gehören, und nur dann würde ich das Recht haben, es zu lesen.«

Er starrte sie ungläubig an.

»Deshalb bist du also nach oben gerannt! Du wolltest dieses Tagebuch vor der Polizei oder sonst jemand retten?«

»Ja. Wenn du ein bißchen weiterliest, Daddy, bis dahin, als Granny und Großvater bei euch in ›The Ridge‹ wohnten, einige Monate bevor meine Mutter starb, dann wirst du sehen, daß ich nur durch Zufall erfahren habe, weshalb ich kein Recht auf Ehe und Mutterschaft habe. Warum hast du mir das nicht selbst gesagt? Ich liebe Desmond, aber er verdient eine Frau, die ihm alles geben kann. Ich wage es nicht, Kinder zu bekommen. Du hast das gewußt, aber du hast es mir nie gesagt. Hast du Des in Genf davon erzählt?«

Er erhob sich und schenkte sich einen Whisky-Soda ein.

»Ich habe ihm das in Genf nicht gesagt, weil es nicht wahr ist. Es gibt nichts, was eurer Heirat im Wege steht. Geld? Nun, vielleicht bekommst du Mauds Vermögen, vielleicht auch nicht. Desmond ist das gleichgültig. Er will dich haben. Geh auf den Balkon hinaus oder zieh dich in deinem Schlafzimmer um und mach dich hübsch. Dann komm zurück. In der Zwischenzeit will ich lesen, was Maud herausgebracht hat.«

Sie schlug die Seiten auf, die von dem Besuch im ›Ridge‹ berichteten, und legte das Heft offen auf seinen Schoß.

»Da steht alles. Lies es. Wir sprechen darüber, wenn ich mich umgezogen habe. Ich weiß jedes Wort auswendig. Schließlich habt ihr – du und meine Mutter – mein künftiges Leben festgelegt. Für mich ist das jetzt keine leichte Entscheidung.«

Er sah ihr nach, wie sie durch die Verbindungstür in ihr Schlafzimmer ging. Dann machte er sich mit gewohnter Gründlichkeit an die Lektüre.

Als er endlich das Heft schloß, wußte er, daß Maud Carpenter Annes Vertrauen nur halb besessen hatte. Er seufzte tief. Alles war seine Schuld. Er hatte Jane diese Geschichte selbst erzählen wollen. Doch zweierlei hatte ihn davon abgehalten: Liebe und Treue.

Als Jane, geduscht und mit einem langen gemusterten Rock und einer einfachen scharlachroten Bluse angetan, ins Wohnzimmer zurückkam, zog sie sich einen Schemel heran und setzte sich zu Füßen ihres Vaters nieder. Sie hatte gesehen, wie traurig sein Gesicht war, und schon waren ihre Vorwürfe wie weggeblasen. Sie empfand nur noch Mitleid, wollte aber nicht, daß er das merkte, und lehnte sich deshalb an seine Knie. Er strich ihr sanft übers Haar, froh darüber, daß sie ihm den Widerstreit seiner Gefühle nicht vom Gesicht ablesen konnte: Liebe, Freude, Enttäuschung, heftige Eifersucht und die geheimen Kämpfe, die er gegen einen unbekannten Feind ausgetragen hatte – den Liebhaber seiner Frau und den Vater des Kindes, das er so innig liebte, als sei es sein eigen Fleisch und Blut.

»Was in diesem Heft steht, stimmt, Janie. Aber es ist nicht die ganze Wahrheit. Ich hätte dir das alles schon

längst sagen sollen. Wenn deine Großmutter davon gewußt hätte, hätte sie mich wahrscheinlich dazu gezwungen. Aber sie wußte das Wichtigste nicht.«

»Dann erzähle mir alles, Daddy. Quäl dich nicht. Sprich
mit mir einfach darüber, über dieses Problem, offen und
ehrlich.«

»Es gibt kein Problem, Liebling. Du bist keine Etheridge, außer dem Namen nach und durch die Kraft der
Liebe, die ich immer für dich empfunden habe. Für mich
warst du mein eigenes Kind.«

»Was?«

Sie rang nach Luft. Er hielt ihre Schultern fest.

»Als ich deine Mutter kennenlernte, war sie eine junge
Sekretärin im Schreibzimmer der Botschaft. Ich ver-
liebte mich in sie. Ich wußte, außer ihr würde es nie mehr
eine Frau für mich geben. Sie wollte gerade Urlaub nehmen, sie fuhr nach Kreta. Allein. Sie liebte die Sagen und
die Götter und Göttinnen des antiken Griechenland. Sie
sprach auch Griechisch. Ihr blieb nur eine Woche für
Kreta, und sie nahm sich einen Führer, der ihr das wilde
Land zeigen sollte, das sie entdecken wollte. Sie blieben
eine Nacht in der Hütte eines Schäfers oder in einer
Höhle oder wo man eben sonst übernachten
konnte . . .«

»Granny hätte das gleiche tun können. Und da verlieb-
ten sie sich ineinander?«

»Liebe ist für meine Begriffe ein großes Wort, Janie.
Was Anne wollte, nahm sie sich bedenkenlos. Sie wußte
nicht einmal seinen Namen, außer, daß er sich Herakles
nannte. Und erst danach, bevor sie sich nach dieser kurzen Affäre trennten, sagte er ihr, daß er eine Frau und
eine Familie habe. Sie lachte nur. Die Begegnung war für
sie ebenso flüchtig wie für ihn.«

Er schwieg. Nach einer Weile sagte Jane leise: »Dann
war dieser Herakles also mein Vater.«

»Bald nach ihrer Rückkehr nach Athen bat ich sie, mich zu heiraten. Ich war es, der ein schlimmes Geheimnis hatte. Ich sagte ihr, daß es in unserer Familie vor Generationen zwei Fälle von Mißbildungen gegeben habe – eine Erbkrankheit, die möglicherweise wieder auftreten könnte. Ich sagte ihr, ich hätte mich sterilisieren lassen, damit die Tragödie ein Ende fände, denn ich war der Letzte meines Namens.«

Jane wandte sich halb um.

»Wie nahm sie es auf, Daddy?«

»Sie erzählte mir, daß sie ein Kind erwartete. Sie sagte: ›Ich werde den Vater meines Kindes nie wiedersehen. Er ist verheiratet und hat Familie. Er ist kerngesund und sieht gut aus und ist ein hervorragender Bergsteiger. Wir waren glücklich miteinander in einer wilden, herrlichen Umgebung. Trotzdem sehe ich in ihm nicht mehr, als er ist – ein tüchtiger Bauer, der es an Verstand niemals mit mir aufnehmen könnte. Du kannst das, Hugh. Und wenn du auch keine Kinder mehr in die Welt setzen kannst, so vermagst du doch zu lieben.‹ Sie versicherte mir, daß es ihr nichts ausmache, keine Kinder mehr zu bekommen. Aber dieses eine – dich, meine Janie – wollte sie unbedingt haben. Und ich sehnte mich nach Vaterschaft. Wir führten eine wunderbare Ehe. Nur der Tod konnte uns trennen. Und was dich anbelangt: Wir brauchten dich, damit unser Glück vollkommen war.«

»Aber du hast Desmond nichts von dem erzählt?«

»Wozu? Der Fluch, der auf meiner Familie liegt, kann keinem von euch beiden etwas anhaben. Wenn du ihm alles erzählen willst, tu es. Es ist dein gutes Recht.«

»Vielleicht werden wir eines Tages nach Kreta fahren und nach einem schlichten Bauern namens Herakles suchen«, sagte sie weich. »Aber der Mann, der für mich immer mein Vater sein wird, sitzt in diesem Augenblick neben mir.«

»Gott segne dich, Janie.«

Er hob den Kopf, als Mabels Schritte zu hören waren.

»Kommt, ihr beiden! Es wird höchste Zeit für einen gemütlichen Schluck vor dem Dinner. Desmond wartet schon.«

Doktor Santekul hatte auf das Leuchtzifferblatt seiner Uhr gesehen, als Abelards Hubschrauber über dem Opferfelsen hochstieg: halb sieben Uhr. Unter den sich zusammenbrauenden Regenwolken verschwand die wilde Schönheit des Sonnenuntergangs, die ersten Blitze zuckten über den Himmel, und der Donner wurde von den Bergwänden zurückgeworfen.

Samuel Santekul konnte den kommenden Regen riechen. Er hatte keine Lust, auf dem Felsenpfad am Bach in eine Sintflut zu kommen, aber er brannte darauf, das Ergebnis seines ganz neuartigen Experiments zu erleben. Noch eineinhalb Minuten, und er würde wissen, was er wissen wollte.

Die Richtung der Blitze durch Berechnung plus Willenskraft zu lenken, war gewagt, anstrengend und gelegentlich erfolglos. Das Anbringen einer sinnreichen Einrichtung wie einer kleinen Napalm-Zeitbombe war dagegen simpel, mühelos und narrensicher. Er hatte viel von kalifornischen Psychiatern gelernt, als er in einem amerikanischen Krankenhaus tätig war. Erst kürzlich hatte er viele interessante Dinge entdeckt, die er in den Terroristenlagern, wie es sie entlang jeder afrikanischen Grenze gab, eintauschen konnte. Die Napalmbombe hatte er zum Beispiel gegen einen Liebestrank eingehandelt. Und natürlich waren dabei Informationen ausgetauscht worden.

Er blickte wieder auf die Uhr.

Noch fünfzig Sekunden.

Abelards Hubschrauber flog steil abwärts, auf die Wälder zu, die zwischen den Bergen und der Ebene des Hydro-Casinos lagen.

»Achtundvierzig«, zählte Santekul. Ein Blitz schoß im Zickzack herab, und unmittelbar darauf folgte ein ohrenbetäubender Donnerschlag. Der Hubschrauber taumelte vor dem dunkler werdenden Himmel wie ein langschwänziges Insekt, das in eine Windbö geraten ist. Einen Augenblick lang schien er stillzustehen. Als Santekul das Wort »fünfzig« aussprach, ging er in Flammen auf. Ein Funkenregen fiel nieder, als der ›Feuerwagen‹ zerbarst und die brennenden Teile wie Fackeln in die Wälder und den nach dem langen heißen Sommer ausgedörrten Busch geschleudert wurden.

Der Zauberdoktor sah mit Befriedigung, wie sich das Feuer rasch ausbreitete. Doch spürte er auch Bedauern. Sein Neffe Abelard hatte für den Betrug der Weisen büßen müssen. Aber der junge Mann hatte sich ohnehin schon zu weit von den alten Bräuchen entfernt gehabt, und er wußte zuviel von der Carpenter-Affäre. Das war für niemanden gut. Und Dawn – sie hatte sich zu sehr mit der Weisen angefreundet gehabt. So, wie es nun gekommen war, war alles besser und sicherer.

Er bestieg seinen Falben und führte den Rappen am Zügel nebenher, hinunter zu dem verlassenen Kral. Er würde hier übernachten und mit den Geistern der Ahnen seines Volkes Zwiesprache halten. Ehe er Dawns Hütte betrat, stellte er die Pferde unter. Er sah, daß die jungen Liebenden in der Tat vereint gewesen waren. Er schloß die Tür und überquerte den Platz vor der Hütte der Weisen. Dort blieb er einige Zeit und nahm die Atmosphäre in sich auf. Er bewegte sich nicht einmal, als die Ringelnatter von seinem Hals glitt und sich zu einer Schale schlängelte, die auf dem Lehmboden stand. Die gespaltene Zunge zuckte über das Wasser hin, das hier immer für Solinjes Hund bereitstand.

Santekul unterschätzte seine Kräfte nicht. Er war ein Kräuterkundiger, ein Hypnotiseur und dazu ausgebildeter Arzt. Seine Begabungen waren ererbt, und die Lehrer der Weißen hatten seine Kenntnisse erweitert. Er hatte in südafrikanischen, europäischen und amerikanischen Krankenhäusern gearbeitet und hatte dort Ansehen genossen.

Aber heute nacht fühlte er sich alt und müde.

Wie König Sol und der Knabe Solinje, jene beiden Symbole für Vergangenheit und Zukunft, verspürte auch er die Notwendigkeit, seine verbrauchten Kräfte zu erneuern.

Zum erstenmal fühlte er sich nach einem rituellen Opfer geschwächt und wie ausgeblutet, als sei er es gewesen, den man geopfert hatte.

Die Schlange hatte ihren Durst gelöscht und kehrte wärmesuchend an den Körper des Zauberdoktors zurück. Santekul war froh über die Gegenwart dieses Geschöpfs. Er liebte seine Anmut und Schönheit. Es stellte keine Fragen. Sie paßten zueinander. Manchmal redete er mit der Schlange, obwohl er wußte, daß sie ihn nicht verstehen konnte.

»Wir werden heute nacht in dieser Hütte schlafen«, sagte er. »Die Weise ist tot. Aber wie unsere Ahnen uns beweisen, gibt es den Tod gar nicht. Der Geist ist unsterblich. In dieser Hütte ist ihr Geist noch immer lebendig, ein alter, weiser Geist, der die Jahrhunderte überdauert hat seit den Tagen der heidnischen Gottheiten und der griechischen Philosophen.«

Er beschloß, noch ein paar Experimente mit dieser Pflanze durchzuführen, die am Big River wuchs, diesem Schierling. Schon der Gedanke daran machte ihn angenehm schläfrig.

Doktor Santekul lag auf Mrs. Carpenters Diwan und deckte sich mit ihrer warmen Decke zu, die er nach dem

Ritualmord an sich genommen hatte. Auch er hatte von dem ›muti‹ genossen. Man mußte daran glauben, wenn es wirksam sein sollte. Ihm war dieser Glaube entgegengebracht worden, und er hatte sich die Zeit der von der Regenmacherin geleiteten Zeremonie zunutze machen können.

Hier in Mrs. Carpenters Hütte hatte er erwartet, den Widerstand seines Opfers zu spüren und die Notwendigkeit, ihn zu überwinden. Statt dessen war es der Knabe Solinje, der im Traum neben ihm stand, den Hund unbekannter Rasse neben sich. Die Augen des Kindes waren unschuldig und ohne Vorwurf.

Als der Blitz die Hütte traf, glitt die Schlange in den Sturm hinaus. Ihr Herr schlief unter dem brennenden Strohdach weiter. Ein Funkenregen stob auf die wundervolle Decke der Geisel hernieder.

Der Anruf erreichte Kim Farrar in Judys Wohnung. Es war zweiundzwanzig Uhr dreißig. Der Regen trommelte gegen die Fensterscheiben, so daß die Lichter der Stadt wie verwischt aussahen. Er dämpfte den unaufhörlichen nächtlichen Verkehrslärm. Judy stieß einen unterdrückten Fluch aus, als sie den Hörer abnahm.

»Kim Farrar? Einen Augenblick, Desmond. Ich hole ihn.«

»Kim? Es ist dringend! Wir brauchen Sie hier in der Botschaft so rasch wie möglich. Um Mitternacht soll eine Pressekonferenz stattfinden. Seine Exzellenz ist bei Brigadier Browne, dem Oberbefehlshaber der Verteidigungskräfte und des Nachrichtenwesens.«

»Du lieber Himmel! Was hat das denn mit Maud Carpenter zu tun?«

»Verdammt viel! Eine kleine südafrikanische Grenzpatrouille – ein Sergeant in einem Jeep mit einem weißen und einem schwarzen Korporal – hat jemand gefunden, von dem sie glauben, es sei ›die Lady, die bei Marula Grove entführt wurde‹.«

»Lebend?«

»Nein. Wir kennen die näheren Umstände noch nicht genau. Aber anscheinend hat die Patrouille vor einem Sturm Zuflucht gesucht. Sie haben sie auf südafrikanischem Territorium zwischen dem Big River und Marula entdeckt.«

Blitzartig wußte Kim Bescheid.

»In dem Baobab-Baum?«

»Ja. Sie vermuten, daß sie schätzungsweise seit zwanzig Stunden tot ist. Es ist alles sehr mysteriös.« Desmond wirkte sehr aufgeregt. »Sie verstehen, daß ich jetzt nicht ins Detail gehen kann. Die Sache ist nur, daß wir Sie hier dringendst brauchen. Die ganze Angelegenheit ist zu einem delikaten diplomatischen Fall geworden, der von der Presse mit äußerster Diskretion behandelt werden muß. Daher die Konferenz, die Seine Exzellenz heute nacht abhält.«

»Nur noch eins: Ist Maud Carpenter mit Sicherheit identifiziert worden?«

»Noch nicht. Ein Armeehubschrauber fliegt die Leiche hierher nach Pretoria, wo die Formalitäten abgewickelt werden. Identifizierung, Feststellung der Todesursache und so weiter . . .«

»Und wer ist schuld an ihrem Tod?«

»Das muß möglicherweise vertuscht werden.«

»O Gott! Arme Janie! Also gut, Des, ich mach mich sofort auf den Weg. Bitte, bestellen Sie Seiner Exzellenz, wie entsetzlich leid es mir für die ganze Familie tut.«

Er zog sich rasch an, und Judy schlüpfte in einen leichten wollenen Hausmantel.

»Ich habe alles mitgehört, Kim. Es ist schrecklich! Die letzte Hoffnung dahin. Soll ich dir Kaffee machen? Einen Drink?«

»Nichts. Du kannst nur beten, daß es nicht Maud ist, die man gefunden hat.«

Nachdem er gegangen war, drehte sie ihr Radio an und kam gerade noch zu den Dreiundzwanzig-Uhr-Nachrichten zurecht.

»Auf dem Rückweg von Genf verließ Mr. Abelard Cain, der allgemein beliebte Direktor des Hydro-Casinos von Nyangreela, heute nachmittag den Jan-Smuts-Flughafen allein in seinem Privathubschrauber. Er wurde heute abend im Hydro-Casino zurückerwartet, ist aber bisher dort nicht eingetroffen. Es wurde jedoch beobachtet, wie ein Hubschrauber desselben Typs über dem Nyangreela-Park von einem Blitz getroffen wurde. Ein Schäfer berichtet, er habe eine laute Explosion gehört, als der Blitz den Hubschrauber traf, worauf dieser in Flammen aufging und in den Wald abstürzte. Eine ausgedehnte Busch- und Waldfläche wurde vom Feuer zerstört, ehe ein Wolkenbruch die Flammen löschte. Bis jetzt wurde nichts gefunden, was auf die Identität des Piloten oder seines Passagiers schließen ließe.«

Kim hörte die gleiche Nachricht in seinem Wagen.

Armer Teufel, dachte er. Er wußte zuviel. Und der ›Passagier‹ des Piloten? Könnte dieser Passagier das Mädchen gewesen sein, von dem das Halsband stammte, das Abelard so stolz damals getragen hatte, als sie der alte Pavian von seinem hohen Felsen aus beobachtete, während die ›Sea-Sprite‹ in der kalten See schaukelte? In eben jenem Ozean, aus dem das Wasser für die Stammesriten der Regenmacherin geschöpft worden war?

»Halb eins«, sagte Mabel nach einem weiteren besorgten Blick auf die Uhr. »Es ist zuviel für deinen Vater, Janie. Er hat seit der Landung heute nachmittag noch kein bißchen Ruhe gehabt. Sie müssen inzwischen doch mit ihrer Konferenz fertig sein!«

Jane horchte auf.

»Das ist sein Schritt. O Mabel, was werden wir als nächstes hören?«

Ein Feuer brannte in dem kleinen Kamin im Damenzimmer, das Mabel als ihren persönlichen Raum betrachtete. Tagsüber war es sonnig, und am Abend, wenn der Frost den Rasen draußen mit Silber überzog, sehr gemütlich.

Der Botschafter sank in einen hochlehnigen Sessel und hielt die Hände an die Glut des Kamins. Jane holte ihm einen Whisky und stellte das Glas neben ihn. Dann setzte sie sich zu seinen Füßen nieder, neben Kirsty, die wie üblich den Kaminvorleger für sich in Anspruch nahm.

»Sind die anderen gegangen?« fragte Mabel.

»Noch nicht. Brigadier Browne und Kim beschäftigen sich noch mit den Berichten für die Presse und fürs Fernsehen. Der Gesandte und Des helfen dabei, so gut sie können. Alles, was im Augenblick getan werden kann, ist geschehen. Da sind nur noch ein paar Dinge, die du und Janie erfahren sollen.«

Jane nahm die Hand ihres Vaters und legte sie an ihre Wange. Die Hand roch sehr stark nach Tabak. Er hatte zuviel geraucht, wie immer, wenn er unter psychischem Druck stand.

»Rede, Daddy. Schone uns nicht. Sag uns einfach das, was wir von Brigadier Browne noch nicht gehört haben.«

»Ich will es versuchen. Wir haben mit der Patrouille gesprochen, die sie gefunden hat. Sie sind in einer Militärmaschine nach Pretoria zurückgeflogen. Desmond und ich haben Maud identifiziert. Die Todesursache ist festgestellt worden: Herzversagen.«

Er legte die Hand auf Janes Schulter und drückte sie sanft. Er spürte, wie ihr Körper steif wurde.

»Sag uns die Wahrheit, Daddy, die ganze Wahrheit. Zwischen dir und mir darf es nur noch die Wahrheit geben. Das wissen wir jetzt doch beide.«

Mabel sah, wie ihrem Mann von dem Mädchen zu seinen Füßen neue Kraft zuwuchs.

»Also gut. Wie ihr bereits wißt, wurde sie in dem Baobab-Baum gefunden. Der Sergeant, der die Patrouille leitete, beschrieb das auf eine sonderbar ehrerbietige Weise. Er sagte: ›Es sah so aus, als sei die Lady sehr vorsichtig in eine kleine natürliche Kapelle gelegt worden.‹ Er machte Fotos von ihr. Es könnten Bilder einer exotischen Königin sein.«

Er gab Jane die drei Blitzlichtaufnahmen. Sie erhob sich und betrachtete sie lange unter der Lampe. Dann reichte sie sie schweigend an Mabel weiter.

»Sie sind geradezu schön«, sagte Mabel schließlich. »Aber so eigenartig! Das Perlenband um ihre Stirn, der Umhang, der sie ganz bedeckt. Was bedeutet das alles?«

»Der Mantel ist aus Kuhhaut«, sagte Sir Hugh. »Nur sehr bedeutende Persönlichkeiten dürfen solch einen Mantel tragen.«

Jane, die noch immer unter der Lampe stand, war blaß bis in die Lippen.

»Es ist einfach grotesk, eine Art Maskerade. Schwarze Magie.«

Sie nahm die Fotos mit zitternden Fingern von Mabel entgegen und legte sie auf den Tisch neben dem Stuhl ihres Vaters. Dann sank sie auf die Armlehne. Sie spürte, wie er sie umfing.

»Janie, Liebling, sieh hinter die Maskerade. Schau dir das schlafende Gesicht deiner Großmutter an und sage mir, was du siehst.«

Widerstrebend nahm sie eine der Fotografien, die er ihr reichte.

»Schau hinter die Maskerade«, hatte er gesagt. Sie versuchte es. Mabel beobachtete, wie sich das junge Gesicht langsam entspannte und wie die Farbe in die Wangen zurückkehrte. Endlich sprach Jane.

»Sie ist entrückt, Daddy. Die tiefe Entrückung des Friedens. Wenn ich nur etwas von ihr hätte, das ich berühren könnte, etwas, was ihr gehört hat!«

»Das hast du ja. Eine Halskette mit einem Täschchen hing um ihren Hals. Der Arzt im Leichenschauhaus nahm sie in Brigadier Brownes Gegenwart ab und vertraute sie ihm an. Der Brigadier bat mich, dafür zu sorgen, daß du diese Kette bekommst. Sie war offensichtlich für dich bestimmt.«

Er zog sie aus seiner Tasche, und dann lag sie lebenswarm in ihrer Hand. Gerne hätte sie das Täschchen geöffnet, aber das durfte sie jetzt noch nicht.

Es gab noch eine Frage, die geklärt werden mußte, und der Botschafter wußte, daß Jane sie stellen würde. Auch Mabel bereitete sich darauf vor. Jane drückte die Kette mit dem Täschchen wie ein Amulett gegen ihre Brust und sah ihrem Vater gerade ins Gesicht.

»Daddy, wurde sie verstümmelt?«

Er sagte fest: »Unter dieser Kette befand sich ein perfekt geführter chirurgischer Einschnitt in Form eines Sterns. Durch die Öffnung hatte der Operateur ihr Herz herausgenommen. Ein weiteres Zeichen von Gewaltanwendung war nicht zu sehen. Es gab auch kein Anzeichen für einen Kampf, nicht einmal einen Kratzer.«

»Danke, Daddy.«

Jane berührte sein dichtes, graues Haar mit den Lippen.

»Ich gehe jetzt zu Bett. Gute Nacht, Mabel.«

An der Tür drehte sie sich um.

»Ich möchte Desmond gern sehen.«

»Ich schicke ihn in dein Wohnzimmer«, sagte der Botschafter.

Als Jane die Tür hinter sich geschlossen hatte, hob Mabel den Hörer des Haustelefons ab und gab ihn ihrem Mann.

Als er ihn ihr wieder zurückreichte, nachdem er mit Desmond gesprochen hatte, breitete er die Arme nach ihr aus. Und nun wußte sie, daß die Eisbarriere zwischen ihnen endlich zu schmelzen begann.

»Des«, sagte Jane, »weißt du, was diese kleine Tasche enthält?«

»Brigadier Browne hat es mir gesagt: Es sei eine Nachricht von deiner Großmutter für dich, und er dachte, sie enthalte vielleicht auch eine Botschaft für mich. Er mußte ihre Habseligkeiten durchsehen, Janie. Es waren nur sehr wenige. Er merkte, wie aufgeregt ich war.«

»Das kann ich mir vorstellen.«

»Das war der längste Tag meines Lebens, Liebling. Möchtest du die Botschaft jetzt lesen?«

»Bleib bei mir, während ich das tue.«

Er setzte sich neben sie auf die kleine Chintzcouch und legte den Arm um ihre Schultern, als sie das Täschchen öffnete und das sorgfältig gefaltete Papierdeckchen herausnahm, das einst Granatäpfel in einer Tonschale umschlossen hatte.

»Sorge Dich nicht, liebste Janie. Meine Umgebung ist primitiv, aber schön. Ich habe hier Freundschaft gefunden, Achtung, Einsamkeit ohne Verlassenheit, und ich habe mein Herz an einen kleinen Jungen mit einem Hundebastard verloren. Mach Dir keine Sorgen wegen meiner ›persönlichen Probleme‹. Ich weiß nun, daß man immer nur die eine Hälfte einer Geschichte weiß. Wenn Du erst Annes ganze Geschichte kennst und Deine eigene, wirst Du mit Recht auf eine glückliche, gesegnete Zukunft hoffen dürfen.

Das Leben hier ist der Natur nahe und deshalb vielleicht auch der göttlichen Offenbarung. Ich habe meinen Frieden gefunden.

Leb wohl, mein Kind, und möge der Mann, den Du liebst, an Deiner Seite sein.

Deine Granny.«

Große Romane internationaler Bestsellerautoren im Heyne-Taschenbuch

Vicki Baum
Hotel Berlin
5194 / DM 4,80

C. C. Bergius
Oleander, Oleander
5594 / DM 8,80

Pearl S. Buck
Der Regenbogen
5462 / DM 4,80

Michael Burk
Ein Wunsch bleibt
immer
5602 / DM 6,80

Taylor Caldwell
Die Armaghs
5632 / DM 9,80

Alexandra Cordes
Und draußen sang
der Wind
5543 / DM 5,80

Utta Danella
Stella Termogen
5310 / DM 8,80

Marie Louise Fischer
Mit der Liebe spielt
man nicht
5508 / DM 4,80

Colin Forbes
Lawinenexpreß
5631 / DM 5,80

Hans Habe
Weg ins Dunkel
5577 / DM 5,80

Willi Heinrich
In einem Schloß
zu wohnen
5585 / DM 5,80

Victoria Holt
Die Rache der
Pharaonen
5317 / DM 5,80

Hans Hellmut Kirst
Der unheimliche
Freund
5525 / DM 5,80

*Wilhelm Heyne Verlag
München*

Heinz G. Konsalik
Das Doppelspiel
5621 / DM 6,80

Helen MacInnes
Die Falle des Jägers
5474 / DM 5,80

Alistair MacLean
Circus
5535 / DM 4,80

James A. Michener
Hawaii
5605 / DM 10,80

Sandra Paretti
Die Pächter der Erde
5257 / DM 7,80

Mario Puzo
Die dunkle Arena
5618 / DM 5,80

Frank G. Slaughter
Der Ruhm von morgen
5473 / DM 5,80

Leon Uris
Trinity
5480 / DM 8,80

Herman Wouk
Nie endet der Karneval
949 / DM 7,80

Frank Yerby
Spiel mir den Song
von der Liebe
5573 / DM 5,80

Malcolm Macdonald

Die Kinder des Glücks

In der von puritanischen Konventionen geprägten
Gesellschaft im England der viktorianischen Ära
zählt allein der Adel. Die Stevensons, eigentlich Kinder
des Glücks, gehören inzwischen zwar zu den
wohlhabendsten Familien des britischen Inselreichs,
doch noch immer liegt der Makel der Aufsteiger auf ihnen.
Und dieser gesellschaftliche Konflikt, in dem John
und Nora zeit ihres Lebens standen, belastet auch die
zweite Generation, ihre Söhne Boy und Caspar.
Geschichtliche Authentizität, Detailtreue und Glaub-
würdigkeit der Menschenschilderung – mit diesen
Mitteln erhebt Malcolm Macdonald Vergangenheit zu
leidenschaftlich erfüllter Gegenwart.

Band 1
Große Erwartung
Roman. 528 Seiten. Ln. DM 34,-

Band 2
An der Sonne
Roman. 512 Seiten. Ln. DM 34,-

Band 3
Zu neuen Ufern
Roman. 512 Seiten. Ln. DM 36,-

Preisänderungen vorbehalten

Schneekluth Verlag München